Amei-Angelika Müller:
Sieben auf einen Streich

Deutscher
Taschenbuch
Verlag

dtv

Dieses Buch liegt auch im Normaldruck als Band 11204 im Deutschen Taschenbuch Verlag vor.

Von Amei-Angelika Müller sind außerdem erschienen:
Pfarrers Kinder, Müllers Vieh (1759; auch als dtv großdruck 25011)
In seinem Garten freudevoll ... (10883)
Ich und du, Müllers Kuh (10968)
Veilchen im Winter (11309)

Ungekürzte Ausgabe
November 1992
2. Auflage April 1993
Deutscher Taschenbuch Verlag GmbH & Co. KG, München

ISBN 3-7936-0227-3
Umschlagtypographie: Celestino Piatti
Umschlagbild: Gisela Aulfes
Gesamtherstellung: C. H. Beck'sche Buchdruckerei, Nördlingen
Printed in Germany · ISBN 3-423-25072-0

Das Buch

»Wir müssen etwas tun, Leute, sonst fällt die Familie auseinander. Ich schlage vor, wir treffen uns in einem schönen Hotel, bleiben ein paar Tage, wandern, spielen und reden ...« Ein Jahr später ist es soweit: An einem Donnerstag Ende April stürmen die sieben Geschwister nebst Ehemännern und -frauen mit ihren Kindern das »billige und rustikale« Hotel, das für dieses denkwürdige Ereignis ausgewählt worden ist. Ein gemütliches und harmonisches Wochenende sollte es werden. Doch nicht nur die Jüngsten unter der mit drei Pfarrern gesegneten Verwandtenschar sorgen für Abwechslung und Aufregung. Auch die bekannt morgenmuffelnden Geschwister und ihre dafür abends müden Angetrauten sind nicht immer ein Herz und eine Seele ...

Die Autorin

Amei-Angelika Müller wurde am 6. Februar 1930 als Tochter eines Pfarrers in Neutomischel bei Posen geboren; im Januar 1945 Flucht in den Westen; 1950 Abitur und anschließendes Jurastudium. Weitere Werke: ›Pfarrers Kinder, Müllers Vieh‹ (1978), ›Ich und du, Müllers Kuh‹ (1980), ›In seinem Garten freudevoll ...‹ (1981), ›Ein Drache kommt selten allein‹ (1987; 1990 u. d. T. ›Veilchen im Winter‹), ›Und nach der Andacht Mohrenküsse‹ (1991).

dtv großdruck

»Oh, das war mal eine schöne,
rührende Familienszene.«
Wilhelm Busch

Für:

Werner,
Irmfried,
Paul-Gerhard,
Verena,
Sönnich
und Linde-Maria,
meine wirklichen Geschwister, die natürlich mit den erdachten in diesem Buch nicht das geringste zu schaffen haben!

Inhalt

Vorstellung der Familie und anderer Akteure
Eine Hilfe für den verwirrten Leser

Der Geschwisterkreis mit Ehegatten und Kindern:

Zwischen den Geburten der sieben Geschwister liegt, der Einfachheit halber und weil dies früher so üblich war, ein Abstand von zwei Jahren. Das Alter der jeweiligen Ehehälften wird von der Verfasserin nicht ausdrücklich festgelegt. Hier bleibt ein Spielraum für die Phantasie des Lesers.

1. Michael, der beleibte »Boss«, 38 Jahre alt, verheiratet mit
2. Vera, einer Dame in Blond.
3. Beate, die Stolze, verheiratet mit
4. Florian, dem Sportlichen. Beide »gesegnet« mit
5. Henriette, auch Jette oder Jettchen genannt, ihrer 15jährigen Tochter.
6. Amei, die Erzählerin dieser Geschichte, verheiratet mit
7. Manfred, einem wunderbaren Menschen, ergänzt durch die beiden Söhne
8. Andreas, acht Jahre alt und immer auf der Suche nach einem Zuhörer,
9. Mathias, sechs Jahre alt, begeistert für Rennwagen und deren Fahrer.
10. Stefan, der Bedächtige, verheiratet mit

11. Gabriele, auch Gabi oder die Rockerbraut genannt, beide beglückt durch
12. Wubbel, ihren dreijährigen Sprößling, Freund von Gummibären und Mäusen.
13. Christoph, der Witzbold und Spieler, auch Piffpoff genannt, verheiratet mit
14. Julia, der Klugen.
15. Gitti, die Löwin, blondgelockt und jungvermählt mit
16. Klaus-Peter, dem Löwenbändiger und Räusperer.
17. Franziska, auch Fränzchen genannt, mit Zopf, aber ohne Ehemann.
    Unsere Eltern

Nicht zur Familie gehörige, aber für den Verlauf der Geschichte äußerst wichtige Nebenerscheinungen:

1. Der Harztiger, ein anziehendes und gerade deshalb besonders gefährliches Subjekt
2. Yogi, ein fahrender Sänger und begnadeter Handwerker
3. Hannibal, ein Satansbraten
4. Else, ein hilfreicher Geist in der Küche und ein Zerberus vor der Speisekammertür
5. Malwine, eine Tante aus Kolberg
6. Strandwächter Bierlich

7. Freund Egon, Freund Waldi, Freund Heini
8. Ein Rauschgoldengel
9. Zwei Spätheimkehrer
10. Kellner, Kirchengemeinderäte, Polizisten, Lehrer, Fremdenführer, Pfarrer
11. Ein Kegelklub
12. Die Harzer Roller
13. Läuse, Flöhe
14. Ein Porsche
15. Ein Sarkophag
16. Ein Kassettenrekorder
17. Sicherheitsnadeln
18. Keine Maus

Ein leerer Lehnstuhl und eine gute Idee

»Warum kommt ihr so spät? Immer müßt ihr die letzten sein!« Bruder Michael empfing uns in altvertrauter Weise mit Vorwürfen auf den Lippen und Gram im Blick. »Ich sitze hier schon seit Stunden und warte auf euch!«

Von der Wand der Hotelhalle dräuten Wildschweinköpfe und Hirschgeweihe. Ein Auerhahn, der Nachwelt in Balzstellung erhalten, spreizte sich auf dem Sims in der Ecke. Neben den Hotelprospekten an der Rezeption thronte ein zerzauster Uhu. Unsere Söhne, Andreas und Mathias, starrten voll Verwunderung und Grauen auf diese seltsame Zimmerzier.

»Onkel Michael, sind die echt oder nachgmacht?«

»Was weiß ich!«

Michael erhob sich ächzend. In der rechten Hand hielt er eine Zigarette, in der linken den Hosengurt. Die Zigarette qualmte, die Hose rutschte, das Jackett spannte über dem Bäuchlein. So kannte und so liebte ich ihn. Bruder Michael, vier Jahre älter als ich, grämlich, knurrig, eine tiefe Zornesfalte über der Nase und jeglicher Zärtlichkeit abgeneigt. Aber hinter den grimmigen Gebärden schlug sein Herz warm für mich und die Geschwister. So wollte es ihm trotz aller Mühe nicht recht gelingen, seine Freude zu verbergen, als er uns munter und gesund vor sich sah und nun die ganze Familie wohlbehalten in seiner Nähe wußte.

Er nämlich trug Schuld daran, daß wir heute, Ende April, bei Nebel und Graupelschauern auf die Höhen des Harzes gefahren waren und nun in dieser mit toten Tieren so reich geschmückten Hotelhalle standen. Er hatte die Idee geboren, damals vor einem Jahr, und sie mit der ihm eigenen Zuverlässigkeit in die Tat umgesetzt.

»Wir haben kein Elternhaus mehr«, so hatte er gesagt, »ist euch das klar, meine Lieben?«

Dann waren seine Blicke bedeutungsschwer über uns vier Schwestern hingewandert, über die beiden Brüder, über Schwägerinnen und Schwäger, Neffen und Nichten, und nachdem er seine Musterung beendet, ließ er sich in den Sessel zurückfallen und seufzte.

Zum ersten Mal seit dem Tode unserer Mutter waren wir wieder vollzählig versammelt, siebzehn betrübte Familienmitglieder.

(Anmerkung der Autorin: An dieser Stelle möchte ich dem verehrten Leser empfehlen, zurückzublättern und die Vorstellung der Familie in Augenschein zu nehmen. Auch könnte eine Wiederholung dieser Aktion bei der weiteren Lektüre zu einem besseren Durchblick verhelfen.)

Wir waren in stiller Wehmut durch die elterliche Wohnung gegangen und hatten liebe Erinnerungsstücke untereinander aufgeteilt. Fränzchen hielt die Suppenterrine im Arm, denn ihr, der Jüngsten, war sie schließlich zuteil geworden.

»Was willst du bloß mit ihr anfangen, Fränzchen? Du kochst doch nie im Leben soviel Suppe. Schließlich bist du allein.«

»Ja eben«, maunzte sie kläglich, »ich bin allein. Ihr alle habt eine Familie. Drum will ich wenigstens die Terrine haben, aus der Mutti immer geschöpft hat. Ich pflanz' Blumen rein und stell' sie auf den Balkon.«

»Ist ja recht, Fränzchen.«

Mein Herz floß über vor Mildigkeit, denn saß unser Andreas nicht auf Büchern, die ich flugs aus dem Bücherschrank gezogen und im Triumph nach Hause zu tragen gedachte. Es waren Vaters Lieblingsbücher: ›Ut mine Stromtid‹, ›Jürnjakob Swehn der Amerikafahrer‹, ›Die Feuerzangenbowle‹ und ›Drei Mann in einem Boot‹. Diese Bücher hatten mir manche glückliche Minute beschert, nicht nur beim Lesen.

Es verhielt sich nämlich so, daß ich meine Hausaufgaben in Vaters Studierzimmer erledigen durfte, denn mein Zimmer wurde nur selten geheizt und befand sich außerdem direkt neben der Küche. Dort vollführte Else, unsere Küchenfee, ein gewaltiges Geklapper mit Töpfen und Pfannen, sang auch dazu und stellte das Radio auf höchste Lautstärke, besonders wenn es die von ihr bevorzugte Marschmusik brachte.

Da ich bei solchem Lärm keinen klaren Gedanken zu fassen vermochte und sich auch niemand im Hause fand, der es gewagt hätte, in der Küche um Ruhe zu bitten, stieg ich jeden Nachmittag mit meiner Schultasche hinauf in den ersten Stock, schlüpfte leise ins Studierzimmer, setzte mich an den Tisch und lernte, derweil Vater an seinem Schreibtisch Kommentare las und Predigten schrieb. Manchmal zog er vorsichtig die Schublade auf, holte eines seiner Lieblingsbücher heraus und genehmigte sich ein paar Seiten. Dann hörte ich ihn lachen, leise, hinter vorgehaltener Hand. Ich beugte meinen Kopf tief über den wenig humorvollen Cicero und war dabei von Herzen glücklich, denn die Freude, Vater lachen zu hören, war mir nicht oft vergönnt.

Andreas also saß auf meinem Bücherschatz. Fränzchen hielt die Suppenterrine im Arm, Gitti ein Familienalbum. Unsere Taschen waren gefüllt mit erinnerungsträchtigen und lieben Dingen, und trotzdem fühlten wir eine schmerzliche Leere, denn sie fehlte uns an allen Ecken und Enden. Sie – Mutti, auch Mutterle oder Muttchen genannt, welch letzteres sie auf den Tod nicht ausstehen konnte, denn »Kinderle«, so pflegte sie zu sprechen, »müßt ihr denn alles verniedlichen?«

Der Lehnstuhl stand leer, von dem aus sie mit zarter, aber fester Hand die Familie gelenkt hatte. Niemand wollte Platz darin nehmen. Niemand unterbrach die hitzigen Debatten der drei Brüder mit der Anfrage, wann sie zu essen gedächten. Eine Frage, die meine allzeit hungrigen Brüder versöhnlich stimmte und ihr Gespräch in andere Bahnen lenkte. Niemand hielt uns vier Schwestern zurück, wenn wir, in Liebe zwar und guter Absicht, die spitzen Zungen aneinander wetzten. Niemand erzählte Anekdoten aus der Zeit, als wir noch klein gewesen, reizende und gescheite Kinder, die geistreiche Worte gesprochen und possierliche Dinge getan.

Ach, wie gerne hatten wir diesen Geschichten gelauscht! Selbst ich, die ich sonst lieber rede als zuhöre, spitzte die Ohren, besonders, wenn von mir die Rede war. Dann saß ich da mit stolzem Lächeln und hegte ähnlich freudige Gedanken wie mein Sohn Andreas. Dieses liebe Kind nämlich schlug bei einer solchen Erzählung der Großmutter die Hände zusammen und rief voll ehrlichen Staunens: »Mensch, Mutti, du warsch aber mal e goldigs Mädle!«

Nun weilte sie nicht mehr unter uns, sie, die so schön zu erzählen wußte, die uns Geschwister in Kriegszeiten versöhnt und im Frieden zusammengehalten hatte.

Bruder Michael, der Älteste und nunmehr das Familienoberhaupt, seufzte, blickte betrübt in die Runde und hub von neuem an: »Wir müssen etwas tun, Leute, sonst fällt die Familie auseinander. Ich schlage vor, wir treffen uns einmal im Jahr in einem schönen Hotel, bleiben ein paar Tage dort, wandern, spielen, reden ... Was haltet ihr davon?«

Wir sagten, wir hielten viel davon und es sei eine gute Idee.

»Aber es darf nicht viel kosten.« Franziska, von uns Geschwistern zärtlich Fränzchen genannt, unsere jüngste und nach meiner Ansicht schwierigste, wobei die Meinungen allerdings auseinandergingen, denn manche Geschwister hielten in ihrer Verblendung mich, die liebe Schwester Amei, für noch schwieriger, also Fränzchen warf den dicken braunen Zopf von der einen Schulter auf die andere, rollte die braunen Augen gen Himmel und begann, ihr altes Klageliedlein zu singen: »Ihr wißt doch, wie wenig ich verdiene!«

»Am Bodensee gibt's 'ne Jugendherberge«, rief Andreas, »da musch fast gar nix zahle, Tante Fränzle, und kannsch Tischtennis schpiele und bade.«

»Meinsch, die lasse uns nei mit dene Alte?« Sein Bruder Mathias wiegte zweifelnd das Haupt.

»Schweigt still, ihr beiden!« gebot Michael. »Es erhebt sich die Frage, ob wir die Kinder überhaupt mitnehmen sollen.«

»Ohne den Wubbel gehen wir nicht!« riefen Schwägerin Gabriele und Bruder Stefan einstimmig. Sie hielten schützend die Hände vor ihren zweijährigen Sprößling, der auf Gabrieles Schoß saß und emsig Kekse kaute. Der Kleine riß denn auch gleich das Mäulchen auf, sprühte Kekskrümel um sich und krähte: »Wubbel will au mit!«

»Und wir und wir?« zeterten unsere Söhne.

»Jette?« Schwester Beates Blick wanderte suchend durch das Zimmer und blieb schließlich auf dem

Fensterbrett hängen. Dort hockte Henriette, ihre Tochter, fünfzehn Jahre alt und wohlverborgen hinter blondem Haarschleier und unförmigem Rollkragenpullover. »Jette, du willst doch auch mit?«

»Wohin?« Sie hob nicht einmal den Kopf.

»Mit der Familie in ein schönes Hotel. Wandern, spielen ...«

»Och«, Henriette wischte den Haarschleier beiseite und richtete ein müdes Auge auf die Versammlung, »mit all den Kindern und Tanten?«

Ihre Stimme erstarb in verächtlichem Seufzer. Der Haarvorhang fiel. Das Haupt sank nieder auf die Knie. Wieder einmal war es diesem liebenswerten Geschöpf gelungen, die Familie vor den Kopf zu stoßen, die Tanten älter und die Onkel langweiliger zu machen. Ihr Onkel Christoph reagierte denn auch mit Schärfe.

»Lümmel dich nicht herum!« grollte er zum Fensterbrett hinüber.

»Sie lümmelt nicht«, antwortete Mutter Beate für die Tochter, »sie meditiert. Es ist eine Yogastellung, nicht wahr, Jette?«

Aber Henriette hielt sie einer Antwort nicht für würdig, hob nur in stummer Verachtung die Schultern und ließ sie wieder sinken.

Wie Mutter und Tochter einander doch glichen! Früher, als Beate und ich noch zwei unleidliche Backfische gewesen, da hatte Beate sich nicht anders verhalten. »Ach, du Doofe«, so pflegte sie zu sprechen, »was weißt denn du?« Dabei war ich nur zwei Jahre jünger als sie und hätte brennend gern mit der »großen« Schwester über »Liebe« und »Männer« und andere interessante Themen gesprochen. Aber sie hatte nur die Schultern in Verachtung gehoben und »ach, du Doofe« gesagt.

Nun also hatte Beate, die Stolze, eine aufs Haupt bekommen. Sie zeigte jedoch keinerlei Schmerzgefühle, saß da mit hochmütig herabgezogenen Mundwinkeln und amüsiertem Lächeln und hätte doch von Herzen gern eine scharfe Salve in Richtung der geliebten Tochter abgeschossen, das wußte ich als ihre nächste Schwester und schärfste Konkurrentin mit Sicherheit. Aber nein, sie schwieg und lächelte.

»Ruhe jetzt!« donnerte Bruder Michael, und da wir alle schweigend saßen, hätte es einer so lauten Aufforderung nicht bedurft. »Wenn ihr die Kinder unbedingt mitnehmen wollt, dann kann ich auch nichts machen, obwohl ...«, er musterte die Gestalt auf dem Fensterbrett mit einem finsteren Blick, bedachte auch unsere Söhne mit einem solchen und ließ ihn weiter wandern zu dem mampfenden Wubbel, der arglos zurücklächelte, »obwohl es Schwierigkeiten geben wird, das kann ich euch jetzt schon verraten. Aber bitte, tut, was ihr nicht lassen könnt! Ich jedenfalls lehne jegliche Verantwortung ab. Dafür übernehme ich die Planung des ersten Treffens, denn von diesem hängt vieles ab. Wollt ihr's billig und rustikal oder teuer und vornehm?«

Die Mehrzahl der Familie entschied sich für billig und vornehm, aber Michael meinte, ein solches Hotel gäbe es nicht und wir sollten gefälligst den Tatsachen ins Auge sehen. Also wählten wir billig und rustikal, denn Fränzchen riß die braunen Augen auf und ließ zwei dicke Tränen tropfen, eine Kunst, die sie zu jeder Tages- und Nachtzeit beherrschte und mit Hilfe derer sie bei uns Geschwistern all das erreichte, was ihr als der Jüngsten, wie sie fand, zustand. Auf den stummen Tränenstoß folgte ein langgezogener, tiefer und zu Herzen gehender Schnieflaut.

Mit diesem besonders hatte sie meinem Vater einfach alles abzuringen vermocht, sogar die Erlaubnis zur Tanzstunde, die für uns ältere Geschwister so fern jeder Reichweite gelegen, daß wir nicht einmal zu fragen gewagt hatten. Nur den Zopf, den dicken braunen Zopf, der bis zu ihrem Po hinunterhing, den hatte er sich nicht abweinen lassen. Da konnten die Tränen kullern, der Schniefer zum Sirenengeheul anschwellen, Vater wandte sich ab und verhärtete sein Herz.

»Der Zopf bleibt dran! Sei dankbar, Kind, daß ich über ihn wache!«

Also baumelte der Zopf noch immer auf Fränzchens Rücken, und nach Vaters Tode tat er dies ungefährdeter denn je. Worte aus Vaters Mund wie: »Nur über meine Leiche« und später Muttis sanfte Stimme: »Ach, wie betrübt würde Vati sein ...« hielten ihn fest.

Jetzt nagte Fränzchen an eben diesem Zopf und ließ

dabei den zweiten Schub Tränen über das Gesicht rollen.

»Tante Fränzle heult«, vermeldete Mathias mit vorwurfsvoller Stimme.

Michael legte denn auch gleich den Arm um die kleine Schwester.

»Es ist ja gut, Fränzchen, wir gehen in ein billiges Hotel und wir helfen dir aus, das weißt du doch!«

Nur Bruder Christoph murrte und sagte, er könne ohne ein Zimmer mit Bad nicht existieren. Ein gewisses Maß an Bequemlichkeit brauche er, um die Geschwister, Schwäger und Schwägerinnen, Neffen und Nichten in solcher Fülle ertragen zu können. Doch wurde ihm nur von seiner Frau Julia Verständnis zuteil. Der Rest der Familie verhielt sich ablehnend und stimmte der kleinen Schwester zu, bis er sich knurrend fügte und nur noch hinter vorgehaltener Hand düstere Prophezeiungen ausstieß.

Nun aber erhob Gitti, unsere Zweitjüngste, den blonden Lockenkopf. Sie war erst seit wenigen Monaten verheiratet, saß zu Füßen ihres Ehemannes Klaus-Peter, hatte den Kopf in seinen Schoß gelegt und schaute hinauf in sein geliebtes Gesicht.

»Klaus-Peter«, sprach sie, »sag ihnen, daß es sauber sein muß, sonst ekel ich mich!«

»Ihr habt es gehört«, sagte Klaus-Peter. »Es muß sauber sein, sonst ekelt sie sich, und wenn sie sich ekelt, kann sie nicht schlafen, und wenn sie nicht schlafen kann, ist sie am nächsten Morgen müde. Das werde ich unter keinen Umständen zulassen und also bestehe ich auf Sauberkeit!«

Gitti begleitete die Worte ihres Gatten mit dankbarem Schweigen. Ihr Blick jedoch sprach Bände. Ist er nicht ein wundervoller Mensch? so war darin zu lesen. Habt ihr bemerkt, wie heiß er mich liebt und wie tapfer er für mich kämpft? Solch einen Mann hättet ihr wohl auch gerne, liebe Schwestern!

Sie ließ das Haupt zurück in seinen Schoß sinken und streichelte dankbar seine Knie, derweil wir Geschwister mit Trauer registrierten, wie dieses früher so reizvoll widerspenstige Geschöpf zur demütig liebenden Gattin herabgesunken war.

Es wird hoffentlich nicht lange währen, so dachte ich bei mir. Irgendwann bricht ihr wahres Wesen durch. Sie kann doch unmöglich in der kurzen Zeit ein neuer Mensch geworden sein.

»Bitte, Tante Gitti, sing emal ›Schlof wohl, do Hömmölsknöblein do‹!«

Mathias rief es mit dringlichem Flehen in der Stimme. Auch er begehrte offenbar die Tante Gitti von einst wiederzufinden. Sie glänzte nämlich bei Familienfesten als Konzertsängerin, wölbte die Brust heraus, riß den Mund auf und schmetterte mit tiefem Mezzosopran und starkem Vibrato eben dieses Lied. Die Brüder senkten zwar bei solcher Darbietung verschämt die Blicke, die Schwestern aber, die Neffen und Nichten konnten nicht genug davon kriegen und klatschten jedesmal begeistert Beifall.

»Ja, tu's doch, Gitti!« rief es denn auch von allen Seiten, sogar die Brüder stimmten ein, aber:

»Nein«, sagte Gitti, »ich singe nicht mehr. Klaus-Peter mag es nicht.«

»Des isch aber schad!« Andreas sprach aus, was wir alle dachten, und manch finsterer Blick ruhte auf Klaus-Peter, dem Löwenbändiger.

So begann Michael zu planen, und da er hoch im Norden wohnte, wählte er ein Hotel nach seiner Meinung auf der Mitte der Strecke, nämlich im Harz, belegte dort acht Zimmer und lud ein auf Donnerstagabend, den 30. April, mit nachfolgendem Wochenende.

»Wer nicht kommt, muß das Zimmer trotzdem bezahlen«, so schrieb er und tat damit deutlich kund, daß er eine Absage nicht wünsche.

Das Wirtshaus im Harz und Gittis Nachtgesang

Der Harz bot bei unserer Anreise kein freundliches Bild. Nebel braute um die Tannen, Schneeregen sprühte ans Autofenster. So passierte es denn, daß wir uns verspäteten und als letzte in dem rustikalen Hotel anlangten.

Bruder Michael also empfing uns in der Hotelhalle mit grämlicher Freude. Er fragte, ob wir erst unsere Zimmer sehen oder gleich zum Abendessen gehen wollten. Eine Antwort wartete er indes nicht ab, sondern ächzte uns voran eine schmale Treppe hinauf, hinein in einen engen Gang.

»Dieser Gang ist ganz in unserer Hand«, so sagte er, »das heißt, ich glaube es. Hier vorne an der Treppe wohnen Vera und ich, da Christoph und Julia, da Stefan mit seiner Familie, seid still, der Wubbel schläft schon, hier Beate und Florian, hier Gitti und Klaus-Peter, im Zimmer ganz hinten Fränzchen und Jette ...«

»Was? Tante Fränzle muß mit der Jette in eim Zimmer schlafe?« Andreas rollte entsetzt die Augen gen Himmel. »Ach, die Arme!«

»Ja, da hilft alles nichts! Einzelzimmer gibt es hier keine. Sie müssen halt miteinander auskommen!«

»I tät gern bei der Tante Fränzle schlafe«, bemerkte Mathias, »die erzählt Gschichte und isch so nett.«

»Was, und i soll mit der Jette?« schrie Andreas. »Du gemeiner Dinger!« Er wollte sich auf seinen Bruder stürzen, doch der Onkel hielt die beiden auseinander, öffnete eine Zimmertür und drückte sie hinein.

»Fränzchen und Jette bleiben zusammen! Und ihr könnt euch hier einrichten. Wer in dem Zimmer nebenan schläft, weiß ich nicht mehr, aber irgend jemand wird's schon sein. Amei und Manfred, ihr habt das schönste Zimmer, schaut es euch an!«

Wir traten ein und standen schweigend.

»Beeilt euch und kommt schnell runter, wir sitzen schon beim Abendessen.« Michael schloß die Tür hinter sich und ließ uns allein mit unserem Erstaunen.

»Wenn dies das schönste Zimmer ist ... Was wird Christoph wohl sagen?«

»Habt ihr auch eine solche Luxussuite?« rief uns dieser entgegen, als wir unten im Restaurant anlangten. »Wenn man bei uns die Tür öffnet, geht der Schrank auf. Der Wasserhahn tropft, dafür klemmt das Fenster.«

»Und nach dem Klöchen mußt du drei Stunden suchen!« klagte Gitti. »Es liegt auf der anderen Seite der Treppe.«

Bruder Michael wandte keinen Blick von seiner Hasenkeule.

»Ihr wolltet es billig, meine Lieben. Dieses ist billig für den Harz.«

Wir küßten uns durch die Geschwister, Schwäger und Schwägerinnen hindurch bis auf unseren Platz. Fränzchen schaute uns an mit den Augen eines waidwunden Rehleins. Jette, die eingekeilt saß zwischen Onkel Stefan und Michael, denn diese beiden konnte sie noch am leichtesten ertragen, hielt schützend beide Hände vors Gesicht. Nur keine Küsse hieß das.

»Hallo«, hauchte sie.

»Schad, daß der Wubbel scho schläft!« Andreas' Blicke wanderten vorwurfsvoll von Tante Gabriele zu Onkel Stefan. »Warum hat er denn scho ins Bett müsse?«

»Weil er unsere Nerven strapaziert hat mit seinem Gequengel«, antwortete Christoph für Bruder und Schwägerin, doch diese nahmen keine Notiz von seinen Worten.

»Weil er müde war«, verbesserte Stefan, und Gabriele, nie ungeduldig und immer bereit, auf Kinder einzugehen: »Weißt du, die lange Fahrt hat ihn angestrengt. Morgen früh ist er wieder quietschfidel. Er will euch alle wecken.«

»Was will er?« Michael vergaß sogar für einen Augenblick das Essen. Er legte die Gabel nieder und schoß einen scharfen Blick in Richtung der Eltern des Knaben. »Was höre ich da? Mich wird er gefälligst nicht wecken, denn ich brauche meinen Schlaf nach Mitternacht. Ich bin kein Morgenmensch. Du kannst es bezeugen, Vera.«

»Und wie ich es bezeugen kann!« Sein blondes

Eheweib Vera drehte anklagend die Augen gegen die Zimmerdecke. »Wenn ich ihn morgens nicht aus dem Schlafzimmer ziehe und ins Bad schubse, dann bleibt er auf dem Bettrand sitzen und schläft weiter. Einen solchen Morgenmuffel gibt es auf der ganzen Welt nicht mehr.«

»O doch!« Ein Protestschrei aus fünf Kehlen. Schwäger und Schwägerinnen vereint im Chor der Schwergeprüften.

Und dann folgte ein Quintett, ein langer und zu Herzen gehender Gesang über Morgenmuffel und die Leiden derer, die das Schicksal mit ihnen vereint. Die Damen Julia und Gabriele übernahmen Sopran und Alt, Florian und Manfred teilten sich in die Tenorpartie, Klaus-Peter brummte im Baß. Bei der letzten Strophe stimmte auch Vera mit ein, hoch schwebte ihr Koloratursopran über dem Chor der anderen.

Wir Geschwister saßen schweigend. Sie hatten ja nicht ganz unrecht, Frühaufsteher, die sie waren, Morgenlerchen, Abendmuffel! Aber konnte man uns als Schuld anrechnen, worunter wir selber so schmerzlich litten? Kein beglückender Sonnenaufgang ward uns vergönnt, keine Freude am Morgengesang der Vögel und am Duft frischer Brötchen.

Ach, was hatte mir diese Veranlagung schon für Ärger eingetragen! Jeder Urlaubsanfang war vergällt, und zwar bereits Tage vorher, dann nämlich, wenn Manfred sich nicht mehr zurückhalten konnte und trotz schlechter Erfahrung und besserer Einsicht die Frage stellte: »Um wieviel Uhr fahren wir los?«

Beide Söhne, sonst verständnisvoll und ihrer Mutter liebreich zugetan, pflegten sich bei dieser Frage ohne weitere Überlegungen auf die Seite ihres Vaters zu schlagen, indem sie riefen: »Ganz arg früh, wenn's no nacht isch!«

Damit war der Krieg erklärt, die Kampfhandlungen konnten unverzüglich beginnen. Leider endete der erste Waffengang meistens mit einer völligen Isolation meinerseits, mit Tränen und Türenschlagen. Im Laufe des Tages eilten Andreas und Mathias als Unterhändler zwischen den beiden verhärteten Fronten hin und her. Manfred ging von dem vorgesehenen Fünf-Uhr-Termin auf sechs Uhr hinunter. Ich von zehn auf neun. In mühsamer Aufbauarbeit und zähen Verhandlungen einigten wir uns schließlich auf halb acht.

Fuhren wir dann um acht Uhr los oder wenige Minuten danach, wurde mir kein Dank zuteil, sondern vielmehr jede rote Ampel unter die Nase gerieben – »um fünf Uhr wäre sie noch nicht eingeschaltet gewesen!« –, jeder schlecht fahrende Verkehrsteilnehmer auf den Buckel geladen – »so spät am Morgen fahren nur Frauen und Sonntagsfahrer!« Und gerieten wir gar in einen kleinen Stau, so brach ich schier zusammen unter der Last der Vorwürfe, der anklagenden Blicke oder des stummen Grolls.

Fuhren wir nach Spanien, so fand die Versöhnung

erst tief in Frankreich statt. Auf dem Weg nach Italien hingegen verziehen wir uns meist schon in Deutschland, dann nämlich, wenn Manfred die Alpengipfel zu fotografieren gedachte und keine mißmutige Amei im Vordergrund brauchen konnte.

Ja, wir Geschwister hätten ein ähnlich rührendes Septett anstimmen können über die Leiden der Morgenmuffel, zumal, wenn sie mit andersgearteten verbunden, aber nein, wir taten nichts dergleichen, ließen unsere Eheleute lamentieren, bis wir zu unserem Verdruß bemerken mußten, daß sie sich zusammenrotteten und beschlossen, am nächsten Tag in aller Herrgottsfrühe einen Morgenspaziergang zu machen. Andreas und Mathias, meine Söhne, mitten unter ihnen.

»Schluß jetzt, Ruhe!« Michael klopfte auf den Tisch. »Ich denke, wir sind hier zu einem Familientreffen, und schon am ersten Abend spaltet ihr euch in zwei Gruppen. Wir machen alles zusammen, damit das klar ist! Und wir werden schöne Tage miteinander verbringen, verflixt noch mal! Vor acht Uhr darf der Wubbel nicht wecken, sonst gibt's Ärger!«

»Okay, Boss«, sagte Stefan, »wir halten ihn fest, solange es möglich ist, aber Krach wird er natürlich machen, das ist seine Lieblingsbeschäftigung.«

»Ich wußte, mit den Kindern gibt's Schwierigkeiten«, seufzte Michael.

»Wie soll sich der Tag gestalten?« fragte Beate.

Jegliches Gespräch am Tisch verstummte. Das war

Muttis Frage gewesen, Morgen für Morgen: »Kinder, wie soll sich der Tag gestalten?«

Wir gaben ihr unsere Pläne an, und sie richtete ihren Tageslauf danach ein.

Es wäre mir als Kind nie in den Sinn gekommen, »ich weiß es nicht« zu sagen oder »mal sehen«. Mein Tagesplan stand schon am Abend vorher fest. Gestaltete er sich anders als geplant, dann war die Welt nicht in Ordnung. Nur Gitti und Fränzchen, unsere beiden Jüngsten, die blonde und die braune Schwester, löckten wider den Stachel und wollten mit zunehmendem Alter ihre Tage nicht mehr vorgestalten. Gitti tat's aus reiner Widersetzlichkeit.

»'s ist mein Tag! Ich kann mit ihm anfangen, was ich will, und ich bind's euch nicht auf die Nase!«

Manchmal streckte sie sogar die Zunge gegen uns aus. Mutti seufzte dann und schloß die Augen, um Kraft zu sammeln im Kampf gegen diese widerborstige Tochter. Fränzchen dagegen wußte nichts zu antworten, weil sie völlig ahnungslos war, was die Gestaltung ihres Tages anlangte.

»Wie soll ich denn jetzt schon wissen, was heute los sein wird. Ich weiß ja nicht einmal, um wieviel Uhr Schule ist.«

Die beiden Kleinen also nahmen die Frage nicht ernst. Wir Großen aber hatten am Abend bereits die Gestaltung des nächsten Tages im Kopf, gaben bereitwillig unsere Pläne an und trachteten danach, sie treulich zu erfüllen.

Nur einmal hatte Michael keine Antwort gegeben, damals, als er, aus russischer Kriegsgefangenschaft heimgekehrt, zum ersten Mal wieder am elterlichen Frühstückstisch saß. Er hörte die Frage, schüttelte den Kopf und blieb stumm. Der Glaube an die Möglichkeit, seine Tage selbst zu gestalten, war ihm abhanden gekommen.

Jetzt allerdings, im rustikalen Hotel beim Abendessen, fand er als erster die Sprache wieder.

»Ja also, heute abend könnten wir gemütlich zusammensitzen und spielen. Morgen machen wir bei gutem Wetter eine schöne Wanderung und bei schlechtem besichtigen wir Goslar und den Staudamm. Am Abend führt jeder seine Dias vor. Ich hoffe, ihr seid einverstanden!«

Wir nickten. Erstens war er der älteste, und zweitens hatten wir beschlossen, daß immer derjenige beim Familientreffen das Sagen haben sollte, der das Hotel ausgesucht hatte. Also schritten wir zum ersten Programmpunkt, und zwar mit großem Vergnügen, denn wann immer wir Geschwister zusammenkamen, wir spielten.

Christoph marschierte mit unseren beiden Söhnen ins Foyer, wo unter Wildschweinköpfen und Hirschgeweihen Spielautomaten standen. Bald klingelte und klapperte es.

Wubbel, ein winziges Wichtlein, kam im Schlafanzug die Treppe heruntergeheult.

»Wubbel tann nicht schlafen! Is solch ein Trach!«

Vater Stefan trug ihn wieder hinauf, nicht ohne vorher die Geschwister mit einem vorwurfsvollen Blick zu bedenken. Gabriele eilte hinterher.

Die »Rockerbraut« hieß sie bei uns, denn als Stefan diese seine Auserwählte zum ersten Mal ins Blickfeld der Familie rückte, da trug sie zu engen schwarzen Hosen eine glänzend schwarze Lederjacke. Durch das schwarze Haar wand sich ein rotes Band, rot glänzten die Lippen und rot die Fingernägel. In der Hand hielt sie ein Veilchensträußchen, obwohl ein Tannenzweiglein besser gepaßt hätte, denn es war Weihnachtszeit und wir saßen bei Kerzenschimmer.

Die weiblichen Familienangehörigen rissen erschreckt die Augen auf, die Herren schürzten die Lippen zu stummem Pfiff. Mutti sank im Lehnstuhl zurück. Stefan gab seiner Gabriele einen aufmunternden Schubs.

»Du brauchst keine Angst zu haben, sie sind nicht so schlimm, wie sie aussehen.«

Dann nahm er die Brille von der Nase und begann sie zu putzen – eine Geste, die schon sein Vater angewandt hatte, um peinliche Situationen zu überbrükken.

Die Rockerbraut brauchte seine Hilfe nicht. Sie gewann Muttis Herz mit den Veilchen, das der Geschwister durch ihr friedfertiges Wesen.

Ärgerlich wurde sie nur, wenn man, wie hier geschehen, nicht wohl an ihrem Wubbel tat, ihn aus dem Schlaf aufstörte und zum Weinen brachte. Sie sprach jedoch kein böses Wort, sondern tat nur durch Zurückwerfen des Kopfes kund, daß sie ein solches Verhalten der Familie nicht billige. Sie kehrte an diesem Abend auch nicht mehr zu uns zurück. Stefan aber trieb die Spielleidenschaft und der Drang, seinen Geschwistern die Meinung zu sagen, bald wieder die Treppen hinunter.

»Ihr seid nicht allein auf der Welt! Schämt euch! Ihr macht einen fürchterlichen Lärm!«

Genau das schienen auch die anderen Gäste des Hotels zu denken. Sie blickten erst befremdet, dann verärgert, und schließlich verzogen sie sich.

Nun hatten wir genug Platz zum Spielen. Eine Skatrunde formierte sich. Der Würfelbecher kreiste. Manfred und ich spielten Canasta mit Gitti und Klaus-Peter, und je länger wir spielten, desto stärker wurde der Eindruck, daß diese beiden Jungvermählten und vormals so Verliebten nicht miteinander, sondern gegeneinander spielten.

Klaus-Peter sperrte den Kartenstapel, wann immer dies möglich war, so daß Gitti nicht zum Zug kam. Er legte seine Karten aus und machte Schluß, kurz bevor Gitti ihren großen Coup starten konnte. Er strahlte schließlich wie die liebe Sonne, als er ihre Verluste zusammenrechnete und aufschrieb. Sie litt dies alles schweigend, aber ihr Blick wurde immer zorniger und jegliche schwärmerische Verehrung war aus ihrem Auge gewichen. Ich sah Klaus-Peter sieghaft lächeln und Gitti leise brodelnd vor sich hin kochen.

»Habt ihr euch eigentlich noch nie gezankt?« Dies fragte ich, um ein Ventil zu schaffen und Schlimmeres zu vermeiden.

»Nein, noch nie«, antwortete Klaus-Peter mit Bestimmtheit, »wir sind schließlich erwachsene Menschen, nicht wahr, Gitti?«

Dann zückte er erneut einen schwarzen Dreier und blockierte damit die Karten. Gitti krümmte sich wie eine Katze vor dem Sprung. Ich wich hinter Manfreds Rücken zurück, denn ich kannte diese ihre Ausgangsstellung. Gleich würde sie vorwärts stürzen, Gitti, erprobt und gestählt in jahrelangem Kampf mit drei älteren Brüdern. Zuletzt war sie immer Siegerin geblieben, schreckte sie doch vor keinem Kampfmittel zurück. Sie biß und kniff und tat all das, was große Brüder ihren kleinen Schwestern niemals mit gleicher Münze heimzahlen dürfen. Also gingen die Brüder Gefechten mit der streitbaren Person tunlichst aus dem Weg. Klaus-Peter aber ahnte offenbar nicht, auf welch gefährlichen Boden er sich begab mit all den Dreiern und überheblichen Lachern.

»Du kommst dran, Gitti«, sagte er jetzt, breite Schadenfreude auf den Zügen.

Sie folgte seiner Aufforderung, sprang hoch, wölbte die Brust heraus und schmetterte: »Schlof wohl, do Hömmölsknöblein do . . .«

»Pscht! Willst du wohl still sein!« Drei Brüder stürzten herbei und versuchten, sie zum Schweigen zu bringen, aber zuviel hatte sich aufgestaut in ihrem Busen und drängte mächtig hinaus. Sie sang mit einem so gewaltigen Volumen und Vibrato, wie wir es in dieser Art noch nie von ihr erlebt hatten. Dann sank sie nieder auf ihren Stuhl, erleichtert, gelockert. Klaus-Peter aber stand auf, verkrampft, verstört.

»Ich geh' jetzt!« sprach er. »Kommst du?«

»Nein!« antwortete sie und war zu ihrem alten Selbst zurückgekehrt.

Manfred erhob sich als zweiter in der Runde.

»Ich bin schrecklich müde.«

»Aber der Abend hat doch gerade erst angefangen!«

»Für euch vielleicht, ihr Nachtkrabben! Für mich ist er schon lange vorbei. Gute Nacht!«

Mit diesen Worten gab er das Aufbruchssignal für die drei letzten Abendmuffel, Julia, Vera und Florian. Sie erwachten vom Dämmerschlaf, in den sie bereits gesunken, winkten einen müden Abschiedsgruß und tappten hinter Manfred her die Treppe hinauf.

Sie hatten schon beinahe ausgeschlafen, als wir unten die Spiele zusammenpackten und nach oben schlichen. Beate zog ihre schlafende Tochter von der Fensterbank und hinter uns her die Treppe hinauf.

»Ich will meine Kassetten hören«, murmelte diese.

»Aber nicht bei mir im Zimmer!« zischelte Fränzchen zurück. »Ich kann Popmusik nicht ausstehen!«

Beide Damen funkelten sich zornig an, dann fiel die Tür hinter ihnen ins Schloß.

Trotz aller Bemühungen gelang das Insbettgehen nicht ganz so leise wie erwünscht. Christoph fiel der Marotte seines Schrankes zum Opfer. Als er die Zimmertür schloß, öffnete sich die des Schrankes und schlug dem ahnungslos Weitertappenden heftig auf die Nase. Er schimpfte und meinte, Julia hätte ihm diesen Possen angetan.

Stefan, ängstlich bestrebt, seinen Sprößling nicht aufzuwecken, zog vor dem Zimmer die Schuhe aus und schlich auf Strümpfen und Zehenspitzen hinein ins stille Schlafgemach. Dort stolperte er über einen Stuhl, worauf man Wubbels krähendes Stimmchen hörte. Er verlangte nach einem Säftle und einem Schlafplatz im elterlichen Bett.

Am meisten Ärger aber hatten Andreas und Mathias, die ihren Schlüssel in die verkehrte Tür zu stecken suchten und nicht verstehen konnten, warum er nicht passen wollte. Sie rumorten und drückten an der Türklinke, bis schließlich ein fremder Herr im Schlafanzug die Türe von innen aufriß und sie zornig aufforderte, ihres Weges zu gehen und sein Zimmer zu meiden.

»Mir hen gmeint, 's wär unsers. Tschuldigung!«

»Schert euch!« schrie der Herr, warf die Tür zu, und da sein Weib, oder was immer es war, nun heftig zu klagen anhob, vergaß er den Schlüssel wieder umzudrehen.

Tropfender Wasserhahn und zorniger Rauschgoldengel

So fand Wubbel freien Einlaß, als er morgens um sieben Uhr der Obhut seiner Eltern entkam und auf Wecktour ging.

»Los! Raus! Mit Wubbel schpielen!«

Er riß aus Leibeskräften an der Bettdecke, worauf der fremde Herr hochfuhr, mit beiden Beinen zugleich aus dem Bett sprang und sich auf ihn zu werfen suchte.

»Du bitterböser Bursche! Willst du wohl machen, daß du rauskommst!«

Es hätte der Aufforderung nicht bedurft. Wubbel, zu Tode erschrocken, stürzte hinaus und brach auf dem Gang in jämmerliches Geheul aus: »Mami, Papi! Da is wer! Hu, ha, ein Mann!«

Die Zimmertüren öffneten sich, und verschlafene Familienmitglieder quollen heraus. Das Bürschlein burrte umher wie ein gefangener Maikäfer, prallte hier gegen eine Tante und dort gegen einen Onkel und hielt mit beiden Händen die rutschende Schlafanzughose fest. Stefan fing seinen Sohn ein und drückte ihn an sich.

»Komm, Wubbel, niemand darf dir was zuleide tun!«

Und mit einem finsteren Morgenblick auf seine

verschlafenen Schwestern und Brüder, Schwägerinnen und Schwäger: »Wie könnt ihr das arme Kind so erschrecken, das hätte ich nicht von euch gedacht!«

Zum Glück erschien nun der Herr und klärte die Lage mit lauten und zornigen Worten, bis sein Blick auf Fränzchen fiel. Sie hockte neben Wubbel auf dem Boden und steckte ihm mit einer Sicherheitsnadel das Höschen fest.

Fränzchen verbrauchte Unmengen von Sicherheitsnadeln. Sie pflegte damit schon als Kind ihre Kleidung vorteilhaft zu verändern, die Taille enger zu stecken, den Rocksaum höher.

»Fränzchen, ich bitte dich!« flehte meine Mutter. »Ein ordentliches Mädchen tut so etwas nicht. Gib mir das Kleid, ich nähe dir den Saum hoch.«

»A wo, unnötige Arbeit! Er hält auch so.«

Waren gerade keine Sicherheitsnadeln zur Stelle, so griff sie in der Not zu Wäscheklammern, Haarspangen oder Stecknadeln, mit welch letzteren sie jedoch nach einem schmerzlichen Mißgeschick nur noch sparsam umging. Da war sie aufgebrochen zum Rendezvous. Das schlubbelig-schlabbelige Kleidchen von einem Gürtel zusammengehalten, der mit Stecknadeln am Kleid befestigt war, damit er nicht verrutsche. Der liebevolle Freund nahm sie in Empfang und in die Arme, wich jedoch nach kurzer Umarmung von ihr, denn eine Stecknadel war ihm tief ins Fleisch gedrungen. Trotz Fränzchens Unschuldsbeteuerungen, trotz Tränen und Schniefen wollte er zu keiner weiteren Umarmung schreiten und hielt Fränzchen für boshaft und gefährlich, so daß die Freundschaft in die Brüche ging.

Nun also steckte sie dem Wubbel das Höschen fest. Man sah nur wenig von ihr unter der aufgelösten braunen Haarflut, aber schon das wenige ließ den Herrn verstummen. Er klappte den Mund zu, drehte sich um und tappte zurück in sein Zimmer. Die Familie trat ebenfalls den Rückzug an. Andreas und Mathias nahmen das weinende Zwerglein zu sich ins Bett, und Ruhe hätte einkehren können, wären nicht die meisten Ehepaare mit dem Aufarbeiten ihrer nächtlichen Ärgernisse beschäftigt gewesen.

Auch Manfred und ich hatten Schwierigkeiten miteinander. Ich war wieder ins Bett gekrochen, einzig beseelt von dem Wunsch, in Ruhe gelassen zu werden und dem Tag noch ein paar Minütchen abzuschlafen. Manfred aber stand vor dem Waschbecken, rang abwechslungsweise Hände und Handtücher und tat dies leider keineswegs schweigend. Nein, er fragte sich und mich zum wiederholten Male und mit dringlich erhobener Stimme, wie denn ein denkender Mensch die Handtücher ins Waschbecken unter den tropfenden Hahn legen könne und womit, um alles in der Welt, er sich jetzt abtrocknen solle?

Daß der Hahn tropfte, hatte ich zu meinem Leidwesen schon in der Nacht bemerken müssen. Er tat dies dumpf und stetig, und das Geräusch marterte meine Ohren. Also kroch ich aus dem Bett, tappte zum Waschbecken und drehte am Hahn, bis meine Hände erlahmten. Kaum legte ich den müden Kopf aufs Kissen, da fing es wieder an. So lag ich und lauerte und wartete auf den nächsten Tropfen. Mein Kopf dröhnte, und meine Nerven drohten zu zerreißen, derweil Manfred sanft schlafend vor sich hin schnorchelte. Wollte ich diese Nacht unbeschadet überstehen, dann mußte ich ihn wecken, so weh es mir tat.

»Manfred, der Hahn tropft!«

»Dreh ihn ab!«

»Hab' ich schon. Er geht nicht!«

»Dann kann ich auch nichts machen!« Sprach's, drehte sich um und schlief weiter. In meiner Verzweiflung polsterte ich das Waschbecken mit Handtüchern aus. Es gab nur zwei für uns in dieser rustikalen Herberge, und so konnte es geschehen, daß wir morgens eines trockenen Handtuches ermangelten und Manfreds lautstarke Proteste meinen ohnehin schmerzenden Kopf peinigten.

»Hör auf zu zetern, Manfred, bitte! Hol dir ein Handtuch von Andreas und Mathias, die kommen gut mit einem aus.«

Er ging. Ich atmete auf und hoffte, er würde lange fortbleiben. Aber nein, schon stand er wieder vor meinem Bett, zog mir die Decke vom Kopf, damit ich seines Jammers auch gänzlich gewahr würde, und hielt die Hände leer und anklagend in die Höhe.

»Sie haben Mäuse aus ihren Handtüchern geknotet, werfen sie im Zimmer herum, und der Wubbel ist die Katze und fängt sie. Jetzt gibt es in dieser vergammelten Herberge schon keine Dusche, und dann kann man sich nicht einmal abtrocknen!«

Er verschwand knurrend, kehrte aber nach geraumer Zeit frohgemut mit einem Handtuch zurück.

»Julia, die Kluge, hat ihre eigenen Handtücher mitgenommen.«

»Julia, die Kluge«, das war's, was ich am frühen Morgen brauchen konnte und was meinen Blutdruck in die Höhe brachte. Fauchend fuhr ich aus dem Bett, derweil die Tür aufkrachte und Wubbel auf allen vieren ins Zimmer kroch, eine Handtuchmaus im Mäulchen. Vor Manfreds Füßen ließ er sie fallen.

»Miau, mio, miau, mio! Ontel Mampfwed, warum machst du deine Handtücher naß?«

»Ich, daß ich nicht lache! Frag deine Tante!«

»Tante Amei, warum machst du sie naß?«

Nun drangen auch Andreas und Mathias in unser Zimmer ein.

»Isch der Wubbel net süß, so als Katz?«

Aber Manfred hatte keinen Sinn für Wubbels Süßigkeit, er trachtete einzig danach, seine Morgenwäsche zu einem guten Ende zu bringen.

»Los verschwindet, ihr drei, und macht die Tür hinter euch zu! Eure Maus könnt ihr mitnehmen!«

Er packte die schmuddelige Maus mit spitzen Fingern und warf sie hinter den dreien her auf den

Gang. Dort traf sie den fremden Herrn, der gerade mit seiner Begleiterin zum Frühstück ging.

»Das ist doch die Höhe!« rief er. »Die ganze Nacht kommt man nicht zum Schlafen! Morgens wird man gestört! Und jetzt noch diese Frechheit! Ich werde mich beschweren!«

Als wir am Frühstückstisch erschienen, war die Familie schon vollzählig versammelt, sehr gedämpft, sehr ruhig, und das lag nicht nur an der üblichen Morgenmuffeligkeit. Gitti und Klaus-Peter saßen getrennt. Sie schauten beflissen aneinander vorbei, und trafen sich ihre Blicke versehentlich, so gefroren dieselben flugs zu Eis.

Auch Andreas und Mathias wirkten verstört. Sie duckten sich tief über ihre Teller, um den Blicken des Paares auszuweichen, das ihnen gegenüber am anderen Ende des Restaurants saß. Die Dame, ein blonder Rauschgoldengel, schoß zornige Blicke in alle Richtungen. Der Herr war hauptsächlich damit beschäftigt, den Kopf zu schütteln, hatte er doch soeben beim Hotelier vernommen, daß sich unter dieser Gesellschaft drei Pfarrer mit ihren Familien befanden und daß es sich hier keineswegs um den feuchtfröhlichen Maiausflug eines Vereins handelte.

Andreas berichtete im Flüsterton von ihrem verhängnisvollen Irrtum in der Zimmerwahl und wie der Herr gedacht hatte, sie wollten bei ihm einbrechen. »Und dann no die Maus! Ehrlich, Vati, des war blöd.«

»Mir ist es peinlich genug!« Manfred schenkte seinem Sohn einen bekümmerten Blick.

»Dem Mann seine Mami weint!« vermeldete der Wubbel.

»Es ist nicht seine Mami«, verbesserte Gabriele, »es ist seine Frau.«

»Ja, und vorhin hat se gsagt, se hat sich's anders vorgschtellt, und des macht se nemme mit! I hab's ghört«, berichtete Mathias.

Michael blickte ernst in die Runde.

»Es ist eine unglückselige Verkettung der Umstände. Wir müssen uns entschuldigen.« Er erhob sich ächzend und zog die Hose hoch. »Kommt mit, Männer! Laßt mich nicht allein!«

Sie seufzten schwer, aber sie kamen. Florian und Manfred, Stefan, Christoph und Klaus-Peter, die beiden letzten jedoch besonders lustlos.

»Ich bin so unschuldig wie ein neugeborenes Lamm«, murrte Christoph, »ich habe nichts mit ihm zu schaffen!«

»Du gehörst zur Familie«, brummte Klaus-Peter, »genau wie ich, leider!«

Michael voran, so zog die Prozession unter allgemeiner Anteilnahme durch das Restaurant bis zum Tisch des Paares und nahm dort Aufstellung. Michael bat im Namen der Familie um Entschuldigung. Die fünf anderen Mannen leisteten stummen Beistand, indem sie ihre Gesichter in kummervolle Falten legten.

Die Dame biß mit steinernem Gesicht in ihr Brötchen und zeigte sich nicht versöhnungswillig. Der Herr jedoch nahm die Entschuldigung gnädig entgegen und gab nur seiner Verwunderung darüber Ausdruck, daß ausgerechnet Pfarrer sich so wenig vorbildlich betrügen.

Er habe geglaubt, gerade solche sollten der Menschheit ein gutes Beispiel geben, welcher Glaube aber ein Irrglaube gewesen sei, wie er jetzt habe erkennen müssen.

Florian, Manfred und Stefan, die drei Pfarrer der Familie, senkten schuldbewußt die Häupter.

Michael sprach wieder von der unglückseligen Verkettung der Umstände und versicherte, nunmehr solle alles anders werden. Er erbot sich sogar, den Herrschaften die ganze Familie vorzustellen. Die Dame lehnte schaudernd ab. »Das fehlte mir noch!«

Der Herr jedoch zeigte sich bereit, ein Versöhnungsschnäpschen zu trinken. Kaum hatte der Rauschgoldengel dies vernommen, so warf er seine blonden Korkenzieherlocken zurück, schnellte in die Höhe, zischte »Jetzt reicht's mir aber! Ich packe!« und rauschte hinaus.

Wir am Tisch zogen die Köpfe ein, kauten an unseren Brötchen und hörten Vera zu, die flüsternd berichtete, wie Michael in der Nacht die Toilette aufsuchen wollte, statt der Zimmertür aber die Schranktür erwischt hätte und in den Schrank getreten wäre. Dort hätte er verzweifelt gegen Dunkelheit und Enge angekämpft und wäre schließlich ermattet niedergesunken. Sie hätte ihn morgens schlafend im Schrank aufgefunden.

»Was erzählst du da?« Michael war wieder zu uns gestoßen. »Wie soll ich in einen Schrank treten, der überquillt von deinen Kleidern? Du mußt geträumt haben, Liebes!«

»Gut, daß er nicht auf die Toilette gegangen ist«, ließ sich Fränzchen vernehmen, »da wäre er nämlich nicht hineingekommen. Jette hat sie mit Beschlag belegt und ihre Kassetten heulen lassen.«

»Wie soll sich der Tag gestalten?« fragte ich dazwischen, denn Henriette fuhr hoch wie eine gereizte Schlange.

»Ja, also es regnet«, antwortete Michael, »deshalb folgt Programmpunkt Numero zwei. Wir besichtigen den Staudamm und Goslar. Ihr werdet hoffentlich Interesse für die Kaiserpfalz haben!«

Die Begeisterung hielt sich in Grenzen, denn draußen begann sich der Regen mit Schnee zu vermischen.

»Wir fahren in einer halben Stunde mit vier Autos. Zieht euch warm an!«

Das hätte er uns nicht empfehlen müssen, wir froren schon, wenn wir aus dem Fenster schauten.

»Onkel Christoph, darf i bei dir mitfahre?« Andreas liebte den lustigen Onkel zärtlich.

»Wubbel will au!« meldete sich der Kleine.

»No will i da au mit nei!« sagte Mathias.

»Himmel, der reinste Kindergarten, und alles in meinem Auto!« brummte Christoph, und dann mit voller Lautstärke und einer Wendung zu seinem Bruder Stefan hin: »Dein Wubbel ist hoffentlich stubenrein?«

Es schwang in dieser Frage soviel Vorwurf mit und Zweifel an Stefans Erziehungsbefähigung, daß dieser gekränkt zusammenzuckte und die Frage unbeantwortet an den Bruder zurückgab.

»Was denkst denn du?«

Die beiden Brüder hatten Schwierigkeiten miteinander, nicht nur jetzt, ach nein, von jeher waren sie sich ins Gehege geraten. Im Sandkasten schon, wenn Stefan, vier Jahre alt, seine Sandburg liebevoll und bedächtig festklopfte und der zweijährige Christoph schwanken Fußes dahertorkelte und eben diese Burg aus Versehen niederwalzte.

Oder wenn Christoph voll stolzer Freude eine Armbanduhr herumzeigte, die man ihm geschenkt, und Stefan all seinen Stolz in Scham verkehrte nur durch die Worte: »Pah, Pappe!«

Sie lagen in jeder Hinsicht zu dicht beieinander. Schliefen im selben Zimmer, bevorzugten dieselben Spielsachen, liebten die gleichen Menschen und waren die schärfsten Konkurrenten füreinander. Was Christoph besaß, das mußte auch Stefan haben, und was Stefan erlaubt war, das wollte auch Christoph dürfen, also stritten sie miteinander vom frühen Morgen bis zum späten Abend. Mit allen anderen

Geschwistern jedoch kamen sie gut zurecht, und wir liebten den drolligen kleinen Christoph genauso wie den bedächtigen, wortkargen Stefan.

Nach der Flucht, als wir alle in einem Zimmer lebten und schliefen, versuchte meine Mutter die beiden Streithähne soweit wie möglich voneinander zu trennen, damit sie uns durch ihr Gerangel nicht um die Nachtruhe brächten. Sie wurden also in die beiden äußersten Betten verfrachtet, zwischen ihnen lagen sämtliche Geschwister und die Eltern. Aber die beiden konnten nicht einschlafen, warfen sich von einer Seite auf die andere und entbehrten ihre abendliche Streitrunde derart, daß sie laut seufzen mußten und wir mit ihnen. Am nächsten Abend bezogen sie die Betten nebeneinander, zischten und zeterten ein Weilchen unter vorgehaltenen Decken und schliefen dann sanft und selig.

So spielten und stritten sie auch an einem kalten Frühlingstag im Garten. Ein Bächlein namens Umfa plätscherte durch diesen, und im Verlauf irgendwelcher Zwistigkeiten fiel Christoph dort hinein. Stefan sprang unverzüglich hinterher, zog und drückte den kleinen Bruder aus dem eisigen Wasser hinaus auf die Wiese, packte seine Hand und tropfte eilig mit ihm dem Haus zu, woselbst sie, liebevoll ausgezankt und ins Bett gesteckt, sogleich ihre Streitigkeiten wieder aufnahmen. Ich kam mit Wärmflaschen ins Zimmer, sah den Kampfhandlungen ein Weilchen zu und sagte dann – im Spaß nur und gewiß nicht aus Überzeugung – zu Stefan: »Mir scheint, du hast ihn nur rausgezogen, um mit ihm zu streiten.«

Stefan schloß die Augen zu kurzer Bedenkzeit, nickte dann bedächtig und sagte: »Ja, das könnt' sein.«

Nun waren sie erwachsen. Stefan hatte die schwarze Rockerbraut zur Frau genommen und Christoph die blonde Julia. Kontrastprogramme die beiden. Wenigstens nach außen hin.

Jetzt warf sich Gabriele, die Rockerbraut, zwischen die beiden Kampfhähne, schenkte Christoph einen sanften Blick aus schwarzen Augen und sagte: »Schnelles Fahren und scharfes Bremsen kann er nicht vertragen, dann wird ihm schlecht, dann muß er spucken. Komm, Wubbel, fahr mit Papi und Mami!«

»Wubbel will mit Ontel Piffpoff!«

Wubbels Mäulchen zitterte bedrohlich. Christoph aber schaute, Triumph im Blick, zu Stefan hinüber, dann bückte er sich und nahm den Kleinen auf den Arm.

Mit Wubbels kleinem Persönchen war Stefan dem Bruder ein Stück voraus, Christoph trug schwer an dieser Bürde. Darum bedeutete es Balsam für seine Wunde, daß nun der Sohn vom Vater fort zu ihm, dem Onkel, strebte.

»Klar, Wubbel, wenn du lieber mit mir fährst als mit deinem Vater, dann darfst du das auch tun!

Komm nur in mein Auto, denn ...«, er sandte einen scharfen Blick in Richtung Rockerbraut, »denn ich fahre nicht schnell und ich bremse nicht scharf! Wie kommst du nur darauf, Gabriele? Julia, nimm Tüten mit, wenn sie spucken müssen!«

Stefan öffnete den Mund, um seinem Bruder noch ein kurzes treffendes Wort mit auf den Weg zu geben, aber Gabriele packte seine Hand und zog ihn fort.

»Also, ihr Lieben«, Michael steckte den Kopf in unser Auto, »die Familie ist verstaut. Wen habt ihr im Auto? Gitti und Klaus-Peter! Gut, alles in Ordnung. Ich fahre voraus, denn ich kenne den Weg, dann kommt Christoph, dann Stefan, und du, Manfred, machst den Schluß. Wir müssen zusammenbleiben, es nebelt. Schön langsam fahren!«

Dann bestieg er sein Auto, hupte und sauste davon wie der Teufel. Die drei anderen Autos hatten Mühe, hinter ihm herzukommen. Gitti und Klaus-Peter auf unserem Rücksitz verströmten Eiseskälte, und meinen Versuchen, eine gepflegte Unterhaltung zustande zu bringen, ward kein Erfolg beschieden.

Kummerspeck und »Aktion Taschenmesser«

An der unübersichtlichsten Stelle des Harzes gab Christoph Lichtsignale, hupte, bremste und hielt am Straßenrand. Die Autotüren öffneten sich, Julia und die Kinder sprangen heraus und liefen in den Wald.

»Ist er wahnsinnig geworden?« Manfred eilte nach vorne. Ich trottete hinterher, denn über Gitti und Klaus-Peter lagerte eine unheilschwangere Wolke, die sich jeden Augenblick entladen konnte. Ich war nicht begierig darauf, dieses Ereignis mitzuerleben.

Stefan stieg aus seinem Auto und schloß sich mir an. Er hielt den Kopf gesenkt und stürmte voran, dies war Stefans Angriffshaltung. Christoph lehnte an der Wagentür und rauchte eine Zigarette, Manfred tat ihm gerade seine Meinung über waghalsige Haltemanöver kund, und auch Stefan erleichterte sein Herz.

»Warum schickst du die Kinder in den Wald? Der Wubbel wird sich erkälten.«

»Kann ich was dafür, daß der Bursche pinkeln muß? Hast du gedacht, wir erledigen das im Auto?«

»So, hat er sich gemeldet? Ja, er tut es schon lange.«

Stefans Augen strahlten, und voller Stolz erhob er den Kopf. Braves Kind! Guter Wubbel! Er war also stubenrein. Er hatte gezeigt, wie vorzüglich sein Vater ihn erzogen, hatte Christophs Unkenrufe Lügen gestraft. Wie peinlich für den Bruder. Stefan bohrte nicht weiter in dessen Wunde, nein, er wedelte nur mit der Hand den Zigarettenrauch beiseite und sprach: »Ich habe mir das Rauchen abgewöhnt. Es ist ein Laster!«

Christoph blies den Rauch in Richtung des Bruders und setzte an zu einer Entgegnung von ungeheurer Schlagkraft, da kehrten die Kinder zurück, die Hände voller Tannenzapfen, die Schuhe voller Dreck.

»Ist alles in Ordnung, Wubbel?« Stefan gab seinem Sohn einen zärtlichen Klaps.

»Schau, Papi!« Wubbel zeigte strahlend seine Tannenzapfen. »Wubbel hat Mäuse!«

»Das vergammelte Zeug kommt mir nicht ins Auto!« Christophs geballter Zorn konzentrierte sich auf die Tannenzapfen. »Laß sie fallen, Wubbel, und wisch dir die Schuhe ab!«

»Oh, Ontel Piffpoff, Wubbel will aber ...«, die Lippen zitterten, die Mundwinkel sanken herab.

»Gut, gut! Nimm sie mit! Aber ihr beiden ...«, Christoph musterte Andreas und Mathias mit finsterem Blick, »ihr werft sie weg! Euch hätt' ich mehr Verstand zugetraut! Was sammelt ihr dem Kleinen Tannenzapfen?«

»Mir hen denkt, mir könntet ›Maus‹ schpiele, no tät ihm die Fahrt schneller rumgehe und er müßt net schpucke.«

»Das Denken überlaßt den Pferden, die haben größere Köpfe!«

Diesen Spruch zitierte Christoph oft und gern, und jetzt gerade fand ich ihn besonders witzlos, da er sich gegen meine Kinder richtete. Michael drängte zum Einsteigen.

»Wenn wir so weitermachen, sind wir heute abend noch nicht in Goslar. Los, macht schon, hier darf man nicht parken!«

Die Familie suchte ihre Plätze auf, die Autotüren knallten, der Konvoi setzte sich in Bewegung. Die Jungvermählten hinter uns verharrten noch immer in tödlicher Stille. Doch nein, eine Tüte knisterte, leise Kaugeräusche. Gitti futterte. Ich mußte mich nicht umdrehen, ich wußte es auch so. Wenn Gitti unglücklich war, dann stopfte sie alles in sich hinein, was ihr an Eßbarem in die Hände fiel. Sie tat dies schon als kleines Kind. Sie weinte nicht, sie kaute. An einem Heiligabend fiel es mir zum ersten Mal auf. Gitti war vier Jahre alt und ich zehn. Sie hatte sich einen Puppenwagen mit Verdeck gewünscht, und sie bekam einen Puppenwagen ohne Verdeck. Ein bedauerlicher Fehler, der nach Weihnachten sofort korrigiert wurde, am Heiligen Abend jedoch war das Geschenk nicht so wie erwünscht. Gitti nahm es zur Kenntnis, die Stirn in kummervolle Falten gelegt, die Lippen zornig gekräuselt. Sie packte den Wagen, schob ihn mit allen Anzeichen tiefsten Mißfallens durchs Zimmer, klinkte die Tür auf, gab ihm einen Stoß, so daß er hinausrollte in den dunklen Flur, und schlug die Tür wieder zu.

»Was ist, Gitti, gefällt er dir nicht?«

»Kein Verdeck!« Mehr kam nicht, keine Träne, kein Schluchzer. Sie ging zu ihrem Platz zurück, ergriff den bunten Teller und verschwand. Wir waren mit unseren eigenen Geschenken beschäftigt, mit Freude und Enttäuschung, mit Danken und Bedanktwerden, bis uns ein klägliches Maunzen aufschreckte. Es kam hinter dem Weihnachtsbaum hervor und wurde immer schmerzlicher und lauter. Dann kroch Gitti aus dem Geäst, angstvoll, schokoladeverschmiert und bleich. »Mein Bauch, au!«

Sie hatte ihren bunten Teller leergegessen. Schokolade und Marzipan, Äpfel, Nüsse und Muttis steinharte Lebkuchen, all dies war in ihrem Bäuchlein verschwunden und drückte sie dort sehr.

So ging es Jahr für Jahr. Sah ich die kleine Schwester irgendwo versteckt sitzen, eine Tüte in der Hand, und wie ein Maschinchen Stück für Stück, Keks, Schokolade, Rosinen oder Nüsse in den Mund stopfen, kauen, schlucken, dann gab es nur eine Frage: »Bist traurig, Gitti? Was ist denn? Komm erzähl's.« Aß sie dann weiter, so war der Schmerz unaussprechlich groß. Legte sie aber die Tüte beiseite und begann leise flüsternd ihre Kümmernisse vor den schwesterlichen Ohren auszubreiten, dann war der Hunger vergangen, dann rührte sie die Tüte nicht mehr an.

So mampfte sich Gitti ihren Kummer von der Seele. Ihren Ärger aber bekämpfte sie mit zornigen Worten und wilden Gesängen.

»Schaut nur, jetzt hat sie wieder ihren Bock!« So sprachen wir Geschwister und genossen aus angemessener Entfernung das reizvolle Schauspiel.

Die Jahre vergingen, und Gitti reifte heran. Der Babyspeck allerdings wollte nicht weichen, und der Zorn blieb leicht entflammbar, bis Klaus-Peter, der Löwenbändiger und Tröster, auf der Bildfläche erschien. Da schmolz der Speck wie Butter an der Sonne, da wurde das Dickerle dünn, der Bock zum sanft blökenden Lämmlein. Eine Verwandlung, die uns Geschwister eher erschreckte als erfreute und unsere Liebe zu Klaus-Peter in Grenzen hielt.

Doch siehe da, ein Abend im Kreis der lieben Familie, und die alte Gitti brach mächtig aus der Versenkung herfür. Gestern hatte sie gegen den Willen ihres Herrn und Gebieters ›Schlof wohl …‹ geschmettert, nun aß sie Schokoladewaffeln.

»Wenn du so viel ißt, wirst du dick werden.« Klaus-Peter sprach es mit Grabesstimme. »Ich mag es lieber, wenn du schlank bist!«

»Es ist mir«, so antwortete sie mit vollem Mund, »egal, was du lieber magst! Ich mag jetzt Schokoladewaffeln, und also werde ich sie essen.«

Nun kauten sie beide. Klaus-Peter an ihren Worten und sie an ihrer Kummerkost. Manfred und ich aber versuchten, uns möglichst unbefangen zu geben, um nicht in die Probleme der beiden Lieben mit hineingerissen zu werden.

Da gab Christoph vorne erneut Zeichen, daß er zu halten gedenke, hupte, blinkte und bremste, und alle anderen taten es ihm nach, vermutlich ebenso unfroh wie Manfred.

»Himmel noch mal, was ist denn jetzt schon wieder los?«

Bruder Michael schoß aus dem Auto, so schnell das bei seiner Leibesfülle möglich war, trabte zu Christoph, verhandelte kurz und heftig, ging weiter zu Stefan und dann zu uns. Manfred kurbelte das Autofenster herunter.

»Sag bloß nicht, der Wubbel muß schon wieder ...«

»Nein, diesmal ist es eurer. Mathias hat sein Taschenmesser im Wald verloren. Er heult und zetert. Wir müssen zurück, sonst dreht er durch. Vorsicht beim Wenden!«

Dieses Taschenmesser war Mathias' größter Schatz. Erst vor zwei Wochen, am Geburtstag nämlich, hatte er es geschenkt bekommen. Kein Wunder, daß er weinte.

Die vier Autos wendeten und fuhren zurück.

Zweimal hielt Christoph an, lief von Auto zu Auto und palaverte mit den anderen Fahrern, ob dies die richtige Stelle sei. Schließlich waren sich alle einig, und die Familie strömte auf die Straße hinaus.

»Hiergeblieben!« schrie Michael. »Wir müssen nach Plan vorgehen!«

Und Christoph fügte hinzu: »Der Wubbel bleibt im Auto!«

»Oh, Ontel Piffpoff, Wubbel will aber ...« Diesmal brach er sofort in jammervolles Geheul aus. Die Rockerbraut drückte ihren Sprößling an sich.

»Wein nicht, Wubbel! Natürlich darfst du mit. Du mußt doch auch suchen helfen. Onkel Christoph hat es nicht so gemeint.«

Christoph schluckte.

»Ich will euch nicht hineinreden, Gabriele, aber eure Erziehung ist zu lasch, das muß ich dir sagen.«

Michael versammelte die Familie um sich.

»Also, Leute, wir schwärmen jetzt aus in breiter Front. Die Kinder gehen in der Mitte, denn sie wissen am besten, wo sie gepinkelt haben. Wer fündig geworden ist, gibt Laut. Die anderen schweigen. Ich bleibe hier bei den Autos, denn einer muß den Überblick behalten. Weiter als zehn Meter braucht ihr nicht zu gehen, oder seid ihr etwa noch tiefer in den Wald gelaufen, Mathias?«

Mathias hob das tränennasse Gesicht.

»Mir hen Tannezapfe gsucht und net zählt wieviel Meter.«

»Herr du meines Lebens! Also zwanzig Meter! Haltet die Augen am Boden!«

»Meinst du, wir suchen das Taschenmesser auf den Bäumen?«

Die Frage schwebte direkt in der Luft, und so stellte ich sie denn. Michael aber warf mir einen strengen Blick zu.

»Sei nicht frech, Amei, halte deine Zunge im Zaum!«

Dies waren die Worte meines Vaters. Seitdem er nicht mehr über meine spitze Zunge wachen konnte, hatte Michael dieses Amt übernommen. Er verwaltete es mit Strenge, besonders wenn es mir gelungen war, eine seiner Empfindlichkeiten zu treffen. Ein kurzer Blickwechsel, dann fand der große Bruder zum gewohnten Befehlston zurück.

»Uhrenvergleich, Leute! Es ist jetzt zehn Uhr vierzig. Um zehn Uhr fünfzig kommt ihr wieder hierher zurück. Dann ist das Unternehmen beendet, egal, wie es ausgeht.«

Mathias schluchzte auf. Daß dieses Unternehmen auch ohne sein Taschenmesser ausgehen könnte, war ihm bis jetzt nicht bewußt geworden.

»Komm, Mathias, wein nicht!« Ich wischte ihm die Tränen vom Gesicht. »Du kriegst ein neues, ganz bestimmt!«

»I will kei neu's! I will mei alt's!«

Er drehte sich um und stapfte in den Wald hinein.

›All you need is love, love, love ...‹ sangen die Beatles in voller Lautstärke. Henriette schwärmte mit aus in breiter Front. Sie trug ihren Kassettenrekorder hinein in den Wald, und aus ihm heulten die Beatles.

»Jette, willst du wohl das Ding abstellen!« brüllte Michael vom Auto her.

Florian machte drei große Schritte zu seiner Tochter hin.

»Dreh's bißchen leiser, Jette!«

»Aber es ist schon so leise! Ich hör' ja fast nichts mehr. Hier im Wald stört's doch keinen. Im Zimmer darf ich nicht, im Auto auch nicht, wo soll ich's denn hören?« Sie drehte mißmutig an ihrem Apparat und hielt ihn dann fest ans Ohr, um ja keinen Ton zu versäumen. So stolperte sie im Wald herum und wußte nicht, warum sie das tat, das Taschenmesser hatte sie längst vergessen.

Klaus-Peter suchte am äußersten rechten Flügel, Gitti neben mir am äußersten linken.

»Bist traurig, Gitti? Was ist denn los? Komm erzähl!«

Sie knüllte die Waffeltüte zusammen.

»Menschenskind, Amei, ich hab' sie alle aufgegessen. Wie konnte das nur passieren?«

»Was ist los mit dir und Klaus-Peter? Ihr habt euch doch immer so gut verstanden.«

»Was soll los sein? Er liebt mich nicht mehr. Er kann's nicht leiden, wenn ich singe, er kann's nicht leiden, wenn ich esse. Er liebt mich nur, wenn ich so bin, wie er will. Ich werd' dir mal was sagen, Amei: Ich pfeif' auf solche Liebe!«

Sie faltete die Tüte auseinander, hielt sie an den Mund, blies hinein, bis sie prall war wie ein Luftballon, und schlug mit beiden Händen zu. Es gab einen scharfen Knall.

Die Familienmitglieder fuhren erschreckt hoch, blieben stehen oder suchten hinter dem nächsten Baum Deckung, nur Henriette stolperte unbeirrt weiter. Ihre Ohren waren von den Beatles besetzt, andere Geräusche nahm sie nicht wahr.

»Ist jemand verletzt?« schrie unser Oberbefehlshaber von der Straße herüber, und da niemand antwortete: »Zehn Uhr fünfzig! Aktion beendet! Zurück, Leute!«

»Bitte, bitte, suchet doch no e bißle!« jammerte Mathias.

Dann kam Laut, hoch und gellend: »Wubbel, Wubbel hat's!«

Das Zwerglein wuselte der Straße zu, seinen kostbaren Fund hocherhoben in der Faust. Strahlende Augen unter der gelben Kapuze.

Mathias stürzte hinterher. Er vergaß die Würde seiner sechs Jahre und daß er eigentlich zärtliche Gesten und dergleichen Weiberkram zutiefst verabscheute.

»Oh, Wubbel, du goldiger!« Er drückte das Bürschlein an sich, und jetzt, jetzt knallte er ihm sogar einen Kuß auf die gelbe Kapuze.

Schwestern und Brüder, Schwägerinnen und Schwäger tauchten wieder auf, zerzaust und schmutzig zwar, aber glücklich über den guten Ausgang der »Aktion Taschenmesser«.

›Let it be ...‹ sangen die Beatles, nun wieder aus voller Brust, denn Henriette sah sich nicht genötigt, ihre Lautstärke zu drosseln, zumal Tante Vera noch viel lauter schrie und jedem den Anblick ihres zerrissenen Strumpfes darbot.

»Da, schaut es euch an! In einer Brombeerranke bin ich hängengeblieben! So muß ich nun den ganzen Tag herumlaufen!«

Leider fand sie wenig Anteilnahme, man war mit seinen eigenen zerrissenen Strümpfen, fleckigen Hosen und schmutzigen Schuhen beschäftigt. Nur Andreas hatte ein offenes Ohr für den Jammer der Tante.

»Tante Vera, kannsch mir's glaube, des sieht kei Mensch! Die gucket doch net auf deine Füß!«

Da brach die Tante mitten in ihrer Klage ab, schenkte dem Knaben einen kühlen Blick und fragte: »Wie meinst du das?«

Aber Andreas hatte bereits gemerkt, daß seine Trostworte nicht die rechte Aufnahme gefunden, und zog sich schnell und unauffällig zurück. Er kam gerade recht, um mitzuerleben, wie Onkel Michael dem Wubbel eine Tafel Schokolade in die Hand drückte.

»Die ist für dich!«

Wubbel empfing sie mit freudigem Geschrei, und während der Weiterfahrt hatten Christoph und Julia viel Ärger mit drei schokoladeschleckenden Kindern im Auto.

Wir gelangten zum Stausee und standen frierend im Graupelregen. Gitti lehnte sich weit über die Brükkenmauer. Klaus-Peter sah es. Mit einem Sprung war er hinter ihr und hielt sie fest am roten Anorak.

»Paß doch auf!« knurrte er. »Nachher wird's dir schwindlig, und du fällst runter!«

»Ach, wem macht das schon was aus!«

In Gittis Stimme schwang ein leicht tragischer Unterton. Einen winzigen Augenblick lang sahen sich die beiden Eheleute an, dann gingen sie wieder getrennte Wege. Klaus-Peter schloß sich Fränzchen an und hielt einen Schirm über ihren braunen Zopf. Gitti marschierte nach kurzem ärgerlichen Blick mit mir zum Parkplatz zurück. Dort verbrauchte Julia eine Unmenge Papiertaschentücher, um den Kindern die Schokolade von Gesicht und Händen zu reiben. Christoph stand daneben und lamentierte: »Mein schönes Auto! Alles klebt! Eine gute Idee war das, Michael, dem Wubbel Schokolade zu schenken!«

»Dann sollen die Kinder jetzt bei mir mitfahren«, sagte Michael, »mir ist's egal, wie das Auto aussieht.«

»Nein, sie bleiben bei mir, am Ort ihrer Schandtat.«

»Das ist so seine liebe Art«, meinte Julia, »er schimpft wie ein Rohrspatz, dabei ist er froh, daß sie mit ihm fahren.«

»Los, Leute, steigt ein!« kommandierte Michael. »Es geht weiter zum Wasserfall. Wir müssen Zeit aufholen!«

Klaus-Peter verabschiedete sich von Fränzchen und schlenderte zu unserem Auto herüber. Kaum war er in Hörweite, so fragte mich Gitti, ob sie jetzt vorne neben Manfred sitzen dürfe. Das Autofahren bekomme ihr nicht, besonders wenn sie hinten säße. Es sei ihr ein wenig schlecht.

»Kein Wunder!« Klaus-Peter räusperte sich ärgerlich. »Mit einer Tüte Waffeln im Magen, da wird ja dem stärksten Pferd schlecht!«

Klaus-Peter tat nicht gut daran, sein hübsches Weibchen mit einem starken Pferd zu vergleichen, und er bekam einen Räusperreiz, wenn er sich ärgerte. Diese Veranlagung marterte meine Ohren und Nerven, als ich nun neben ihm auf dem Rücksitz saß, dieweil Gitti vorne mit meinem Manfred scherzte und kokettierte, ihm mehrfach versicherte, wie ausgezeichnet er fahre und wie wohl sie sich in seiner Nähe fühle und daß er ja nicht glauben dürfe, ihr sei von seinem Fahren schlecht.

Klaus-Peter räusperte sich unausgesetzt, und auch in mir begann sich Ärger zu regen. Ich bemerkte, wie gut und richtig ich es fände, daß in Omnibussen über dem Fahrersitz geschrieben stünde: »Die Unterhaltung mit dem Fahrer ist verboten!« Dieses Verbot könne lebensrettend sein für alle Insassen.

»Wir sind in keinem Omnibus!« sagte Manfred, und Gitti lachte so herzlich, als sei dies der beste Witz der Welt gewesen. Klaus-Peter räusperte sich, und ich schwieg, obwohl ich gerne noch manches zur Sprache gebracht hätte. Daß ich zum Beispiel meine Schwestern innig liebe, es aber nicht schätze, wenn sie ihre Eheschwierigkeiten auf meinem Rükken austragen, mich hinten zum alten Eisen werfen und dann vor meinen Augen mit meinem Mann flirten. Ich würde das auch noch irgendwann vor Gitti aussprechen, und zwar in aller Bestimmtheit, aber vorerst stimmte ich nur in Klaus-Peters Räuspern ein.

Der Wasserfall tröpfelte müde von den Felsen herab in ein Becken, und er wäre kein großes Ereignis für uns gewesen, hätte nicht Florian das Bedürfnis verspürt, ein Kunststückchen vorzuführen. Es ragten Felsbrocken und Steine aus dem Becken, und über diese begann Florian zu springen. Auf dem größten Brocken hielt er inne und wandte sich dem staunenden Publikum zu. Die Fotoapparate klickten, Michaels Kamera schnurrte.

Nun war dieser Felsen mit Algen und Moos bewachsen, und an Florians Schuhen klebte nasses Laub. Der waghalsige Springer kam ins Rutschen, ruderte heftig mit den Armen, um das Gleichgewicht zu halten, und suchte einen festeren Standpunkt zu gewinnen. Florian entsprach keineswegs dem landläufigen Bild eines Pfarrherren, der mit Kopf und Herz Predigten ersinnen, mit dem Munde trostreiche Worte sprechen, mit dem sonstigen Körper jedoch weniger anzufangen weiß. Nein. Florian war ein Sportsmann durch und durch. Er spielte Tennis und Fußball, rannte morgens kilometerweit durch den Wald und kletterte zum Leidwesen seiner Ehefrau Beate auf die gefährlichsten Berggipfel.

Dieser Florian also erkannte in Sekundenschnelle und bereits im Rutschen begriffen, daß er schmählich im Wasser landen würde, falls er nicht sogleich etwas unternähme. Er entschloß sich zu einem kühnen Sprung auf trockenes Land. So flog er denn auf uns zu, landete kurz vor dem Rand im Becken und sprühte eine Fontäne erfrischenden Harzwassers über die Familie hin. Dann tat er einen Schritt, stand tropfend auf dem Rand, sprang zu uns hinunter und sprach die Worte: »Na, was sagt ihr zu dem Sprung?«

»Meine Haare!« schrie Vera. »Vorhin die Strümpfe und jetzt die Haare!« Sie schüttelte den nassen blonden Schopf, daß die Tropfen sprühten. Wir anderen standen noch wie die begossenen Pudel, griffen dann aber auch zu herzhaften Worten, um unserer Entrüstung Ausdruck zu verleihen.

»Blödmann!« schimpfte Stefan. »Bespritzt mir Weib und Kind! Schau dir den Wubbel an!«

Der Wubbel glänzte vor Nässe und Begeisterung.

»Doll, Ontel Floijan!«

Auch Andreas und Mathias sparten nicht mit Lob: »Klasse, du bisch gschprunge wie Tarzan, Onkel Florian, bloß net so weit.«

Klaus-Peter stand hinter Gitti. Ihre Haare, ihr roter Anorak, ihre Hose, alles triefte, hatte sie doch auf dem Beckenrand gesessen, mit der Hand im Wasser geplätschert, den Blick versonnen ins Weite gerichtet. In dieser ansprechenden Pose wollte Manfred sie fotografieren. Sie lächelte, er knipste, und Florian tat seinen Tarzansprung, wodurch er das Bild buchstäblich im Wasser ersäufte.

Ich konnte mich eines leichten Anflugs von Schadenfreude nicht erwehren. Stand ich doch reizvoll, aber ungeknipst im Hintergrund, derweil mein Mann sich fremden Reizen zuwandte. Warum setzte sich Gitti auch für schwesterliche Ehemänner in Pose? Hätte sie nicht die Zeit sinnvoller nutzen können und aus einem geplagten Räusperer einen fröhlichen Menschen machen? Jetzt hingen ihr die Haare naß und wenig kleidsam ins Gesicht, die hellblauen Hosen hatten dunkelblaue Flecken, und auf dem roten Anorak klebte sogar ein Batzen Schlamm. Arme Gitti, die Strafe war hart, aber gerecht gewesen.

»Komm, Gitti, zieh den Anorak aus«, sagte Klaus-Peter ohne jeden Räusperer, »sonst wirst du dich erkälten. Schau, meine Jacke ist ganz trocken.« Er half ihr aus dem Anorak in seine warme Lederjacke, worin sie beinahe verschwand. Aber die Augen guckten noch heraus und mit diesen blickte sie zu ihm auf. Da nahm er sie in die Arme und sprach: »Komm, Kleines, ich wärme dich.«

Michael, der sonst so kühle große Bruder, schimpfte wie ein Rohrspatz. Veras Haare, ach die konnte er leicht verschmerzen, aber seine Kamera, seine Neuanschaffung.

»Menschenskind, Florian, mußtest du unbedingt auf sie spritzen? Das Ding war teuer!«

Nur Ehefrau Beate verhielt sich kühl und ruhig.

»Dein Hut schwimmt noch im Becken, Florian«, sagte sie, wandte sich ab und ging dem Parkplatz zu.

Andreas und Mathias ergriffen eine Stange, schleppten sie zum Becken und angelten den Hut heraus, wobei sie ihn mehrfach untertauchten. Dann stülpten sie das formlose Ding auf die Stange und zogen uns singend voran.

Florian stand schmählich verlassen am Wasserfall. Aber nein, Henriette saß auf einem Felsbrocken und trocknete den Kassettenrekorder. Sie trat zu ihrem Vater, bückte sich und wrang seine nassen Hosenbeine aus.

»O Floh!« sagte sie im Ton einer betrübten Mutter. »O Floh, warum machst du immer so was?«

Michael hatte die geliebte Kamera in warme Decken eingewickelt und im Auto verstaut. Nun wanderte sein Blick über die nasse Familie. Er seufzte.

»Leute, wir müssen unsere Pläne ändern. So, wie

wir aussehen, haben wir in Goslar keine Chance. Sie lassen uns nirgends rein ...«

»Aber der Wubbel muß ins Warme, und zwar sofort, sonst erkältet er sich!« Die Rockerbraut hielt ihren Sohn fest an sich gedrückt. Sie blickte nicht mehr sanft! Oh, nein, sie ließ die schwarzen Augen zornig funkeln, und das deutlich in Richtung von Ehemann Stefan: Tu gefälligst was, denn diese deine Familie richtet unseren Wubbel zugrunde!

Christoph kam dem bedrängten Bruder zu Hilfe.

»Seid friedlich, ihr Lieben, und schaut her, was ich habe!«

Er angelte in seiner Jackentasche und förderte ein Fläschchen Obstler zutage.

»Das ist die richtige Arznei gegen Erkältungen, das wird uns wärmen.« Die Flasche wurde mit Dankbarkeit begrüßt und ging alsbald von Mund zu Mund. Jeder Erwachsene nahm einen gehörigen Schluck. Wubbel sah, wie sie den Kopf in den Nakken legten, tranken, die Augen verdrehten und sprachen: »Hah, das tut gut!«, und es verlangte ihn mächtig, auch von dieser Köstlichkeit zu kosten. Also riß er das Mäulchen auf und krähte: »Wubbel will au!«

Stefan warf einen Blick auf seinen Sohn, sah die wilde Entschlossenheit in dessen Gesicht und hielt sich nicht lange mit Gegenargumenten auf. Er setzte unverzüglich die Flasche an den Mund, schluckte, schüttelte sich und spuckte sogar aus.

»Ah bah! Schrecklich! Scheußlich!«

Aber der Wubbel war nicht beeindruckt von der schauspielerischen Leistung seines Vaters. Er wiederholte, eine Nuance schriller: »Wubbel will au!«

Die Rockerbraut lief zum Auto und kehrte mit einer Thermosflasche zurück.

»Und jetzt bekommt unser Wubbel einen ganz feinen Kamillentee. Der wird dem Bäuchlein guttun. Da, Wubbel, trink.«

Aber der Knabe schüttelte energisch das Köpfchen. Sein Atem ging kurz und schnell, die Lippen zitterten, die Mundwinkel sanken.

»Er pumpt«, stellte Andreas fest, »glei geht's los!«

Stefan nahm die Thermosflasche an sich und verschwand mit ihr hinter dem Auto. Noch war der wohlbekannte Heulton nicht über uns hereingebrochen, noch pumpte der Wubbel still vor sich hin, denn er war von der bedächtigen Art des Vaters, als dieser wieder bei uns erschien, die Schnapsflasche in der Hand.

»Also gut, Wubbel, dann trink halt!«

Der Wubbel aber schüttelte den Kopf und blickte mißtrauisch auf die gelbliche Flüssigkeit in der Flasche.

»Erst alle!« verlangte er.

Stefan schaute streng und warnend in die Runde. Trinkt, ihr Lieben! so hieß das, oder es wird euch schlecht ergehen!

Michael streckte als erster die Hand aus, nahm, trank und schüttelte sich: »Hah, das tut gut!«

Er reichte die Flasche weiter zu Christoph hinüber. Der blickte flehentlich auf Stefan, doch kein Ablaß wurde ihm zuteil. So hielt er sich die Nase zu, trank ein winzig Schlücklein und stöhnte: »Die Weiber und der Suff, das reibt den Christoph uff!«

Auch Andreas bekam die Flasche, süffelte lange daran und sagte nachdenklich: »Aber des isch doch Ka . . .«

Stefan legte ihm die Hand auf den Mund.

»Du hast völlig recht! Das ist doch ka-nnibalisch gut. Und jetzt kommt der Wubbel dran. Trink, mein Kind.«

Wubbel trank, und weil ihm das Spiel so wohl gefallen, verlangte es ihn nach einer Wiederholung.

»Alle noch mal.«

»Nein«, sagte Klaus-Peter, so markig wie eh und je, »nein, kommt nicht in Frage. Gitti ekelt sich. Ich schlage vor, wir suchen ein gutes Restaurant und futtern was Feines.«

Ach, wie dieser Vorschlag die Familie erwärmte! Wie die Augen strahlten und die Lippen lachten!

»Ja, kommt schnell! Wir gehen essen!«

»Gemach!« Michaels düsterer Blick dämpfte unsere freudige Erregung. »Heute ist erster Mai und schlechtes Wetter. Die Lokale sind voll und wir keine begehrten Gäste, so wie wir aussehen. Aber bitte, wir können ja suchen . . .«

Wir suchten. Schickten Wubbel voraus, damit sein unschuldiger Kinderblick die Herzen rühre. Ließen Fränzchen mit dem braunen Zopf winken und die Rockerbraut mit den schwarzen Augen. Es nützte nichts. Die Lokale waren besetzt, die Kellner am Rande eines Nervenzusammenbruchs und keineswegs freudig bereit, mit siebzehn verdreckten Gästen die drangvolle Enge und den Arbeitsanfall noch zusätzlich zu vermehren.

Endlich landeten wir in einer kleinen vergammelten Waldschenke. Warmer Mief schlug uns entgegen, Bierdunst und Grölen. Der Maiausflug eines Kegelklubs nahm hier ein feuchtfröhliches Ende. Aber die Zeit, wählerisch zu sein, war endgültig vorbei. In der Ecke bullerte ein Kanonenöfchen und sandte Wärme aus. Wir drückten uns in die Wirtsstube hinein, Michael als Rammbock voraus. Das abweisende Gesicht des Wirtes nahm er nicht zur Kenntnis und auch nicht die Versicherung der Kellnerin, es sei kein Platz mehr frei.

»Wir rücken auf der Bank zusammen.«

Es war sehr eng, aber uns war auch sehr kalt, und so nahmen wir die Enge gern in Kauf. Der Kegelklub drückte sich bereitwillig in die andere Ecke, als unsere nassen Kleider zu dampfen begannen.

Die Rockerbraut, besorgt um Wubbels Gesundheit, zog ihm unbekümmert alles aus, was er auf dem Leib trug, und drapierte es um den Ofen herum. Stefan wickelte den Kleinen in eine Autodecke, aus der er vergnügt hervorlugte und alsbald etwas zu essen begehrte.

Ich stürzte mich auf Andreas und Mathias, um auch an ihnen Mutterpflichten zu üben und sie vor

Erkältung zu bewahren. Aber die beiden entzogen sich meinem Zugriff, schüttelten den Kopf in Verwunderung über diese unverständige Mutter, die sie mit ihren stolzen sechs und acht Jahren noch wie Kinder zu behandeln gedachte, wie den klitzekleinen Wubbel etwa, dem sie doch an Alter und Weisheit weit überlegen. Und als ich weiter an ihnen herumzerrte und wenigstens die Pullover haben wollte, sprach Andreas mit Würde: »Noi, Mutti, des geht net! Da sin mir wirklich z' groß dazu!« Mathias nickte. Dann stellten sie sich vor den Ofen und ließen die nassen Sachen am Leibe trocknen.

Das vierte Kind Henriette, den anderen drei »Säuglingen« wiederum Lichtjahre voraus an Alter, Erfahrung und Weltverachtung, saß auf der Fensterbank, vom Vorhang halb verdeckt, das Gesicht abgewandt, damit ja niemand denken könne, sie gehöre etwa zu dieser lärmenden Meute.

»Geh wenigstens an den Ofen, Jette!« flehte Mutter Beate.

»Ich bin nicht so empfindlich wie gewisse andere Leute!« antwortete das gute Kind, drehte den Kassettenrekorder auf und suchte mit Hilfe der Beatles, den Gesang der Klubbrüder zu übertönen.

»Hast du vielleicht noch eine andere Kassette in deinen Beständen?« Fränzchens Stimme klang so spitz, daß sie sogar die Beatles durchstach. »Diese kennen wir nun schon in- und auswendig, und ich muß dir gestehen, ich kann sie nicht mehr hören!«

»Ich schon!« Henriette schaute gelangweilt zum Fenster hinaus. »Mir gefällt sie mit jedem Mal besser. Es liegt am Verständnis, Tante Fränzchen, und an der Beweglichkeit.«

Fränzchen klappte den Mund zu, riß dafür aber die Augen auf und schaute anklagend hoch zur verrußten Zimmerdecke. Nachdem ihr von dort keine Hilfe zuteil geworden, ließ sie den Blick sinken, bis er auf Beate und Florian ruhte, den Eltern dieses ungeratenen Kindes. Hatte man je eine so unglaubliche Frechheit gehört? Mußte sie, Franziska, begnadete Gymnastiklehrerin und Expertin für Beweglichkeit, Rhythmus und Musikverständnis, mußte sie sich das gefallen lassen von diesem tolpatschigen Elefantenbaby, das von derlei Künsten rein gar nichts verstand?

Aber Beates Gesicht blieb verschlossen. Ihre Augen blickten hochmütig und uninteressiert an Fränzchen vorbei hinüber auf die Wand zu einem Gemälde von unerhört greller Farbenpracht.

Sämtliche anderen Geschwister samt dem Sportsmann Florian hielten die Köpfe gesenkt, aßen Erbsensuppe mit Speck und waren offenbar nicht willens, Fränzchens berechtigten Zorn zu würdigen.

Da warf sie Kopf und Zopf zurück und verschwendete keine einzige kostbare Träne. Nur ein Seufzer tat kund, was sie von ihren Geschwistern hielt.

Florians Schuhe standen vor dem Ofen. Er trug

die gelben Gummistiefel seines Schwagers Christoph, klagte aber, daß dieselben ihn drückten.

»Jammer nicht, sei dankbar, daß du sie hast!« brummte Christoph, dessen Laune mit jedem Löffel Erbsensuppe schlechter wurde.

Er aß nicht gerne Erbsensuppe, erinnerte sie ihn doch an seinen Schulfreund Waldemar, dessen Vater Suppenbüchsen herstellte, und zwar in großen Mengen. Dieser Waldemar war wenig interessiert an schulischem Gedankengut und lästigen Hausaufgaben. So ergänzten sich die beiden Freunde aufs beste, führten ein faules Leben, spielten, wenn andere lernten, und erforschten Gottes wunderbare Natur, während ihre Kameraden nachmittags im Zeichensaal Farben mischten und Stifte spitzten.

Wurde Freund Waldemar zu Hause gefragt, wo er gewesen, so antwortete der Knabe wahrheitsgemäß: »Bei Pfarrers Christoph!«

Diese Auskunft beruhigte und erfreute die gute Mutter, denn, so dachte sie in ihres Herzens Sinn, bei Pfarrers ist der Waldi gut aufgehoben. Dort herrscht ein Geist der Zucht, und die beiden werden lernen und gebildete Gespräche führen.

So ging sie denn nichtsahnend und frohgemut zur Schule, als sie dorthin bestellt wurde. Es wird sich, so meinte sie, um eine Lobeshymne handeln, die der Lehrer dem Waldi singt, denn er ist ein liebes und kluges Kind. Dr. Mausbacher aber, der Lehrer, betrachtete sie mit ernsten Blicken, so daß ihr Herz schwer wurde und immer schwerer, je beredter der Lehrer über ihres Waldis Tun und vor allem über sein Lassen sprach und seine schulische Unzulänglichkeit. »Ach«, rief sie schließlich in großer Traurigkeit, um wenigstens ein Gewicht zugunsten des geschmähten Waldi in die Waagschale zu werfen, »ach, lieber Doktor Mausbacher, wie ist das nur möglich? Er ist doch der Freund von Pfarrers Christoph, und die beiden sind unzertrennlich!«

Sie schaute ihn an, Triumph im Blick. Aber der Doktor rang die Hände und raufte die Haare und sah des Suppenmachers Gattin voll Mitleid an.

»Auch das noch«, sprach er, »da kommt ja alles zusammen!«

Diese Geschichte hatte Freund Waldi dem Christoph nicht vorenthalten, sondern sie vielmehr erzählt in allen Einzelheiten und hinzugefügt, er müsse nunmehr seinen Umgang meiden, wenigstens vor den Augen der Welt und seiner Eltern.

Christoph aber schlug die Geschichte auf den Magen, genauso wie die Erbsensuppe, die er jetzt essen mußte, uneingedenk der Tatsache, daß er sich schmeicheln durfte, ein Feinschmecker zu sein. Viele Male hatte er das den Geschwistern kundgetan und sie eingeladen zu köstlichen Mahlzeiten, bereitet von Julias kundiger Hand, damit sie wenigstens ab und zu etwas Exquisites zwischen die Zähne bekämen.

Übrigens kochte auch die Rockerbraut ausgezeichnet, weshalb die beiden feindlichen Brüder gleichermaßen Schwierigkeiten mit ihrer Figur hatten. Sie kämpften mannhaft gegen die Pfunde und taten dies besonders energisch, sobald ein gegenseitiger Besuch in Aussicht stand. Jeder wollte dünner sein als der andere und wenigstens hundert Gramm weniger auf die Waage bringen. Auch dieses Treffen fand sie rank und schlank. Sie zeigten voller Stolz, wie locker die Hose saß und was alles noch in ihre Jacke hineinpassen würde, falls es nötig wäre.

Nun, und das mußte Christoph besonders verdrießen, sah er sich genötigt, Erbsensuppe mit Speck zu essen, denn es gab kein anderes warmes Gericht. Wenn er schon zunehmen sollte, dann wäre es ihm weit lieber gewesen, dies mit Hilfe einer köstlichen Mahlzeit zu tun als durch eine Suppe, die kalorienreich, aber geschmacksarm und überhaupt verabscheuungswürdig war.

Er legte den Löffel nieder, schob den Teller von sich und richtete sein Augenmerk auf Florian, der da vergnügt futterte und offenbar völlig vergessen hatte, was die Familie durch ihn und seine sportliche Übung erdulden mußte.

»Menschenskind, Sportsmann! Wegen dir sitzen wir hier in dieser elenden Beize und löffeln Erbsensuppe.«

»Ja, in Goslar hätten wir weit besser essen können!« Selbst Bruder Michael konnte seinen Ärger nur schwer verbergen, war er doch auch ein freudiger Esser, nur daß er im Gegensatz zu den jüngeren

Brüdern niemals irgendwelche Anstrengungen unternahm, die glücklich angefutterten Pfunde wieder kläglich abzuhungern. Er hatte es nicht nötig, in punkto Gewicht mit jemandem zu konkurrieren. Ehefrau Vera liebte, wie sie nicht müde wurde zu beteuern, jedes einzelne Pfund an ihm. Also trug er seine Leibesfülle ächzend, aber zufrieden durch die Lande. Erbsensuppe allerdings gehörte, milde ausgedrückt, nicht zu seinen Leibgerichten, erinnerte sie ihn doch an eine unerfreuliche Zeit, an Kasernen, Krieg und Gulaschkanonen.

Florian aber kümmerte sich nicht um den Ärger der enttäuschten Feinschmecker. Trotzdem wollte ihm die Suppe nicht mehr schmecken, denn sein Blick war auf Beate gefallen. Sie saß in einer Ecke und trank schwarzen Kaffee.

»Sag schon was!« fuhr er sie an. »Gieß deinen Zorn über mich aus!«

Beate wandte ihm nicht einmal das Gesicht zu, blieb versunken in den Anblick des farbenprächtigen Gemäldes. Zu diesem hin sprach sie endlich: »Da gibt es nichts zu sagen. Du weißt, was ich von deinen Kunststücken halte. Irgendwann sollte man erwachsen werden . . .«

Sie hätte noch einiges hinzufügen wollen, aber ›All you need is love, love, love . . .‹ brüllten die Beatles dazwischen. Henriette hatte sie zu voller Lautstärke aufgedreht, so daß jedes weitere Wort ihrer Eltern darunter erstickte. Wenn dieses reizende Geschöpfchen auch jeder Zeit jeden Menschen mit Wonne vor den Kopf stieß und Streit anfing, wo immer dies möglich war, ihre Eltern sollten sich nicht streiten, nicht vor anderen Leuten und nicht vor Henriette.

Jetzt stieß sie einen schrillen Weheschrei aus, denn Onkel Michael hatte ihren Kassettenrekorder ergriffen und den Beatles den Hals abgedreht. In die Stille hinein sprach er die Worte: »Leute, es hat aufgeklart. Ich schlage vor, wir machen eine Wanderung. Nach dem Essen sollte man laufen.«

»Nach diesem Donnergemüse wird es allerdings nötig sein«, bemerkte Christoph, »und hier ist es nicht so gemütlich, daß man unbedingt Wurzeln schlagen möchte.«

Die Rockerbraut versuchte den Wubbel auf ihren Schoß zu ziehen.

»So, und jetzt machen wir ein schönes Mittagsschläfchen.«

Aber das Bürschlein hatte anderes im Sinn, schlüpfte aus der Decke und sprang splitternackt im Gastraum herum. Die Rockerbraut seufzte, fing ihren Sohn ein und begann ihn anzukleiden, wobei ihr Andreas und Mathias mit großem Eifer und Ungeschick halfen.

So brachen wir denn zur sichtbaren Erleichterung des Wirtes um drei Uhr auf.

Der gewaltige Überblick und das hohe Lied der Liebe

Draußen war es kalt und unwirtlich. Frierend standen wir im tropfenden Wald und trachteten danach, so schnell wie möglich loszuwandern, um warm zu werden und es hinter uns zu bringen. Aber die Herren, um Michael versammelt, palaverten und starrten auf dessen Wegkarte. Es war dies eine Karte für den gesamten Harz, die Straßen deutlich sichtbar, die Wege als winzige Schlänglein nur mit der Lupe zu erkennen.

»Schade, daß du keine Karte von ganz Deutschland mitgenommen hast«, bemerkte Christoph, »dann nämlich wäre der Überblick noch gewaltiger gewesen.«

Stefan, nachdem er die Karte lange und gründlich studiert, wiegte bedächtig den Kopf und äußerte, er fände es schwierig, nach einer Karte zu wandern, auf der man nicht einmal den eigenen Standpunkt zu erkennen vermöge.

Klaus-Peter bat dringlich, einen Weg zu wählen, auf welchem weder Schlangen noch Raupen, noch sonstiges Gewürm herumkrieche, da Gitti sich vor diesem allem ekle.

Florian aber schlug sich an die Brust und klagte laut, warum um alles in der Welt er keinen Kompaß mitgenommen, da er doch wisse, wie unsportlich diese Familie sei und wie selten sie wandere.

Schon bei den ersten Worten seiner beweglichen Klage hatte sich Ehefrau Beate abgewandt und war auf dem erstbesten Weg in den Wald hineinmarschiert, ich lief hinterher, und alle anderen weiblichen Familienmitglieder, des langen Wartens müde, schlossen sich an. Da endlich gewannen unsere Herren die Überzeugung, diese Richtung sei auf jeden Fall die falsche. Sie pfiffen uns zurück.

»Wollt ihr nun auf den Achtermann oder nicht?« fragte Michael leicht gereizt.

»Was ist der Achtermann?« Ich erlaubte mir diese Frage.

»Ein Berg! Man hat von dort eine herrliche Aussicht über den ganzen Harz!«

»Das wird ein Hochgenuß werden bei dem Nebel.«

Michael bedachte mich wieder mit seinem »Hüte-deine-Zunge-Blick«, dann wandte er sich den anderen Frauen zu.

»Was wollt ihr dann?«

»Einen kleinen Spaziergang machen, damit wir frische Luft schnappen können und ein gutes Gefühl haben ...«

»Wieso habt ihr ein gutes Gefühl, wenn ihr rumlatscht?« klagte Henriette. »Ich hätt' ein viel besseres, wenn ich nicht laufen müßt'. Dem Rekorder tut's auch nicht gut, so im nassen Wald ...«

»Dann stell ihn halt, verflixt noch mal, ins Auto!« schnauzte Michael. »Mir hängt das Geschrei sowieso zum Hals raus. Du vergraulst alle Tiere.«

»Was für Tiere?«

»Stell dich nicht blöd! Die Tiere des Waldes natürlich! Hirsche, Hasen, Rehe, schon davon gehört?«

»Pah, die brauch' ich nicht mehr zu vergraulen, die rennen von ganz allein, wenn sie diese Familie sehen!«

Michael blickte erst anklagend gen Himmel und dann auf Sportsmann Florian und dessen mißratene Tochter.

»Wenn wir früher so frech gewesen wären zu den Erwachsenen... Nie hätten wir es gewagt! Eine Ohrfeige hätten wir gefangen! In die Erziehungsanstalt wären wir gekommen...«

Ich hörte seine Worte und wollte meinen Ohren nicht trauen. Aber da stand er mit dem Gesicht eines Gerechten und schien tatsächlich zu glauben, was er eben gesagt hatte. Wie vergeßlich der Mensch doch ist, besonders, wenn es um eigene Schandtaten geht! Ich hätte dem Gedächtnis des Guten mit Leichtigkeit nachhelfen können, diese und jene erbauliche Anekdote erzählen, aber den Triumph wollte ich Henriette nun doch nicht gönnen. Die Geschwister wußten ohnehin Bescheid.

Ach, was hatte er nicht alles getan, um gute Menschen vor den Kopf zu stoßen! Einst, als der Kreis der Amtsbrüder in Vaters Studierzimmer über dem

Predigttext saß, ließ er zwei Katzen durchs Fenster in die erhabene Runde springen. Es befand sich aber unter den Amtsbrüdern einer, welcher Samuel Kater hieß, doch uneingedenk seines Namens Katzen verabscheute. Er hatte für diesen Tag die Exegese ausgearbeitet und bereits eine Fülle von guten und tiefen Gedanken über die Macht der Liebe vorgetragen, denn sie behandelten 1. Korinther 13: »Die Liebe ist langmütig und freundlich, sie eifert nicht, sie stellet sich nicht ungebärdig ...«

Als nun die Katzen ins Zimmer sprangen, sprang auch Bruder Kater auf, eilte raschen Schrittes zum Fenster und rief überaus ungebärdige und eifernde Worte hinter dem flüchtenden Übeltäter her, worauf der sich umdrehte und in beklagenswerter Bosheit auch noch die Zunge herausstreckte. So jedenfalls berichtete der eifernde Gottesknecht den anderen Brüdern, die peinlich berührt den Kopf über die Bibel neigten, derweil Vater die Katzen mit freundlichen Worten zu sich lockte und sie denselben Weg zurückschickte, den sie gekommen. Dann schloß er das Fenster. Er wolle den Bruder gewiß nicht Lügen strafen, so sprach er, aber er halte es für schlechterdings unmöglich, daß sein Sohn einem Erwachsenen die Zunge herausstrecke. Falls das Unglaubliche aber doch geschehen, so bitte er für den Sohn um Verzeihung. Bruder Meiser von der Nachbarpfarrei bemerkte mit leisem Tadel, auch Katzen seien Geschöpfe Gottes, und Zorn trübe gar oft den Blick und verzerre das Bild. Er bitte den Bruder inständig, sich zu fassen und in seiner Exegese fortzufahren.

Aber Bruder Kater war nicht fähig, das hohe Lied der Liebe aufs neue anzustimmen. Nicht hier im Kreis der Amtsbrüder, die sich besser vorkamen und frommer als er, obwohl sie doch gleichermaßen schwer trugen an der Last, nach der Lehre zu leben, die ihnen auf der Kanzel so beredt von den Lippen floß.

Er verstaute die Bibel samt den Ausführungen über 1. Korinther 13 in seiner Aktentasche, erhob sich und bat, den frühen Aufbruch zu entschuldigen, da die Pflicht ihn rufe. Selbst meiner Mutter holdseliges Lächeln draußen in der Diele, während sie ihm Hut und Mantel reichte und Grüße auftrug an die liebe Frau Elfriede, vermochte seine Züge nicht zu erhellen. Dieser verflixte Bengel hatte ihn um die wohlverdiente Anerkennung seiner Exegese gebracht. Aber das war es nicht allein. Bruder Kater seufzte, als er durch das Gartentor schritt. Die Begebenheit hatte ihm aufs neue gezeigt, daß er mit seinem Namen nicht zurechtkam, unverhältnismäßig scharf auf Katzen reagierte und auf Kinder, die seine Schwäche aufzuspüren und auszunutzen wußten.

»Mijau-jau-jau!« Was mußten seine Ohren hören? Einen Katzenschrei von Menschenmund hervorgebracht. Samuel Kater schoß das Blut zu Kopf. Er duckte sich wie zum Sprung, machte kehrt und sah den Missetäter von vorhin durch die Hecke lugen, die Lippen zu erneutem Schrei gespitzt. Da ließ sich Bruder Kater zu einer Handlung hinreißen, die ihm eine gewisse Erleichterung verschaffte, Michael aber zutiefst entsetzte. Er öffnete den Mund, blökte »bäh« und streckte dabei die Zunge weit heraus. Michael blieb das vorgesehene »Miau« im Halse stekken. Erst Monate später erzählte er uns von dieser Begebenheit.

»Menschenskinder, mich hat's fast umgehaun! Das macht man doch nicht als Erwachsener. Widerlich!« Vorerst aber schwieg er darüber und erhob seine Stimme beim Nachtessen, nicht etwa, um von Bruder Kater zu berichten oder gar Scham und Reue zu bekunden, nein, er teilte der Familie lediglich mit, er gedenke den Abend bei Freund Heini zu verbringen, um mit diesem für die bevorstehende Lateinarbeit zu büffeln. So sprach er und zuckte dabei nicht mit der Wimper. Wir Geschwister sahen es mit Bewunderung, wußte doch jeder von uns, daß Michael niemals für eine Klassenarbeit zu büffeln pflegte, weder zu Hause noch bei Freunden.

Weil aber Mutti den Kampf ums Lernen alleine ausfocht, auch niemals etwas Nachteiliges über ihren Ältesten verlauten ließ, mußte mein Vater annehmen, der brave Sohn würde tatsächlich bis tief in die Nacht hinein lernen.

Diesmal aber neigte er nicht freudig zustimmend das Haupt, nein, er schüttelte dasselbe und sprach: »Leider, Michael, geht es heute nicht, denn du darfst deinen Freund Heini nicht anstecken, bedenke, wie anfällig er ist.«

»Aber ich hab' doch nichts!« rief Michael. »Ich bin mopsfidel.«

»Das täuscht«, sagte Vater, »du mußt starke Halsschmerzen haben, mein Sohn, denn deine Zunge ist belegt. Ich hatte Gelegenheit, sie heute nachmittag zu betrachten. Darum schlage ich vor, daß du sofort das Bett aufsuchst, dort kannst du in Ruhe deine Lateinarbeit bedenken und noch so manches andere dazu.« Seine Stimme hatte sich nur wenig gehoben, aber sein Blick schoß scharf in Richtung des Sohnes und seine Hand ruhte geballt auf dem weißen Tischtuch.

Michael erhob sich unverzüglich, denn des Vaters Blick verhieß nichts Gutes, dann aber mäßigte er sein Tempo und ging gemessenen Schrittes zur Tür, um die Geschwister nicht durch eine überstürzte Flucht zu erfreuen.

»Wie du willst, liebe Luise«, sprach er und verließ das Zimmer.

Bei der »lieben Luise« sprang Vater zornig auf, doch Mutti zog ihn sanft hinunter auf seinen Platz.

»Wir haben das Dankgebet noch nicht gesprochen.«

Auch seinen Geschwistern bot er mancherlei Anlaß zur Klage. Er jagte uns um den großen Eßzimmertisch und zwang den Unglücklichen, welchen er gefangen, einen Löffel Lebertran zu essen. Er stahl meine Puppen, schleppte sie auf den hohen Birnbaum und setzte sie dort auf schwankende Äste, von denen sie angstvoll hernieder starrten. Zwar mußte er, weil Tante Friedel seine Untat mitangesehen, Puppe für Puppe wieder herunterbringen, aber sie hatten einen tiefen Schock erlitten, ich auch. Marschierten wir Geschwister dann zu Mutti und klagten über das Unheil, was uns durch diesen Bruder widerfahren, dann schüttelte sie betrübt den Kopf: »Aber, aber, wer wird denn petzen!«

Und gesellte sich Michael dazu, ein unschuldsvolles Lächeln auf den Lippen, und stürzten wir uns wutentbrannt auf ihn, dann teilte er nicht, wie er sonst zu tun pflegte, reichlich Schläge und Knüffe aus, nein, er stand da mit hängenden Armen, das Gesicht leidvoll verzogen. »Sieh nur, wie sie mich schikanieren. Was ich erdulde Tag für Tag!«

Schon schloß sie das arme, verkannte Kind in die Arme, uns aber schickte sie mit strengem Blick in die Verbannung.

So also war das gewesen mit Michael, der nun die Hände rang über die mißratene Jugend von heute und nicht das geringste mehr wußte aus seiner eigenen schwarzen Vergangenheit. Jedoch, es gab auch einige Lichtblicke in dieser, man mußte nur lange genug danach suchen.

Kam uns kleinen Geschwistern irgendein Mensch zu nahe, dann wirkte bereits der Spruch: »Ich sag's meinem großen Bruder!« wahre Wunder. Ließ sich jedoch ein Angreifer durch diese Zauberformel nicht vertreiben, dann eilte auf unser gellendes Geschrei Michael herzu, den Kopf bullig vorgeschoben, die Fäuste erhoben, so daß sie alle unter lautem Angstgeschrei flohen und fürderhin Respekt vor uns hatten. Nun aber wurde ihm nicht der geringste Respekt zuteil. Da stand er, fünfundzwanzig Jahre älter und mindestens ebenso viele Kilo schwerer im tropfenden Wald und hatte Ärger mit seinen widerspenstigen Geschwistern.

»Also gut, Leute, wenn ihr nur einen kleinen Spaziergang machen wollt, dann gehen wir am besten hier entlang.« Sein Finger fuhr über die Karte. Die Augen der Herren verfolgten ihn mißtrauisch.

»Wenn du diesen Weg meinst«, Manfreds dünner Finger zielte auf Michaels dicken, »dann wird das wohl nicht möglich sein, denn es ist verboten auf der Autobahn zu wandern, und dieses ist die Autobahn.«

»Du irrst, Schwager. Vielleicht kennst du dich in deinen schwäbischen Wäldern aus, aber vom Harz hast du keine Ahnung. Vera!« Er wandte sich seinem Eheweib zu: »Vera, sind wir diesen Weg schon gegangen oder nicht?«

»Woher soll ich das wissen, Micha? Meine Brille liegt im Auto. Aber eines kann ich dir sagen, die Gegend kommt mir bekannt vor. Die Bäume, die Steine, das Moos ...«

»Mir kommt es auch bekannt vor.« Wenn Christoph Gelegenheit hatte, eine freche Bemerkung zu machen, dann ergriff er sie bestimmt. »Bäume und Moos pflegen im Wald zu wachsen, und Steine liegen in manchen Teilen der Welt herum. Ich schlage vor, wir laufen einfach los. Mit dieser ausgezeichneten Karte und Michael als begnadetem und ortskundigem Führer kann uns überhaupt nichts passieren. Auf geht's, Leute!«

So trottete die Familie durch den Wald. Die Kinder kreischend voraus, die Beatles kreischend hinterher. Bei jeder Weggabelung berieten die Herren, und Michael versicherte, er überblicke die Situation und wisse genau, an welcher Stelle wir uns befänden.

Aber die Stimmung wurde immer gereizter, und also griff ich zu einer Notlösung: »Ein Lied, zwo, drei, vier!«

Beate sah mich von der Seite an.

»Ich denk', ich hör' nicht recht!«

Stefan stimmte an: »Ein Heller und ein Bahatzen, die waren beide mein ja mein ...«

Michael vorne beschleunigte seinen Schritt. Beate und ich aber fielen hinten zurück. Er vorne und wir hinten versuchten, eine möglichst weite Wegstrecke zwischen uns und den singenden Trupp zu bringen.

Nach der Flucht geschah es, daß unser Vater Zeit hatte für seine Familie. Er las abends vor, er ging mit uns spazieren. Ich genoß das Vorlesen und ich verabscheute die abendlichen Spaziergänge. Meist marschierten wir zum Dorf hinaus, hinauf zum Waldrand, saßen dort ein Weilchen und begaben uns wieder auf den Rückweg. Damit begann das Martyrium, denn auf dem Rückweg pflegte Vater seine Stimme zu erheben und zu singen, und nicht nur dies, nein, er forderte uns auf, miteinzustimmen. Er hatte einen schönen Tenor, und seine Stimme, geschult durch jahrzehntelanges Training an Kirchenliedern, besaß ein ungeheures Volumen. Die drei Kleinen – Gitti, Christoph und Stefan – fielen krähend ein, wir drei Großen jedoch sangen mit äußerstem Widerwillen. Je näher wir dem Dorf kamen, desto weniger Ton drang aus unseren zusammengepreßten Lippen. Die Eltern schoben gemeinsam den alten Kinderwagen, dessen Räder mit Fränzchen um die Wette kreischten. Mutti jubilierte in höchsten Tönen, denn wenn Paul-Gerhard glücklich war, dann war sie es auch, und jetzt gerade war er glücklich im Kreis seiner durch die Kriegswirren hindurch geretteten, höchst lebendigen Familie. Ab und zu warf sie einen zornig-anfeuernden Blick zu uns nach hinten, die wir das allgemeine Glück nicht teilten und Gott durch unser Lied nicht loben wollten, besonders nicht auf der Dorfstraße, durch die wir Spießruten liefen.

Da lagen sie in den Fenstern, da lehnten sie in den Türen, da saßen sie auf Bänken und strömten von überall herbei, um ihre singende Pfarrfamilie zu bewundern. Sie klatschten Beifall und lächelten freundlich, mir aber, in meinem schwierigen fünfzehnten Jahr, trieften ihre Mienen von eitel Hohn und Spott, und ich nahm mir vor, ihnen am Sonntag ein so langes Präludium vorzuorgeln, daß ihnen das Lachen vergehen und ihre Mienen erstarren sollten. Den sonst geliebten Rücken meines Vaters bedachte ich mit finsteren Blicken, und je lauter er sang und je stolzer er seine Familie dem Gespött der Leute anheimgab, desto tiefer wurde mein Groll. Was half es mir, daß ich zurückblieb und unbeteiligt hinaufschaute zum Abendhimmel, sie wußten ja alle, daß ich »Pfarrers Amei« war und mit dazugehörte. Trat dann noch Egon vor das elterliche Gasthaus, lehnte lässig an der Tür und belächelte unsern Vorbeimarsch, Egon, für den mein Herz in heimlicher Liebe brannte und den ich zum Helden meiner Träume gemacht, dann hätte nicht viel gefehlt und ich hätte gleich Petrus meine Lieben verleugnet, geschworen und geschrien: »Ich kenne die Menschen nicht!«

Jedoch es blieb mir ein Trost in diesem meinem Elend. Auch Beate neben mir litt und hielt gequält die Augen gesenkt. Mich verlangte heftig danach, ihren Schmerz zu vertiefen und sie auf eine Tatsache hinzuweisen, die ihr bisher entgangen.

»Schau, Beate«, sagte ich freundlich, »da steht Florian!« Worauf sie zusammenzuckte, den Kopf noch tiefer senkte und die Augen schloß in der törichten Annahme, wenn sie Florian nicht sehe, dann könne er sie auch nicht bemerken.

Aber dieser Florian, der beste Sportler des Dorfes, er, der sogar im Krieg gewesen und Auszeichnungen errungen und den ich selber gern »mein« genannt, er machte alle bösen Anschläge zunichte, strahlte wie die liebe Sonne, gesellte sich flugs zu uns und schmetterte mit, als ob es nichts Schöneres für ihn gäbe, als hier vor den Augen seiner Kameraden den Hanswurst zu spielen. Jetzt, da man ihn wieder Hohn und Spott spüren ließ vonwegen seines Tarzansprunges, hatte sich Beate stolz von ihm abgewandt und tat kund, daß sie nichts mit ihm und seinem unbekümmerten Gehabe zu tun haben wolle.

Aber, siehe da! Sie, die mit mir am Ende des Zuges getrottet, sie beschleunigte auf einmal ihren Schritt, ging vorbei an all den lustlos Wandernden bis hin zu Florian und gesellte sich an seine Seite. Als sie Henriette überholte, blieb diese stehen, strich die Haare aus der Stirn und schaute aufmerksam hinter der Mutter her. Ich tauchte neben ihr auf und wollte eilig vorübergehen, aber Henriette klammerte sich an mich und seufzte tief.

»Meinst du, es ist wieder okay? Floh benimmt sich wirklich unmöglich, aber deswegen braucht sie nicht gleich auszuflippen. Ich sag' dir, Tante Amei, er macht gerade irgendwas durch, vielleicht diese Alterskrise, wenn du weißt, was das ist.«

Ich versicherte, daß ich es wüßte, aber nicht glauben könne, daß Florian sich schon in dieser Krise befände.

»Eigentlich ist er noch zu jung dazu, Jette.«

Henriette runzelte sorgenvoll die Stirn.

»Ach, du kennst ihn nicht. Er ist unheimlich clever, richtig frühreif ... Was ist denn! Was hast du?«

Beim Versuch, Henriettes Kummer über den frühreifen Vater ernstzunehmen und sie nicht etwa durch unterdrücktes Kichern zu erbittern, war mir das Pfefferminzbonbon, an dem ich gelutscht, den Hals hinuntergerutscht. Henriette klopfte meinen Rücken und sinnierte weiter: »Natürlich ist es manchmal schwierig für Mutter, aber wenn sie ihn dauernd frustriert, dann wird es bös enden. Was meinst du?«

Ich hustete erst das Pfefferminz heraus und dann die Worte: »Ich glaub' schon, daß sie es schaffen werden.«

»Bist du sicher?« Henriettes Schläge auf meinen Rücken wurden stärker und dringlicher.

»Ja, ganz sicher. Es langt, Jette, ich bin wieder in Ordnung.«

Nach diesem Disput kehrte Henriette wie üblich in sich selbst zurück, drehte am Rekorder und ließ die Beatles aus dem Kasten, denn der Familiengesang war immer leiser und lustloser geworden und schließlich ganz verstummt.

Trotz Veras und Michaels gegenteiligen Beteuerungen konnte es nicht verborgen bleiben, daß wir uns schmählich verlaufen hatten, vom rechten Weg abgekommen quer durch den Tann stolperten und statt des vorgesehenen Spazierganges eine ansehnliche Wanderung machten.

Es war gewiß nicht Michaels Straßenkarte oder gar seiner Ortskenntnis zu verdanken, nein, es deuchte uns ein rechtes Wunder, daß wir bei einfallender Dunkelheit just an der Stelle aus dem Walde brachen, wo Waldschenke und Autos unserer harrten.

Die Kinder stimmten ein Freudengeheul an. Sie waren aber auch die einzigen, die noch vergnügt herumsprangen und das Unternehmen für gelungen hielten. Wir Erwachsenen standen müde und verdrossen auf dem Parkplatz herum und ließen Michael deutlich spüren, wie ausgezeichnet uns dieser »Spaziergang« gefallen.

Der aber hatte noch eine Karte in petto, einen Trumpf, den er nunmehr auszuspielen gedachte, um die allgemeine Stimmung zu heben und das Spiel zu seinen Gunsten zu wenden.

»Leute«, sprach er, »es ist etwas länger geworden als geplant. Ich gebe es zu. Aber der Harz ist auch größer, als ich dachte, und frische Luft kann niemandem schaden. Also seid friedlich. Ich habe noch eine besondere Attraktion für euch. Wir fahren zu einer Stelle, wo man Hirsche sehen kann. Lebende, echte Hirsche in freier Wildbahn. Nun, was sagt ihr dazu?«

»Ohne mich!« Fränzchen und Jette riefen es wie aus einem Munde, verstummten alsbald und schauten sich verdutzt an, da sie zum ersten Mal gleiches gedacht und gleiches ausgesprochen hatten.

»Mir langt's, Michael!«

Stefan hatte seinen Wubbel ein gut Teil des Weges tragen müssen, und die Vorstellung, ihn jetzt noch hinter irgendwelchen Hirschen herzuschleifen, wollte ihm gar nicht behagen. Die Rockerbraut sprang dem erschöpften Ehemann bei.

»Der Wubbel muß ins Bett!« erklärte sie mit Bestimmtheit.

»Wir auch!« rief Klaus-Peter, und Gitti fügte erläuternd hinzu: »Mir ist nämlich kalt, und Klaus-Peter hat eine Blase am Fuß!«

Aber der Wubbel, Andreas und Mathias hatten das Wort »Hirsche« vernommen. Es spukte bereits in ihren Köpfen herum, gaukelte ihnen köstliche Erlebnisse bei Dunkelheit im Walde vor, und sie waren nicht willens, auf all diese Herrlichkeiten zu verzichten, nur weil Tante Fränzchen keine Lust und Onkel Klaus-Peter eine Blase hatte. Sie bettelten und flehten. Wubbel umfaßte Christophs Knie.

»Ontel Piffpoff, bitte, bitte!«

Andreas wandte sich hilfeheischend an uns, seine Eltern.

»Mutti, Vati, i hab no nie echte Hirsch im Wald gsehe!«

Mathias wagte sogar einen Sturmangriff gegen die Festung Gitti-Klaus-Peter.

»Weisch no, Tante Gitti, wie die Großi mit uns in Zoo gange isch? Un no hat se gsagt, ›der Anblick der Tiere macht mich ganz froh‹. Un wenn se net dot wär, no tät se au mitgehe un ganz froh sei, meinsch net, Tante Gitti?«

»Ach, du gutes Kind, du liebes Kerlchen, erinnerst du dich noch daran?« Hinweise auf unsere Mutter verfehlten bei Gitti nie ihre Wirkung, stimmten sie weich, traurig und nachgiebig, und dieser durchtriebene kleine Bursche wußte es ganz genau. Jetzt streichelte sie ihm sogar sanft über den Struwwelkopf, wischte eine heimliche Träne aus dem Auge und wandte sich energisch ihrem Bruder Michael zu.

»Tu den Kindern doch den Gefallen! Sie haben so tapfer durchgehalten! Wie kann man nur so stur sein!«

»Gitti hat recht!« rief Klaus-Peter und blickte streitbar in die Runde. »Denkt nicht nur an euch! Man muß den Kindern auch eine Freude gönnen!«

»Auf geht's zu den damischen Hürschen!« Christoph gab seinem Bruder Michael einen aufmunternden Schubs, da klappte der den Mund zu, den er über dem ganzen Disput zu schließen vergessen, fuhr sich mit beiden Händen durch die Bürstenhaare und trabte seinem Auto zu.

Die Familie lief auseinander, die Wagentüren knallten, und fort ging die wilde Jagd hinter Michaels Auto her.

Auf einem Waldparkplatz hielt Michael an und quälte sich aus seinem Fahrzeug.

»Kommt, wir müssen nur ein paar Schritte gehen. Das letzte Büchsenlicht. Beeilt euch!«

Es waren wirklich nur ein paar hundert Schritte zu einer Lichtung, auf der eine kleine Hütte stand.

»Wo, wo sind die Hirsche?«

»Pst, still, sonst verscheucht ihr sie!«

Wir standen wie die Ölgötzen.

»Hier ziehen sie immer vorbei«, zischelte Vera, »wir haben sie schon mehrmals gesehen.«

Aber an diesem Maiabend wollten sie offenbar nicht ziehen. Der Wald versank in Dunkelheit.

»Viecher, elendigliche! Kommt, gehen wir.« Michael war zutiefst deprimiert. Heute ging auch alles schief, nicht einmal die Hirsche wollten auftauchen.

»Da!« schrie Vera. »Schaut, da sind sie!«

Dunkle Schatten zogen in der Ferne dahin, nur zu ahnen, weil sie sich bewegten.

»Wo?«

»Wubbel tann's nich sehn!« jammerte der Kleine.

Da preschten die schwarzen Schatten davon. Husch, husch, weg waren sie.

»Toll!« sagte Andreas. »Onkel Michael, die waret toll. I hab se au beinah richtig gsehe.«

Wir drehten um und trotteten nach diesem erhebenden Erlebnis zum Parkplatz zurück. Hinter uns kreischte Wubbel: »Andreas, Mathias, tommt snell, snell!«

Dann stiegen wir ein, und schon fuhren wir unserer Herberge zu.

Gitti und Klaus-Peter saßen wieder hinter uns. Aber war am Morgen Eiseskälte von ihnen zu uns gedrungen, so wehte nun ein milder Tauwind. Gittis Kopf ruhte an Klaus-Peters Schulter.

»Hab' ich einen Hunger!« seufzte Manfred.

Nach einer halben Stunde krabbelten wir vor dem Hotel aus dem Auto. Es hatte zu schneien begonnen, aber wir waren in Sicherheit. Die anderen standen schon wartend am Eingang. Gitti und Klaus-Peter liefen eilig dem Haus zu, aber Julia und Christoph verstellten ihnen den Weg.

»Wo sind die Kinder?«

»Wo sollen sie sein? Bei euch im Auto! Wo sonst?«

»Nein, das gibt's doch nicht! Das kann doch nicht wahr sein!«

Manfred schloß gerade das Auto ab, da faßte ihn Christoph am Arm.

»Wo sind die Kinder? Andreas hat zu mir gesagt, sie wollten jetzt bei euch mitfahren.«

»Zu mir hat er kein Wort gesagt. Ich hab' mich gar nicht um sie gekümmert. Ich dachte, sie sitzen bei dir im Auto wie schon den ganzen Tag ...« Manfred brach ab. Die Rockerbraut kroch ins Auto und suchte unter dem Rücksitz nach ihrem Wubbel. Aber er spielte nicht Verstecken, er war verschwunden, und mit ihm Andreas und Mathias, einfach weg.

»Du Wahnsinniger!« schrie Stefan auf Christoph ein. »Läßt mir meinen Wubbel im Wald stehen!«

»Er wollte mit Manfred fahren!« schrie Christoph in der gleichen Lautstärke zurück. »Du bist selber schuld. Du hättest aufpassen müssen! Du bist der Vater!«

Da stand die Familie im Schnee, sprachlos, wie vom Donner gerührt.

Michael erwachte als erster aus der Erstarrung, seufzte tief, zog die rutschende Hose hoch und sprach: »Es ist eine unglückselige Verkettung der Umstände. Wir haben sie bei der Hirschwiese stehen lassen. Andreas ist ein vernünftiger Junge, der weiß, daß wir kommen, und wartet. Also, alles zurück! Fahrt langsam, die Straße ist glatt. Kein Grund zur Aufregung.« Er stapfte seinem Auto zu, Vera wehklagend hinter sich. Ein kurzes Durcheinander auf dem Parkplatz, dann rutschten die vier Autos wieder auf die Straße hinaus.

Von Gittis und Klaus-Peters Lippen strömten Worte des Trostes.

»Was soll schon passieren! Der Harz ist völlig ungefährlich! Keine Bären, keine Wölfe! Die sind alle ausgestorben oder im Zoo ... Manfred, fahr langsam! Michael schliddert!«

Michael fuhr in Wellenbewegungen. Sein Mercedes hatte Schwierigkeiten auf der schneeglatten, steilen Straße. Kurz vor der Höhe des Berges drehten die Räder durch, er rutschte, stand und kam nicht mehr von der Stelle. Stefan lenkte sein Auto vorbei, Christoph tat es ihm nach und Manfred auch. Auf der Kuppe hielten wir an und rannten zurück. Vera hatte den Platz hinter dem Lenkrad eingenommen, Michael stand draußen.

»Zurückrollen lassen!« kommandierte er. »Und jetzt mit Schwung!«

Er stemmte seine ganze Leibesfülle gegen das widerspenstige Auto. Wir packten mit an, drückten und schoben, dreizehn verzweifelte Familienmitglieder. Da blieb dem Mercedes keine Chance, mochte er auch noch so schwer sein. Wir zwangen ihn über die glatte Stelle hinweg, bis er trockenen Boden unter den Rädern hatte und unter Michaels Führung ärgerlich schwänzelnd die Fahrt wieder aufnahm.

Endlich lag der Parkplatz vor uns, weißverschneit. Keine Kinder, kein Laut. Stefan und die Rockerbraut sprangen aus dem Auto und wollten sich unverzüglich in den Wald stürzen.

»Hiergeblieben!« schrie Michael. »Sollen wir uns alle verlieren in der Dunkelheit? Jette stell deine Katastrophenmusik an, die Kinder haben sie den ganzen Tag gehört, sie wird ihnen bekannt vorkommen. Wir gehen alle hinter Jette her bis zur Hütte, dann überlegen wir weiter!«

»Beate und ich bleiben hier«, sagte Florian, »falls die Kinder auf den Parkplatz kommen.«

»In Ordnung. Also los, Leute! Jette, volle Pulle! Dreh auf, so weit es geht!«

›All you need is love, love is all you need!‹ brüllten die Beatles durch den dunklen Wald, und Rehe, Hasen und Füchse verkrochen sich entsetzt in ihre Schlupfwinkel.

An Manfreds Hand stolperte ich den Weg entlang. Die Wiese lag weiß und leer vor uns. Da löste sich eine kleine Gestalt mit einem großen Stock aus dem Dunkel der Hütte und trat auf den Schnee hinaus. Der Stock flog in den Schnee, der Kassettenrekorder auch. Henriette und Mathias liefen aufeinander zu. Die Beatles taten noch einen Schluchzer und verstummten.

»I han scho denkt, ihr kommet überhaupt nemme!«

Henriette kniete auf dem Boden und hielt Mathias fest umklammert, die Rockerbraut hockte sich dazu.

»Mathias, wo ist der Wubbel?«

»Schrei doch net so, Tante Gabi! Mir hen scho aufpaßt. Er schlaft in der Hütt, un i halt Wach!«

Die Hütte stand offen. Stefan leuchtete hinein. Vom Wubbel sah man nur den Kopf, alles andere war sorgsam mit Heu zugedeckt. Er schlief. Andreas saß neben ihm und blinzelte in das Licht.

»Ihr hen aber lang braucht!« sagte er vorwurfsvoll.

Die Rockerbraut beugte sich zu ihrem Wubbel und widerstand mit Mühe der Versuchung, ihn in die Arme zu schließen. Sie räumte nur vorsichtig das Heu beiseite, dann hob Stefan ihn hoch. Der Kleine öffnete nicht einmal die Augen, grunzte kurz, legte das Köpfchen auf seines Vaters Arm und schlief weiter.

Ich herzte und küßte meine wiedergefundenen Söhne, bis sie mich schließlich von sich schoben.

»Jetzt langt's, Mutti! Mir sin doch keine Babys!«

Wir traten den Rückweg an. Manfred hielt den einen verlorenen Sohn und ich den anderen fest an der Hand. Stefan trug den Wubbel, und Gabi leuchtete ihm. Michael lief voraus. Der Rest der Familie umkreiste uns. Henriette hob ihren Kassettenrekorder aus dem Schnee, drehte daran, stieß einen Wehlaut aus und stolperte weiter.

»So, habt ihr sie wieder eingefangen?«

Beate und Florian standen engumschlungen auf dem Parkplatz. Sie hatten offensichtlich die Zeit aufs beste genutzt.

Henriette sah sie stehen in Frieden und Einigkeit, und Groll erfüllte ihr Herz. Wie sie sich anschauten! Als ob es bloß sie allein auf der Welt gäbe! Kein Blick für Henriette, ihre unglückselige Tochter! Kein Wort des Trostes! Sie hielt den beiden ihren Kassettenrekorder unter die Nasen. »Hin! Kaputt!«

Der Ton, in dem sie diesen Ausbruch in Richtung der Eltern schleuderte, war so gesättigt von bitterem Vorwurf und scharfem Tadel, daß jedem einigermaßen verständigen Menschen klar werden mußte, wen allein Henriette verantwortlich machte für all das Unheil, das ihr widerfahren. Die Eltern waren schuld! Diese Egoisten, die da beim Auto stehengeblieben, sich Gott weiß wie abküßten, anstatt auf den Kassettenrekorder achtzugeben, welcher den ganzen Tag beschimpft und bemeckert, nun bei der Rettungsaktion hatte herhalten müssen, um im Dienst der Familie eingesetzt und dann hinterrücks gemeuchelt zu werden.

»Aber Jettchen ...« Mutter Beate fand beklagenswerterweise nur selten den rechten Ton für die Tochter. »Wie konnte das nur passieren?«

Henriette rang nach Luft. Hatte sie recht gehört? Klang aus den Worten der Mutter tatsächlich ein Hauch von Tadel? Sie schüttelte des Vaters Hand ab, die sich freundlich auf ihre Schulter legte, drückte den Kassettenrekorder an die Brust und stelzte davon. Einsam, allein, unverstanden von der ganzen Welt.

Die Eltern seufzten hinter ihr her. Ach, daß kein Glück ungetrübt, und ihr geliebtes Jettchen ein so zwiespältiges Wesen sein mußte! Beate kleidete das elterliche Dilemma in die Worte: »Wie man's macht, ist's falsch. Streiten wir uns, dann kann sie es nicht leiden. Lieben wir uns, dann ist's ihr auch nicht recht. O Floh!«

»Es ist das Alter!« sprach Florian. »Sie steckt in einer Krise. Glaub es mir, ich kenne sie. Wir müssen Geduld haben. Irgendwann hat sie es überwunden.«

»Hoffentlich bald!« seufzte Beate. »Bevor ich vollends verrückt werde.«

Michael ging von Auto zu Auto.

»Wer ist hier drin?«

Christoph kurbelte das Fenster herunter.

»Zählst du die Häupter deiner Lieben?«

»Ja! So etwas passiert mir nicht noch einmal. Also, wer ist drin?«

»Julia und ich. Hinten kannst du die beiden Süßen, Fränzchen und Jettchen, miteinander streiten hören, wenn es dich danach verlangt.«

Nein, Michael trug kein Verlangen nach einem Streit. Er zog schnell den Kopf zurück und begab sich zum nächsten Auto.

»Wer sitzt hier alles drin?«

»Siehst du es nicht?« antwortete Stefan leicht gereizt. »Gabi und unser Wubbel. Todmüde ist das Kerlchen! Fix und fertig! Halb erfroren ...«

»Und hier hinten sitzen wir!« fuhr ihm Beate in die Parade. »Floh und ich ...«

»Seid froh, daß ihr eure liebenswerte Tochter nicht bei euch habt! Sie hat die gräßlichste Laune der Welt und macht das arme Fränzchen fertig.«

»Das arme Fränzchen kann sich sehr wohl wehren«, bemerkte Florian aus der Tiefe des Wagens. »Jettes Kassettenrekorder ist kaputt ...«

»Was für ein Segen!« Michael trottete weiter. Jetzt stand er vor unserem Auto, klopfte ans Fenster und begehrte einen Blick hinein zu tun.

»Seid ihr vollzählig?«

»Ja, die ganze liebe Familie«, sagte Manfred, »gell, ihr nehmt Gitti mit und Klaus-Peter!«

»Wird gemacht!« Das fürsorgliche Familienoberhaupt wandte sich nun hin zum eigenen Auto. Ein frierendes Grüppchen stand davor. Gitti und Klaus-Peter hatten sich ineinander verkrochen.

Vera machte Kniebeugen und forderte die beiden auf, es ihr gleichzutun. Doch die wehrten schaudernd ab. Sie hätten heute genug körperliche Ertüchtigung betrieben, mehr als ihnen lieb wäre, und wo denn, verflixt noch mal, Michael bliebe, damit man endlich fahren könne.

Der langte eben schnaufend an, warf einen ärgerlichen Blick auf seine sportliche Gattin und das frierende Jungehepaar und schnauzte: »Warum sitzt ihr nicht schon drin? Los, los, wir wollen fahren!«

»Ohne Schlüssel konnten wir schlecht in das Auto hineinkommen, mein Lieber«, Vera machte noch eine letzte Kniebeuge, »mir ist es egal, denn ich kann mich warm halten, aber Gitti und Klaus-Peter sind schon ganz starr.«

Michael griff sich an den Kopf.

»Hab' ich euch nicht aufgeschlossen? Himmel, das ist mir aber peinlich. Es war einfach zuviel heute.«

Er wühlte in seinen Taschen, stülpte sie um, leuchtete mit der Taschenlampe den Boden ab. »Wo ist denn der verflixte Autoschlüssel?«

»Was gibt's?« Christoph steckte den Kopf aus dem Autofenster. »Warum steigst du nicht endlich ein? Menschenskind, ich hab' Hunger wie ein Wolf!«

»Kein Grund zur Aufregung!« rief Vera und machte sich wieder an ihre sportlichen Übungen. »Er kann bloß den Autoschlüssel nicht finden.«

»Bleibt sitzen«, sagte Manfred zu uns, »ich schau' mal nach.«

Er stieg aus und ging zu Michael hinüber. Florian stand bereits dort. Christoph gesellte sich dazu, schimpfte und brummte. Sie redeten und gestikulierten und leuchteten schließlich ins Auto hinein. Dann lachte Christoph brüllend auf und schlug seinem großen Bruder auf die Schulter.

»Toll hast du das gemacht, Michael, wirklich, große Klasse!«

Manfred kehrte zu uns zurück.

»Andreas, komm mal raus!«

»Was?« schrie Mathias. »Bloß der? I net? I hab au Wach ghalte!«

Er drückte sich hinter Andreas aus dem Auto heraus. Mich hielt es auch nicht länger.

»Was ist los?«

»Michael hat in der Aufregung vorhin den Schlüssel stecken lassen und die Türen zugeschlagen. Jetzt kommt er nicht in das Auto hinein. Zum Glück steht das Rückfenster einen Spalt auf. Andreas mit seinen dünnen Armen kann vielleicht hineingreifen ...«

Außer Stefan und der Rockerbraut, die ihren Wubbel nicht mehr allein lassen wollten, stand die ganze Familie wieder draußen.

Die Damen scharten sich um Vera, sprachen Worte des Beileids und des Trostes.

»Ach, du armes Mädchen, was hast du heute schon alles durchmachen müssen. Wie blöd von Michael! Sei nur nicht sauer ...«

Aber diese Vera, welche so kläglich lamentiert, als ihr Strumpf zerrissen, die zornig Wasser und Worte um sich gesprüht nach Florians Tarzansprung, die sich bei kleinen Unannehmlichkeiten so bitterlich ärgern konnte, sie zeigte Gleichmut und Witz bei großen Schwierigkeiten.

»Wo werd' ich sauer sein! Himmel, da hab' ich Schlimmeres mitgemacht. Wie mir die Haustüre zugefallen ist, und ich saß draußen ohne Schlüssel, und nur das Mansardenfenster war offen. Keine Leiter weit und breit ... Wie Klettermaxe bin ich an der glatten Wand hoch ... Kommt her, ich zeig' euch ein paar Gymnastikübungen.«

Mit diesem Angebot beschwor sie Fränzchens Zorn herauf, denn für Gymnastik fühlte sich Fränzchen zuständig, lehrte sie dieses Fach doch in der Schule, war elastisch wie eine Gummipuppe und vollführte die reinsten Heuschreckensprünge.

Auch Gitti, die sich jeden Abend eine Zeitlang auf

den Kopf stellte und ihren Körper zu den unglaublichsten Stellungen verrenkte, denn sie hielt viel von Yoga, Gitti betrachtete Veras Bemühungen mit Befremden, ja Widerwillen.

»Es wundert mich«, sagte sie, »daß du in deinem Alter noch solche Sachen machst ...«

»Es ist sogar gefährlich«, fügte Fränzchen hinzu, »die Gelenke sind verkalkt. Du kannst dir einen bleibenden Schaden zufügen. Bedenke, du gehst schon stark auf die Vierzig zu.«

Doch Vera ließ sich nicht beirren. Um die kränkenden Worte meiner Schwester abzumildern, schloß ich mich ihren Übungen an, ging in die Hokke und schwang die Arme, obwohl ich für meine Person gymnastische Übungen verabscheue, besonders, wenn sie vor den Augen kritischer Beobachter geschehen.

Mittlerweile hatte Andreas Pullover und Anorak ausgezogen und versuchte, den bloßen Arm durch den Fensterspalt zu zwängen. Die Hand ging durch, der Arm blieb draußen.

Manfred lief zu unserem Auto und kehrte nach kurzer Zeit mit einem Draht zurück.

»Schau her, Andreas, da ist ein Draht und unten eine Schlinge dran. Ich steck' ihn durch den Spalt. Jetzt faß ihn mit deinen Fingern. Hast du ihn?«

»Ja!«

»Dann halt ihn vor allen Dingen fest, laß ihn nicht

los! Du mußt versuchen, mit der Schlinge den Türknopf zu fassen. Wir sagen dir, wo du hin mußt.«

Die Herren standen gebückt um das Auto herum, leuchteten hinein und drückten ihre Nasen an die Fenster.

»Nach rechts!« schrie Florian. »Nicht soviel, bißchen zurück! Gut so! Jetzt geh vorsichtig runter! Noch weiter, noch, noch! Spürst du den Widerstand?«

»Ja«, keuchte Andreas, »i bin scho ganz kaputt.«

»No laß mi, i kann des au!« Mathias gab seinem Bruder einen leichten Schubs.

»Festhalten!« schrien alle vier Männer. »Laß den Draht nicht los!«

Er hielt ihn eisern fest, aber seine Hand zitterte und der Draht zitterte mit.

»Los, Mathias, steck deine Hand rein!« kommandierte Christoph. «Du hast alles verpatzt! Jetzt gib dir gefälligst Mühe! Nimm den Draht! Vorsicht bei der Übergabe!«

Der Draht ging von einer Bruderhand in die andere, dann zog Andreas seinen Arm zurück und klapperte mit den Zähnen. Ich stülpte ihm Pullover und Anorak über den Kopf.

»Du hättest ihn beinahe gehabt, Andreas, du warst Klasse!«

»Ja, wenn mi der freche Dinger net gschubst hätt«, rief er zornig, »no hätt i's gschafft!«

Mathias arbeitete mit äußerster Konzentration.

Wieder nahte der spannende Moment. Die Herren schnauften vor Aufregung.

»Vorsichtig runter damit! So, jetzt drück! Mit Gefühl! Er hat ihn! Hurra! Zieh ihn hoch! Langsam! Himmel, nicht so schnell! Blödmann! Verflixt, jetzt ist er rausgerutscht! Noch mal das Ganze!«

»Wenn ihr Blödmann zu mir sagt«, rief Mathias, »no laß i den Draht falle ...« Sprach's und tat's. Ein Stöhnen lief durch die Versammlung.

«I hab's net wolle! Ehrlich! 's isch eifach passiert!« Mathias angelte mit der Hand im Wageninnern. Tränen liefen ihm übers Gesicht.

»Es hat keinen Zweck. Wir schaffen es nicht!« Aus Michaels Stimme klang äußerste Resignation. Vera dagegen blieb froh und guter Dinge.

»Wir schlagen das Fenster ein, das ist die einfachste Lösung ...«

Michael stöhnte, Vera begab sich auf die Suche nach einem Stein, da drückte sich Henriette durch die Menge der Anverwandten, ohne Rollkragenpullover, lang und dünn das ganze Gestell, lang und dünn vor allem die Arme.

»Laßt mich mal ran!«

Sie schob ihre Hand durch den Fensterspalt, den Arm hinterher, faßte den Knopf und zog ihn hoch. Wir standen in sprachlosem Staunen. Dann aber brach ein Sturm der Zuneigung über Henriette herein. Sie wurde von Arm zu Arm weitergegeben und trotz heftigen Widerstandes geherzt und geküßt, gestreichelt und mit guten Worten bedacht. Endlich gelang es ihr, sich loszureißen und die Kette der Familienmitglieder zu sprengen.

»Habt euch nicht so!« schrie sie. »Das ist ja abstoßend!« Dann brach sie in Weinen aus.

Auch Andreas und Mathias zogen schniefend die Nasen hoch und ließen ihre Tränen tröpfeln. Da standen sie nebeneinander, verlassen, vergessen, die unglücklichen Verlierer in diesem Spiel.

Michael war in sein Auto gekrochen und öffnete von innen sämtliche Türen. Dann kam er wieder heraus und klopfte den beiden glücklosen Anglern auf die Schultern.

»Rasselbande, elendigliche! Einfach abzuhauen mit dem kleinen Wubbel! Hier!« Er zog seufzend sein Portemonnaie aus der Tasche und legte zwei glänzende Fünfmarkstücke in die dargebotenen Hände.

»Oh, Onkel Michael, so viel!« Ihr Kummer war fürs erste vergessen, sie strahlten wieder.

»Und du, mein Kind«, Michael legte den Arm um Henriettes Schulter, »du bekommst eine Kassette von mir, eine schöne mit deutschen Volksliedern. Die kannst du dann von morgens bis abends laufen lassen!«

»Pah!« Henriettes Tränen versiegten augenblicklich. Sie schüttelte des Onkels Arm ab und war wieder die alte.

»Bleiben wir über Nacht hier?« fauchte Stefan aus dem Autofenster und ließ den Motor an. Beate und

Florian drückten sich eilig auf ihre Plätze, und auch wir anderen zwängten uns in die Autos hinein. Michael sah von weiteren Kontrollgängen ab, hupte kurz und schwenkte vorsichtig in die Straße ein. Es hatte aufgehört zu schneien. Die Straße war glatt, aber wir rutschten unbekümmert die gefährliche Steilstrecke hinunter.

Ich wandte mich nach hinten, wo statt Gitti und Klaus-Peter nun Andreas und Mathias ihre Privatfehde ausfochten. Bei ihnen ging es um den verhängnisvollen Schubs am Autofenster.

»Erzählt mal, ihr beiden. Wo seid ihr denn gewesen? Warum haben wir euch bei den Hirschen vergessen?«

Andreas schnatterte eilig los, um vor seinem Bruder zu Worte zu kommen: »Der Wubbel isch doch verrückt auf Mäus, und im Wald bei dene Hirsch hat er gschrie, mir sollet komme, da isch eine. Mir sin hinter ihm her und hen guckt, aber da war keine, und i glaub, der Wubbel hat no nie e Maus gsehe, weil so toll sin Mäus ja net. Auf einmal war's dunkel, und mir sin zum Parkplatz grennt, und da warn alle Autos weg ...«

»Ja«, schrie Mathias dazwischen, »un was meinsch, wie der Wubbel gheult hat: ›Mami, Papi!‹, un no wollt er auf d' Straß laufe, aber mir hen gsagt, ihr machet bloß Schpaß un kommet glei wieder ...«

Sie rissen sich gegenseitig das Wort vom Munde.

»Wie's dann gschneit hat, da hat der Wubbel sein

Mund so nunterzoge, weisch, wie er's immer macht, wenn er glei losbrüllt, da hen mir gsagt, des isch doch was Tolls, e richtigs Erlebnis, da muß mer sich freun, un mir baun en Iglu wie die Eskimos. Aber der Schnee hat net glangt und war kalt an de Händ, un no sin mir zu der Hütt gange, und i hab bet ›lieber Gott, mach doch, daß se auf isch‹, und no war se auf ...«

»Laß mi au mal, Andreas! No wollt der Wubbel net in die Hütt nei, weil's so duschter drin war. Weisch, Mutti, des isch scho schwierig mit som Kind. No isch der Andreas voraus gange und hat gschriee: ›'ne Maus, 'ne Maus!‹, un der Wubbel isch hinterher grennt, weil er die Maus sehe wollt, un scho war er drin un isch ins Heu neigfloge und hat gheult. No hen mir denkt, mir dürfet net alle in der Hütt sei, weil no findet ihr uns net, einer von uns muß Wache halte. Erscht isch der Andreas nausgange un i hab den Wubbel ins Heu neibuddelt un hab verzählt von 'ner Maus mit fünf Kindern, un wie die in ihrm Loch drin sin, un 's isch warm, un sie fresset Schoklätle un ...«

»Da läuft einem ja das Wasser im Mund zusammen«, bemerkte Manfred, »aber vielleicht könntest du deine ungeheuer interessante Geschichte etwas straffen.«

Mathias klappte den Mund zu und schnaufte gekränkt durch die Nase.

»I hab denkt, du willsch's höre«, ein tiefer Schnaufer, »i hab denkt, 's däd di intressiere ...«

»Es interessiert uns auch, Mathiasle, wirklich! Weißt, der Vati hat halt Hunger ...«

»I au, i hab au Hunger. Weisch, Mutti, wemmer e Gschicht verzählt un no, un no ...«

»Komm, Mathiasle, sei nicht sauer, erzähl weiter. Ich bin ganz arg gespannt und der Vati auch, gell, Manfred!«

Diese beiden letzten Worte unterstrich ich durch einen sanften Stoß gegen Manfreds Rippen, und als keine Reaktion erfolgte, stieß ich noch einmal zu, etwas stärker. »Gell, Manfred!« Jetzt endlich kam er zur Besinnung und sprach, wie er sprechen sollte.

»Entschuldigung, Mathias, ich hab' dich unterbrochen. Wie war das mit der Maus und ihren Kindern?«

Aber Mathias kaute noch an der Kränkung.

»Weiß nimmer«, preßte er zwischen den Zähnen hervor, »no isch der Wubbel halt eigschlafe.«

Bis jetzt hatte sich Andreas vornehm zurückgehalten, um Vater und Bruder Gelegenheit zu geben, die Sache zu bereinigen. Mathias machte zwar viele Fehler, besonders ihm, dem großen Bruder gegenüber, aber jetzt gerade war er im Recht. Der Vati hätte nicht drängeln dürfen und dem Mathias in die Rede fahren. Die Erwachsenen taten das leider oft, und Andreas konnte gut verstehen, daß Mathias beleidigt war. Nun aber hatte der Vati sich entschuldigt, damit war die Sache in Ordnung, und Andreas ergriff dankbar die Gelegenheit, zu Worte zu kommen.

»Drauße war's fürchterlich kalt«, begann er und genoß die aufmerksame Stille im Auto, »aber i bin erscht nei, als i scho ganz steif war. Der Wubbel hat gschlafe, und der Mathias hat von dene Mäus erzählt ...«

»I hab net verzählt, als der Wubbel gschlafe hat!« rief Mathias dazwischen.

»Himmel, das ist doch egal!« In Manfreds Stimme schwang ein gereizter Unterton, und ich merkte wohl, daß er an diesem Tag von Mäusen ganz und gar genug hatte. Ich übrigens auch. Aber weil man mir als Kind unablässig das Wort abgeschnitten hatte und meine bedächtig-wichtigen Sermone nicht bis zum Schluß anhören wollte, weil die Geschwister eine Redepause geschickter zu nutzen wußten als ich, mir immer zuvorkamen und überhaupt schneller reden konnten und weil ich nur in meinen Puppen eine stumme, aber uninteressierte Zuhörerschaft gefunden, deshalb durfte ich es nicht zulassen, daß Mathias nun ähnliche Kränkung widerfuhr.

»Du hast natürlich nur so lange erzählt, bis der Wubbel eingeschlafen ist.«

»Freilich!«

Aber Andreas beharrte auf seinem Standpunkt: »Als i neikomme bin, da hat der Wubbel gschlafe, und du hasch erzählt, wie der Mäusevater Schoklätle bracht hat ...«

Wir waren im Mäuseloch gefangen, kamen nicht vor und nicht zurück. Neben mir stöhnte Manfred vor Ungeduld. Hinter mir diskutierten die beiden Brüder mit verbissenem Eifer über die Heimkehr des Mäusevaters, und ob sie der Wubbel nun verschlafen hatte oder nicht. Ich warf eilends einen Köder nach hinten.

»Also der Andreas ist reingekommen und du bist rausgegangen, Mathias. Hast du keine Angst gehabt, so ganz allein im Dunkeln?« Stille. Sie wollten nicht anbeißen. Ich sandte einen zweiten Brocken hinterher: »Also ich hätte mich zu Tode gefürchtet!«

Das war zuviel. Mathias konnte nicht widerstehen. Er schnappte zu.

»Da hat so 'n Tier gschrien, ehrlich, Mutti, i hab denkt, i fall um vor Schreck. Weisch, da muß mer scho tapfer sei. Auf einmal hab i der Jette ihr Musik ghört, un no war i froh.«

»I au!« rief Andreas. »Der Wubbel isch so schtill daglege, wie tot. I hab richtig Angscht kriegt un hab ghorcht, ob sei Herzle no bockelt.«

Sie verstummten. Ich erzählte von den Schwierigkeiten, die Michael auf der glatten Straße hatte.

»Ja, fahre sott mer könne«, murmelte Mathias, und dann mit erhobener Stimme: »Dem Vati däd so was net passiere.«

»Des schtimmt!« pflichtete Andreas bei.

Ich nickte, und Manfred sagte: »Es ist im Grunde nicht schwierig. Man muß nur mit Gefühl fahren.«

Das Kriegsbeil war begraben. Friedliche Stille herrschte im Auto. Nur unsere Mägen knurrten.

Der Koch in dieser Herberge gehörte sicher nicht zur Elite seiner Gilde, aber wir fielen über sein Essen her wie die Wölfe, kauten und schluckten und vergaßen Muttis goldene Eßregeln: Nicht schlingen! Nicht schmatzen! Mund zu beim Essen! Erst anfangen, wenn alle haben!

Als jedoch der ärgste Hunger gestillt, die Teller schon fast leer waren, gewannen die mütterlichen Ermahnungen, der jahrelange Drill wieder an Boden.

»Schling nicht so!« Gitti stieß ihren Löwenbändiger zärtlich in die Seite, so daß ihm die ganze Ladung von der kunstvoll bepackten Gabel fiel und er sich erneut an die Arbeit machen mußte.

»Manfred, du schmatzt!« flüsterte ich meinem Ehemann zu.

»Du auch, Ameile!« gab er freundlich zurück und futterte weiter.

Jetzt erschienen Gabi und Stefan.

»Er schläft!« Sie ließen sich auf ihre Stühle fallen und schauten vorwurfsvoll in die Runde. »Er ist überhaupt nicht aufgewacht, als wir ihn ausgezogen haben. Nichts hat er gegessen! Nichts getrunken! Das arme Kind war total übermüdet! Bekommen wir vielleicht auch einmal die Speisekarte?«

Michael reichte sie herüber.

»So, ist er übermüdet?« brummte er. »Das heißt mich hoffen. Vielleicht läßt er uns dann morgen länger schlafen.«

Die Hoffnung trog, aber das wußte die Familie an diesem Abend noch nicht, und also wurden freundliche Worte über Wubbel gewechselt. Wie er so reizend gewesen sei und so fröhlich den ganzen Tag lang, wie sein Stimmchen so hell und sein Blick so scharf, daß er sogar Mathias' Taschenmesser gefunden …

»Kei Wunder!« knurrte Andreas. »Er hat's ja au am nächschte zum Bode. Wenn i so e Zwergle wär …«

Nachgerade gingen den beiden die Begeisterungshymnen auf die Nerven.

»Er isch ja scho en Süßer«, bemerkte Mathias, »aber wenn mir net da gwese wäret, no wär er in Wald glaufe und bockelsteihart gfrore!«

»Aber Mathias, wie kannst du so etwas sagen?« schrie die Rockerbraut und ließ ihre Gabel fallen.

Mathias gedachte seinen Fehler gleich wieder gutzumachen.

»Vielleicht wär er au net erfrore, Tante Gabi«, tröstete er, »vielleicht wär er nur überfahre worde, oder Leut hättet en mitgnomme. Aber, ob sie ihn wieder hergebe hättet, wo er so 'n Süßer isch … Da hättet ihr en Haufe Geld zahle müsse … Un d' Polizei hole …«

Die Rockerbraut sprang auf.

»Ich muß nach ihm sehen!« stieß sie hervor und lief davon.

Stefan kaute weiter, aber er ließ seinen Blick dabei in die Runde wandern, und dieser Blick sprach unter vielem anderen die Worte: Wollt ihr meine kleine Familie vollends zugrunde richten? Was seid ihr bloß für Menschen!

Ich erkannte das dringende Bedürfnis meines Sohnes Mathias, von seinen eigenen Heldentaten zu berichten, und beeilte mich, das Stichwort zu geben.

»Erzähl mal, wie war's denn im Wald?«

Nun öffneten sich die Schleusen. Die ganze Geschichte brach aufs neue aus Mathias heraus. Die Unvernunft und Angst des Kleinen, die ruhige Überlegung der Älteren. Die einsame Wacht in kalter bedrohlicher Finsternis, der Schrei des Tieres ...

Mathias ahmte ihn nach und legte dabei die Vermutung nahe, es habe sich eine Elefantenkuh in den Harz verirrt.

Andreas lächelte beschämt, aber Mathias fuhr fort, die Schrecknisse der Nacht zu schildern, zauberte aus seiner Phantasie eine dunkle Gestalt am Waldessaum hinzu, berichtete, wie er, Mathias, drohend seinen Stock erhoben und auf sie zugegangen, worauf sie schleunigst die Flucht ergriffen und im Wald verschwunden, und daß dies alles geschehen, derweil der Wubbel sanft und selig im Schutz der Hütte und seiner Wächter geschlafen.

Die Familie lauschte ergriffen. Und als die Erzählung beendet war, wandte sich denn auch die allgemeine Begeisterung den beiden Helden zu.

Ich saß dabei und hielt die Hand vor den Mund, um schamhaft das stolzselige Lächeln zu verbergen, das meine Züge verklärte. In Manfreds Gesicht allerdings suchte ich vergeblich nach Zeichen väterlicher Rührung. Er stocherte mißmutig in den kalten Pommes frites herum und hob die Augen nicht vom Teller. Eben wurde Mathias ermuntert, den schrecklichen Schrei des Tieres noch einmal zum besten zu geben, da donnerte sein Vater die Faust auf den Tisch, daß die Teller tanzten.

»Schluß jetzt! Ins Bett mit euch! Es ist höchste Zeit!«

Mathias verstummte mitten im Urschrei und klappte den Mund zu.

Henriette erwachte aus finsterem Grübeln und äußerte laut und deutlich, sie habe bisher gar nicht gewußt, wie schrecklich autoritär der Onkel Manfred sei, und sie würde es sich nicht gefallen lassen, wenn man sie so behandle, aber mit diesen Kindern könne man ja alles machen.

Andreas und Mathias jedoch ließen sich nicht aufhetzen. Sie kannten ihren Vater und wußten mit ihm umzugehen. Ablenkung hieß die Taktik, die Andreas gerne anwandte, eine unblutige und ziemlich sichere Art, das »Ins-Bett-Müssen« hinauszuzögern.

»Der Typ«, flüsterte er, »der Mann, der heut morge so sauer war, weil der Wubbel ihn aufgweckt hat, der guckt dauernd zu uns rüber. Aber sei Frau isch nimmer da.«

»Wenn ihr euch schon alle umdrehen müßt«, Michael betrachtete seine Familie mit gerunzelter Stirn, »dann tut's wenigstens etwas dezenter, sonst merkt er noch, daß wir von ihm reden.«

Er hatte es leider schon bemerkt, lachte erst verhalten, dann über das ganze Gesicht, erhob sich und kam zu uns herüber.

»Guten Abend die Herrschaften. Was war das für ein Schrei? Etwa ein Tiger?«

Mathias senkte den Kopf auf seinen Teller.

»Nei, nei, i hab bloß Spaß gmacht.«

»Aber es könnte durchaus möglich sein. Man hört so allerhand. Ab und zu sollen im Harz tatsächlich Tiger auftauchen. Sie sind äußerst gefährlich!«

Der Herr schoß einen Blick in Richtung Fränzchen, und dieses durchtriebene kleine Geschöpf – ich bemerkte es mit Befremden – blinkte zurück.

»Oder das Ungeheuer von Loch Ness hat einen Maiausflug hierher gemacht.«

Er lachte so laut, wie er am Morgen des gleichen Tages geschimpft hatte, und ließ seine Augen nun ganz unverhohlen und voller Bewunderung auf Fränzchen ruhen. Mathias dagegen schloß die seinen.

»Mer wird ja no en Spaß mache dürfe«, sagte er matt.

»Aber ja doch! Natürlich! Humor ist etwas Herrliches!« rief der Herr. »Ich bin sehr humorvoll, wenn es sein muß!«

»Ja, wir durften es heute morgen bemerken!« Beate sprach es mit so sanftem Lächeln, daß der Herr ihren Worten Glauben schenkte. Er zog sich einen Stuhl heran, ließ sich rittlings darauf nieder, legte das Kinn auf die Lehne und betrachtete Fränzchen. Sie sah an diesem Abend besonders reizvoll aus, hatte den dicken Zopf als Krone auf den Kopf gesteckt, trug eine rosa Bluse und war auch sonst rosig überhaucht.

Michaels Augen folgten der Blickrichtung des Herrn, und in seiner Brust regten sich widerstreitende Gefühle. Einerseits war er dem Herrn gegenüber zu Freundlichkeit verpflichtet, denn die Familie hatte ihm mannigfachen Ärger bereitet. Andererseits aber sträubte sich sein treues Bruderherz, die kleine Schwester diesem Individuum zum Fraß vorzuwerfen. Er trachtete deshalb nach einer Möglichkeit, sie schnell von diesem Ort zu entfernen. Florian kam ihm zu Hilfe.

»Ich dachte, wir wollten die Dias des Jahres vorführen!«

»Recht hast du!« antwortete Michael voll Dankbarkeit. «Dann wird wenigstens ein Programmpunkt des Tages ordentlich erledigt.«

»Ich verabscheue Dias«, bemerkte der Herr und rückte noch näher an Fränzchen heran, »aber in diesem Fall werde ich meine Abneigung überwinden.

Wenn es Ihnen nichts ausmacht, bleibe ich einfach hier sitzen.«

Der Herr rutschte wieder ein Stückchen näher an Fränzchen heran.

»Aber natürlich!« Michael erhob sich. »Leider müssen wir uns jetzt verabschieden. Die Vorführung findet in unserem Zimmer statt. Dort habe ich den Projektor schon aufgebaut. Kommt, Leute!«

An den Herrn erging keine Einladung. Wir erhoben uns lärmend, um die Peinlichkeit des Augenblicks zu dämpfen. Nur Fränzchen blieb sitzen und kramte in ihrer Handtasche.

»Komm, holde Schwägerin!« Florian bot ihr den Arm.

»Ach Florian, ich glaub', ich hab' heute einfach genug ...«

»Kommt nicht in Frage. Keiner darf sich drükken.« Und zu dem Herrn gewendet: »Angenehme Nachtruhe! Heute werden Sie keinen Ärger mit uns haben. Wir sind sehr müde.«

Dann zog er Fränzchen sanft, aber dringlich hoch und hinaus. Da saß der Herr am leeren Tisch, und wie es schien, war ihm nicht einmal sein Humor verblieben.

Ich hockte auf Veras Bettkante, kam mir aber vor wie mitten im Rangierbahnhof. Rechts von mir pfiff Julia leise vor sich hin. Links stand Manfred unter Dampf und ließ ihn ab und zu unter scharfem Zischen entweichen. Bald gab ich es auf, sie zu knuffen und zu puffen, denn sie fielen nach kurzem Emporschrecken sofort wieder in Schlaf. Für ihre Verhältnisse hatten sie an diesem Abend Überdurchschnittliches, ja Übermenschliches geleistet. Sie hatten bereits zwei Stunden ihrer üblichen Schlafzeit geopfert, hatten nach reichlichem Essen und Trinken noch Kontakte gepflegt und Unterhaltung bestritten. Doch nun, im engen, warmen Zimmer, umgeben von Finsternis, das einschläfernde Schnurren des Projektors im Ohr und die gleichbleibend possierlichen Wubbeldias im Auge, fiel die Müdigkeit mit Macht über sie her. Die Natur der Abendmuffel siegte über den ohnehin nicht sehr gefragten Geist, und sie schliefen.

Manfreds Schlaf war zudem eine Protestaktion gegen Dias, welche, wie er nach kurzem Blick festgestellt hatte, keinerlei Anspruch auf künstlerische Vollendung erhoben, sondern einzig und allein Elternstolz und Elternliebe demonstrierten.

Wubbel auf dem Töpfchen sitzend, Wubbel im Bett, Wubbel mit und ohne Hütchen, lachend, weinend, auf dem Arm der Mutter, des Vaters, der Tante, des Onkels ... Stefan, seiner Art gemäß, führte die Dias bedächtig und langsam vor und gab dadurch der Rockerbraut und liebenden Mutter Gelegenheit, erklärende Bemerkungen an die Zuschauer zu richten. Wenn die Rockerbraut verstummte, fing Gitti an, denn sie liebte den kleinen Wubbel herzlich und war seine Patentante.

Als endlich Stefan ans Ende der Wubbelserie gelangt und Florian Besitz vom Projektor ergriffen, als die hehre Bergwelt aufflimmerte und Florians rote Kniestrümpfe, da wurde es immer stiller im Zuschauerraum.

Ich sah noch Vera, winkend auf einem Schiff, und Vera, den schiefen Turm von Pisa hochstemmend, dann sah ich nichts mehr.

Beim Anflug auf Thailand lag die ganze Familie, oder vielmehr die Restbestände, welche noch nicht entflohen, schlafend auf Betten und Stühlen verstreut. Nur Andreas und Mathias zeigten keine Ermüdungserscheinungen und feuerten Michael zu immer neuen Vorführungen an.

»Mensch, die Krokodilsfarm, die isch aber gfährlich! Und da hasch kei Angscht ghabt? Onkel Michael, deine Bilder sin Klasse!«

Als das Licht aufflammte, fuhren wir hoch, winkten einen müden Abschiedsgruß und tappten von dannen.

Andreas und Mathias halfen dem Onkel seinen Apparat zu verstauen und gingen dann nach unten, um einen Sprudel zu trinken.

Im Restaurant sahen sie Tante Fränzchen, welche mit dem Herrn an einem Tisch saß, tief ins Gespräch versunken.

»Heh, Tante Fränzle, bisch du au no da?« so riefen sie freudig und gesellten sich zu ihr.

»Ich dachte, ihr wärt im Bett!« murmelte sie ungnädig und warf ihnen barsche Blicke zu. Doch blieb ihre Mühe vergeblich. Auf Blicke pflegten die beiden nicht zu reagieren. Sie holten ihre Sprudelflaschen herbei und nahmen Platz.

»Wie wäre es mit einem kleinen Mondscheinspaziergang?« fragte der Herr eindringlich flüsternd zu Fränzchen hinüber.

»O ja«, rief Mathias, »des wär toll!«

»'s scheint kei Mond«, erklärte Andreas, welcher die belehrende Art des Vaters und die bedächtige des Onkels in sich vereinte, »weil's schneit. Und wenn's schneit, no sin Wolke um den Mond rum, und no kann er net scheine, des heißt, er scheint scho, aber ...«

»Es ist ja recht«, fuhr ihm Fränzchen in die Rede, »du brauchst es nicht so genau zu erklären!«

Aber da stieß sie bei Andreas auf wenig Verständnis. Er pflegte nämlich angefangene Sätze ordentlich zu Ende zu bringen und vor geneigten und ungeneigten Ohren auszubreiten. Also schluckte er nur kurz und hob erneut seine Stimme: »Mir saget, er scheint, aber in Wirklichkeit scheint er net selber, sondern die Sonne ... Du musch es dir so vorschtelle ...«

Mit Hilfe von Gläsern und Bierdeckeln versuchte er auf dem Tisch das Universum anzudeuten. Fränzchen drehte die Augen gen Himmel und seufzte gequält. Der Herr legte väterlich den Arm um die Schultern des Knaben.

»Ich denke, es wird langsam Zeit für dich und deinen Bruder. Das mit dem Mond ist natürlich sehr interessant, aber ich weiß Bescheid ...«

»Ja, Sie vielleicht, aber Tante Fränzle will's au wisse.«

»Nein, ich will nicht!« schrie diese zornig. »Und sag nicht immer Tante zu mir, ich bin viel zu jung für eine Tante!«

»Aber du hasch doch gsagt, mir sollet ›Tante‹ zu dir sage! Du hasch gsagt, du könnsch unser Großmutter sei!«

»Ja, da hab' ich einen Spaß gemacht«, knirschte sie, »ihr müßt nicht alles so wörtlich nehmen!«

Andreas betrachtete die Tante mit nachdenklichem Erstaunen. Sie war ihm immer so vernünftig erschienen, und nun schrie sie herum ohne einleuchtende Gründe und verstrickte sich in Widersprüche. Seltsam. Genau wie seine Mutter. Also sprach er im beschwichtigenden Tonfall des Vaters: »Komm, mir gehet an d' Luft, des wird dir gut do!«

»Na endlich!« Mathias erhob sich eilig. »Mir wolltet doch schpazieregehe! Du mit deim blöde Mond! Siehsch, jetzt kommt au no d' Jette, so 'n Pech!«

Lautlos war sie aufgetaucht, Henriette, angetan mit irgendeines Großvaters vergilbtem Nachthemd, welches sie jüngst auf dem Flohmarkt entdeckt und sogleich käuflich erworben, da sie es schon nach dem ersten Blick ins Herz geschlossen und in seiner schmucklosen Einfalt, seiner kargen Zweckdienlichkeit für ein besonders ansprechendes Kleidungsstück hielt. Ihre Meinung wurde von keinem anderen Menschen geteilt, aber gerade diese ablehnende Einstellung der Kleinbürger machte das Gewand für Henriette so kostbar und liebenswert, daß sie es nur ungern und selten für Reinigungszwecke aus den Händen gab, weshalb es bereits eine gelb-graue Patina erworben hatte. Die Fülle des derben Stoffes gab nur Unwesentliches preis von Henriettes sparsamen Reizen. So blitzten gelegentlich ihre Beine durch die Seitenschlitze, ihre Hände jedoch hatten sich in den viel zu langen Ärmeln verloren, und das Stehbündchen am Hals reichte bis hinauf zu den Stellen, wo hinter blondem Haarvorhang verborgen, vermutlich Kinn und Ohren steckten. Anklagend hob das Nachtgespenst die Ärmelstulpen und schob sie in Sichtweite der vier Nachtschwärmer. Da lag der Kassettenrekorder, stumm und tot. Durch die blonde Mähne drang ein Schmerzenshauch.

»Mein Kassettenrekorder ist hin! Ich kann nicht einschlafen ohne Musik!«

Die vier am Tisch vernahmen diese Mitteilung ohne sonderliche Gefühlsbewegung.

»Kann ihn keiner reparieren?«

»Gib en her!« sagte Mathias. »I kann's ja mal probiere!«

»Ich bin doch nicht verrückt!« Henriettes Stimme triefte vor Verachtung. »Wenn du was zum Spielen willst, dann hol dir 'nen Baukasten!«

Das war nun freilich ein harter Schlag, den Mathias für sein freundliches Anerbieten nicht hatte erwarten dürfen.

Er versank denn auch in finsteres Brüten und grub in den schwärzesten Schichten seiner Seele nach einem bitterbösen Wort, einem Wort, das dieses unerleuchtete Geschöpf, diese Kusine, mit der Gott ihn geschlagen, vernichten sollte, zermalmen, hinmachen!

Henriette aber richtete ihr Augenmerk, behindert zwar durch den Haarvorhang, aber immer noch scharf genug, auf den Herrn.

Widerlich, diese grauen Schläfen, diese blauen Hosen und dieser weiße Pullover! Überaus widerlich dieses braungebrannte Gesicht, erworben wahrscheinlich mit Hilfe von Höhensonne oder durch ein liderliches Luxusleben an südlichen Stränden! Unerträglich widerlich schließlich das arrogante Lächeln, das Blitzen der mit Sicherheit falschen Zähne. Dieser Mensch hielt sich womöglich für schön und unwiderstehlich! Und was er der Tante für Augen machte! In ihrer rührenden Einfalt glaubte diese vermutlich, er meine es ernst …

Henriette nahm sich vor, die Tante bei nächster Gelegenheit aufzuklären. Tante Franziska, so würde sie sagen, du darfst nicht auf jeden Mann hereinfallen! Hüte dich in Sonderheit vor den Alten, Herausgeputzten, sie sind verlogen durch und durch, und du bist für sie nichts anderes als ein Lustobjekt! Also, der Herr machte keinen günstigen Eindruck auf Henriette. Trotzdem gab sie ihm die Chance, sich als Mensch zu beweisen, und sprach: »Für Technik ham Sie wohl weniger übrig!«

Der Herr zog seine Augen aus Fränzchens Haarkrone, wo sie bis dahin wohlgefällig geruht, ließ sie hinübergleiten zu Henriettes Faltenhemd, schloß sie alsbald voll Abscheu und bemerkte kühl: »Offen gestanden ist mir im Augenblick anderes wichtiger!«

»Man sieht's!« sprach Henriette mit Gift in der Stimme. »Sie sind auf der Jagd, der Menschenjagd!«

Diese Worte sollten ihm klarmachen, daß er vielleicht andere, leichtgläubige Zeitgenossen, aber niemals Henriette zu täuschen vermöge, und daß sie wohl wisse, welch finstere Absichten er mit der unerfahrenen Tante verfolge.

Der Herr jedoch zeigte weder Angst noch Reue, wandte sich wieder dem Objekt seiner Bewunderung zu und versank in Fränzchens Anblick.

Mathias, dessen Brüten nun doch einige Früchte gezeitigt hatte, wenn auch nicht so vergiftete wie gehofft, erhob sich und sprach: »Mir gehn jetzt schpaziere! Aber mit dem Hemd da kannsch du net mitgehe. Du siehsch ja aus wie der Opa! Da scheniere mir uns.«

Henriette schwieg stille, aber sie hob lauschend den Kopf, ging zur Tür und schaute hinaus ins Treppenhaus, dann kehrte sie zurück und sagte mit sanfter Stimme: »Vielleicht will der Onkel Michael mit!

Der kommt nämlich grade die Treppe runter. Was meint ihr, wie der sich freut, wenn er euch sieht!«

Fränzchen sprang so heftig auf, daß der Stuhl umfiel.

»Diese Familie!« knirschte sie, und zu dem Herrn gewendet: »Es ist spät geworden. Ich werde besser zu Bett gehen.«

»Un unser Schpaziergang?« jammerte Mathias. »Tante Fränzle ... Tschuldigung, Fränzle, du hasch doch gsagt, daß mir no im Mondschein ...«

»Gar nichts hab' ich gesagt! Du unausstehliches Kind, du!« Dann wechselte ihre Stimme von scharfem Zischen zu süßem Säuseln: »Gute Nacht, Bert!«

»Gute Nacht, Franziska! Liebe, kleine Franziska!« Der Herr beugte sich über ihre Hand, sie zu küssen.

Mathias kicherte. Andreas wies ihn zurecht: »Brauchsch gar net lache! Der Großpapa hat's au gmacht bei der Großi. Se küsset gar net richtig, se tun bloß so ...«

Unter diesen Gesprächen wandelten sie hinter Fränzchen her, deren Brust zornig bebte. Doch konnte sie ihrem Herzen keine Luft verschaffen, denn Michael betrat den Raum, musterte Henriettes kleidsames Nachtgewand und schnaubte: »Wie siehst denn du aus?! Mach, daß du hochkommst!« Sein Blick wanderte weiter und traf die beiden Brüder mit solcher Schärfe, daß sogar ihre hartgesottenen Gemüter erbebten und sie schleunigst von dannen stoben. »Und ihr auch, aber dalli!«

Ein Blick gleichen Kalibers schoß nun in Richtung des Herren, rief jedoch keine Wirkung hervor. Im Gegenteil, der Herr lehnte am Tresen und schaute eher amüsiert. Der große Bruder legte den Arm um die kleine Schwester, seine Stimme wurde väterlich milde.

»Komm ins Bett, Kleines, es ist höchste Zeit.«

»Sag nicht immer Kleines zu mir! Ich bin kein Kind mehr.«

»Tante derf mer au net zu ihr sage!« vermeldete Mathias von der Tür her. »Se isch z' jung dazu!«

»Willst du wohl den Mund halten!« Fränzchens rosa Gesichtsfarbe vertiefte sich zu sattem Tomatenrot, aus ihren Lippen drang ein Laut, der an das Fauchen des legendären Harztigers erinnerte.

Um Michaels Lippen dagegen spielte ein verträumtes Lächeln.

»Ja, dann wollen wir mal brav ins Bett gehen! Vera, meine liebe Frau, wartet schon auf mich, und ...«, er wandte sich mit einer schnellen Drehung dem Herrn zu, »... und Ihre liebe Frau wird auch froh sein, wenn sie nicht gar zu lange warten muß!«

Das kam wie ein Paukenschlag und war eine von Michaels diplomatischen Meisterleistungen.

Sie zeitigte einen bescheidenen Erfolg.

Wie eine Rakete zischte Fränzchen durch die Tür. Andreas und Mathias flüchteten vor ihr die Treppe hinauf. Henriette stelzte als langbeiniger Vatergeist hinter den dreien her.

Nur der Herr machte keine Anstalten, Michaels Wink mit dem Zaunpfahl Folge zu leisten und seiner wartenden Gattin die Nacht zu versüßen. O nein, er lehnte weiterhin am Tresen, drehte ein Glas zwischen den Fingern und lächelte heiter.

Michael schluckte und zog die Hose hoch.

»Darf ich Sie zu einem Bier einladen!« fragte er drohend.

Er durfte. So tranken sie denn unten, bis oben jegliches Geräusch erstorben und das Haus in Ruhe und Frieden lag.

Morgens um acht Uhr begann der Wubbel seinen Weckdienst im Zimmer der beiden Jüngferlein, und nachdem er dort gewesen, eilte er weiter in Michaels Zimmer, um frohe Nachricht zu künden.

»Aufstehn, Ontel Michajehl! Tante Fränzchen is weg!«

Michael fuhr mit einem Grunzen aus dem Bett hoch.

»Was ist los? Was sagst du da?«

»Tante Fränzchen is weg! Un die Jette sagt ...« Dem Wubbel versagte die Stimme vor Aufregung.

Michael sprang aus dem Bett, ließ sich aufstöhnend wieder sinken.

»Himmel, und das am frühen Morgen!« Er erhob sich ein zweites Mal und taumelte hinüber zum Zimmer der schwierigen Mädchen.

Jette saß im Bett und zerlegte den Kassettenrekorder in seine Bestandteile.

»Jette, wo ist Fränzchen?«

»Brüll nicht so, Onkel Michael! Kennst du dich mit dem Ding da aus? Kannst du mir's wieder zusammenbauen?«

»Wo ist Fränzchen?«

»Weiß ich doch nicht. Weg.«

»Die ganze Nacht?«

»I wo. Da hat sie geheult und Krach gemacht.«

»Wo ist sie hin?«

»Mit dem Typ in den Wald. Ich hab' ihr nachgewinkt.«

»Un Wubbel au!« kreischte der Kleine.

»Richtig schick hat sie sich gemacht. Für so einen, pah.« Henriette kräuselte verächtlich die Lippen. »Du kannst ihn also nicht zusammensetzen?«

»Ich hab' anderes zu tun! Wubbel, an die Arbeit! Alle sollen aufstehen! Wir müssen Familienrat halten, ausschwärmen, suchen ...«

»Laß sie doch laufen«, maulte Henriette, »sie kommt schon wieder. Mit dem Typ hält sie's nicht lang aus.«

Michael ließ sich müde auf Fränzchens zerwühltes Bett sinken.

»Da magst du recht haben, Jettchen. Trotzdem, es geht nicht. Was sagt denn seine Frau dazu?«

»Pah, das ist doch nicht seine Frau! Hast du keine Augen im Kopf, Onkel Michael? Der Typ ist doch nicht verheiratet!«

»Entsetzlich, fürchterlich! Das ist ja noch schlimmer! Dieser Lustmolch!«

»Wieso ist das schlimmer? Jetzt hockt er nur noch alleine hier. Seine Freundin oder Geliebte oder was weiß ich, das blonde Gift, ist gestern abgereist. Wir ham sie unheimlich genervt!«

»Und jetzt schmeißt er sich an unser Fränzchen ran! Scheißkerl!«

Der Wubbel verfolgte den Dialog mit offenem Mund und glänzenden Augen. Neue Welten taten sich auf. Unerhörte Worte drangen an sein Ohr.

»Seisterl«, murmelte er verzückt, »Lustmolch. Ontel Michajehl, wer nervt das blonde Dift?«

»Was hörst du zu? Was stehst du rum? Du sollst die Leute wecken! Los, schmeiß sie aus den Betten!«

Solch einen beglückenden Auftrag ließ sich der Wubbel nicht zweimal geben. Er stürzte davon, stieß mit den nackten Zehen an die Türschwelle, heulte auf, verzichtete dann aber auf längeres Wehgeschrei, da sie sonst von allein aus den Betten gekommen wären, und er durfte sie doch schmeißen!

»Himmel, ist das ein Morgen!« Michael erhob sich seufzend und trottete in sein Zimmer zurück.

»Ich dachte, du bist Ingenieur, und jetzt kannst du nicht mal einen Kassettenrekorder reparieren«, schimpfte Henriette hinter ihm her, aber Michael verschloß seine Ohren, und er tat gut daran, denn auch Vera empfing ihn mit bitteren Vorwürfen. Sperrangelweit hätte er die Zimmertür hinter sich offengelassen, und jedermann hätte Vera erblicken können, ungewaschen, ungekämmt.

»Ein bißchen Rücksicht kann ich wohl verlangen, auch wenn ich nur deine Frau bin und nicht deine Schwester.«

»Fränzchen ist weg!«

»Gott sei Dank. Eine weniger.«

Sie machte diese Feststellung ohne jegliche Betrübnis und gab sich keine Mühe, ihre Freude zu verbergen. Michael drückte ein Stück Zahnpasta auf die Bürste, dann hob er den Blick, um seine Frau durch den Spiegel zu betrachten.

»Du magst meine Familie nicht!«

»Es gibt Augenblicke, da hält sich meine Liebe in Grenzen, das kann ich dir versichern. Heute nacht etwa, wo mich dieses Ding hier bis aufs Blut gemartert hat!« Sie hielt ein Taschenmesser in die Höhe, ein silberglänzendes. »Mathias muß es mir gestern abend ins Bett gesteckt haben, der freche Kerl!«

»Ach wo wird er denn! Er hat vermutlich ein Loch in der Hosentasche. Amei kann doch nicht nähen.«

»Jede Frau kann nähen«, bemerkte Vera und angelte nach ihren Pantoffeln, »deine Schwester hat bloß keine Lust dazu. Das arme Kerlchen. Der bedauernswerte, kleine Bursche! Da muß er mit Löchern in den Taschen herumlaufen, nur weil seine Mutter so faul ist.«

Während die beiden in dieser Art plauderten und ihre Morgentoilette hinter sich brachten, befolgte der Wubbel treulich die Anordnungen des Onkels.

Er trabte von Zimmer zu Zimmer, riß Decken von den Betten, kitzelte hier eine Tante und kniff dort einen Onkel und gab keine Ruhe, bis sie jammernd und schimpfend aus den Federn krochen und vernehmen konnten, was er, Wubbel, persönlicher Bote des Onkel Michael, ihnen zu melden hatte:

»Aufstehn! Los! Seisterl! Lustmolch! Tante Fränzchen is weg! Mein Füßle tut weh! Au!«

Bald fand er Hilfe in Andreas und Mathias, so daß sie nun zu dritt rumorten und die Familie auf Trab brachten. Nach einer halben Stunde saßen sämtliche Tanten und Onkel, Neffen und Nichten um den Frühstückstisch herum. Nur Fränzchen fehlte.

»Was ist passiert? Was hat der Wubbel da verzapft?«

»Fränzchen ist mit dem Burschen durchgegangen!«

Stefan rang die Hände. Christoph lief rot an, und beide sparten nicht mit freundlichen Worten.

»Unser Fränzchen mit diesem Kerl! Diesem Harztiger! Es ist nicht zu fassen!«

Michael nickte kummervoll.

»Seisterl! Lustmolch!« krähte der Wubbel.

Die Rockerbraut legte ihm die Hand auf den Mund. »Solche häßlichen Worte wollen wir nie wieder in den Mund nehmen, Wubbel!«

»Aber Ontel Michajehl hat!«

»Du solltest dir derartige Ausdrücke vor dem Kind verkneifen!« Stefan musterte seinen Bruder mit finsterem Blick. »Wir geben uns Mühe, ihn anständig zu erziehen, und du ...«

»Leute, wir haben keine Zeit zum Streiten!« rief Christoph dazwischen. »Wir müssen einen Schlachtplan ausarbeiten, Fränzchen suchen, den Kerl vergraulen ...«

»Und wenn wir sie einsperren müssen!« murmelte Michael verbissen.

»Nur weiter so, ihr Lieben!« sprach Julia. »Da seid ihr auf dem richtigen Weg. Behütet sie, versteckt sie, schließt sie in einen Glasschrank, als große Brüder habt ihr schließlich das Recht dazu. Nachher können wir dann in Ruhe die Scherben auflesen.«

»Sie ist jetzt halt in dem Alter«, Henriette blickte weise wie ein Marabu. »Mir tät' das nicht passieren, auf solche Typen fliege ich nicht! Pah, Männer!«

»Vom pädagogischen Standpunkt aus ...«, ließ sich Florian vernehmen, aber Christoph fuhr ihm in die Rede: »Bleib mir mit deiner Pädagogik vom Leibe, Sportsmann! Du hast leicht reden, du bist nicht ihr Bruder! Aber wir, wir haben eine Verantwortung. Sie hat keine Erfahrung mit Männern, drum fällt sie auch auf den ersten schlechtesten herein!«

»Nun, der erste ist es gerade nicht«, brummte Stefan, und seine Rockerbraut nickte zustimmend, denn die beiden wohnten in Fränzchens Nähe und kannten die Gepflogenheiten des lieben Kindes. »Sie hat Verehrer wie Sand am Meer. Aber dieser hier ist besonders abstoßend. Also, was machen wir?«

»Am besten nichts«, sagte Manfred. »Wenn sie sich nämlich verliebt hat, dann ist sowieso Hopfen und Malz verloren. Ich glaub' es aber nicht. Sie hat sich verrannt, weil ihr dauernd an ihr rumerzieht. Laßt sie in Ruh, vielleicht kommt sie von allein wieder.«

Die Familie kaute nachdenklich vor sich hin. Nur den drei Brüdern, Michael, Stefan und Christoph, blieb der Bissen im Hals stecken, und sie senkten den Blick, um aufsteigenden Zorn vor den Augen der Frühstücksrunde zu verbergen. Ich kannte die Richtung, in die sie dachten: Dieser Schwager Manfred ist ein rechtes Ärgernis und schwer zu ertragen. Seit er in unsere Familie gekommen, weiß er alles besser, lächelt überheblich und reizt uns durch lange Belehrungen. Es ist schmerzlich und ungerecht, daß er hinterher meistens recht behält ... So etwa dachten sie, und ich, ihre Schwester, sah es ihnen an den Nasenspitzen an. Aber welcher Schwager war ihnen schon recht?! Florian reizte ihren Zorn mit seinen sportlichen Ambitionen: Was braucht er auf die Berge zu steigen! Soll er sich lieber um Beate kümmern! Ach, und erst Klaus-Peter! Wie kommt dieser Mensch dazu, unsere wilde Gitti zu zähmen?! Wie kann er sich erdreisten, ein sanftes Lämmlein aus unserer Löwin zu machen? Sie seufzten alle drei, dann räusperte sich Michael.

»Gut, Manfred, wie du meinst. Wir können es probieren, obwohl ich für meinen Teil glaube, ein offener Krieg wäre besser. Aber bitte, versuchen wir's auf die sanfte Tour. Also Leute, die Devise heißt: Freundlich sein. Nichts anmerken lassen. Obwohl, weiß Gott, ich könnt' den Kerl ...« Er köpfte sein Ei mit solchem Ingrimm, als säße der »Harztiger« im Eierbecher. »Und ihr, kleines Kroppzeug, ihr haltet den Mund, verstanden? Gnad euch Gott, wenn ihr was sagt!«

»Was solle mir net sage, Onkel Michael?« fragte Andreas.

»Stell dich nicht dümmer, als du bist! Daß er blöd ist oder so ...«

»Was densch denn du?« protestierte Mathias. »Meinsch, i sag dem, daß er blöd isch? I bin doch net blöd!«

Fränzchen betrat das Frühstückszimmer, den Kopf kampfbereit erhoben, die Augen zornig blitzend.

»Also, ihr wißt Bescheid! Nehmt euch zusammen!« flüsterte Michael und versuchte ein Lächeln auf sein Gesicht zu zwingen, aber es gefror alsbald zu Eis, denn der Harztiger tauchte neben Fränzchen auf, legte den Arm vertraulich auf ihre Schulter, lächelte ihr liebreich zu und schritt mit knappem Kopfnicken an unserem Tisch vorbei zu seinem Frühstücksplatz.

Fränzchen setzte sich auf den freien Stuhl zwischen Manfred und Michael. Ihr Zopf befand sich in heftiger Bewegung, ruhte er doch auf dem zornig wogenden Busen. Sie hatte ein rotes Band hineingeflochten und es an seinem Ende zu einer Schleife geschlungen.

»Du hast eine schöne Schleife in deinem Zopf!« sagte Michael, bemüht, den Auftakt zu allgemeiner Freundlichkeit zu geben.

Aber Fränzchen würdigte ihn keiner Antwort, warf vielmehr mit gekonntem Ruck den Kopf herum, so daß der also belobte Zopf wie eine Peitsche zur Seite zischte, wo Manfred, friedlich und ahnungslos, sein Honigbrot zum Munde führte. Über dieses Brot wischte der Zopf hinweg, verteilte Honig auf Brille und Nase des Verdutzten, versah auch noch sein Ohr mit einem letzten Rest Süßigkeit und landete auf Fränzchens Rücken.

Manfred saß erstarrt, den Mund noch zum Biß geöffnet, dann holte er tief Luft und wandte sich der Schwägerin zu, für die er soeben noch eine Lanze gebrochen. Jetzt jedoch zeigte sein Mienenspiel weder Verständnis noch Zuneigung, im Gegenteil, es blitzte Zorn aus den verschmierten Brillengläsern.

Michael hüstelte schadenfroh und warnend. Auch die anderen Geschwister vermochten ein freudiges Lächeln nur schwer zu verbergen. Ei, sieh an! Da hatte es diesmal den lieben Manfred erwischt! Der also holte tief Luft.

»Hast du gut geschlafen?« brüllte er dann in einer Lautstärke, die Fränzchen erschrecken mußte.

»Ich bin nicht schwerhörig!« schrie sie deshalb zurück. »Du brauchst nicht so zu brüllen. Nein, ich habe sehr schlecht geschlafen.«

»Ja, dieser Wetterumschwung!« klagte Julia vom anderen Tischende herüber. »Ich habe auch schlecht geschlafen.«

Mit Dankbarkeit stürzte sich die Familie auf das

unverfängliche Thema, sprach über das Wetter und wie es sich doch so schön gemacht und daß sogar die Sonne ab und zu aus den Wolken blicke. Fränzchen sah sich an den Rand des Geschehens gedrückt.

»Wollt ihr nicht wissen, wo ich war?« fragte sie deshalb kampfeslustig.

»Aber nein, warum sollten wir das?« Aus Michaels Stimme klang äußerstes Erstaunen. Manfreds Mißgeschick hatte ihn wieder ins Gleichgewicht gebracht und verhalf ihm zu ungeahnten schauspielerischen Leistungen.

»Du bist schließlich erwachsen und kannst gehen, wohin du willst.«

Fränzchen saß wie vom Donner gerührt. Beate schenkte ihr Kaffee ein. Florian reichte die Brötchen herüber.

»Ich bin im Wald gewesen – mit Bert!« Es klang wie eine Kriegserklärung.

»Herrlich!« rief Vera. »Ich hätte auch gern einen Waldlauf gemacht, aber du weißt ja, was für ein Morgenmuffel dein Bruder ist, und allein macht es keinen Spaß.«

»Da magst du recht haben! Zu zweit ist es viel, viel schöner!« Fränzchen verdrehte die Augen und legte in ihre Stimme soviel an Schmelz und Verzückung, daß Bruder Michael wieder aus dem Gleichgewicht geriet und bedenklich zu schnaufen begann.

»Wie soll sich der Tag gestalten?«

Ja, narrte mich ein Spuk, ja, hörte ich richtig,

Manfred hatte es gefragt, mein Manfred, der bislang über diese Redewendung seiner Schwiegermutter und deren Nachkommenschaft so herzhaft gelacht und gelästert hatte! Er saß und putzte seine Brille, die Augen nach unten gerichtet, als schäme er sich. Michael aber ergriff die rettende Frage mit Dankbarkeit.

»Gut, daß du fragst, Schwager! Ja also, wir fahren jetzt nach Goslar und besichtigen alle Sehenswürdigkeiten.«

»Ohne mich«, trompetete Fränzchen, »ich fahre mit Bert.«

»Gut, dann haben wir mehr Platz im Auto!« Christoph preßte es zwischen den Zähnen hervor, dann fuhr er auf den ahnungslosen Wubbel los. »Benimm dich! Iß anständig! Das tut man nicht!«

Der Wubbel hob den Finger, mit dem er stillvergnügt in seiner Milch gerührt, schleckte ihn ab und sprach: »Seisterl! Lustmolch!«

Trotz aller menschlichen Bemühungen lagerte eine erhebliche Spannung über dem Frühstückstisch. Auch Stefans Nerven vibrierten vor Ärger über die freche kleine Schwester, und so vermochte er den Übergriff des Bruders in seine, Stefans, Erziehungskompetenzen nicht auch noch schweigend hinzunehmen. Er bedachte Christoph mit einem sauren Blick. »Du brauchst ihn nicht zu erziehen, das besorge ich! Ich bin der Vater!« Und zu Michael hingewendet: »Wann fahren wir denn endlich?«

»Fränzchen ist noch nicht fertig«, sagte Florian.

»Laßt euch nicht aufhalten! Ich bin froh, wenn ihr weg seid.«

Sie zischte es über den Tisch, laut und mit vollem Mund. Sogar Andreas und Mathias, an guten Sitten sonst nicht sonderlich interessiert, sahen es mit Grausen. Sie blickten in die Runde, ob auch die anderen es bemerkt hätten. Dann faßte Mathias das allgemeine Entsetzen in die Worte: »Wenn des di Großi gsehe hätt!«

»Hübsch siehst du aus!«

Julia lächelte zu Fränzchen hinüber, der blieb vor Erstaunen der Mund offenstehen. Endlich schluckte sie hinunter und wiederholte mit großer Dringlichkeit: »Ich fahre nicht mit euch!«

Michael nickte.

»Du sagtest es schon. Wenn du lieber mit diesem ... diesem Herrn fährst als mit deinen Geschwistern, wir halten dich nicht ...« Er legte den Arm um sie, er sprach mit leiser beschwörender Stimme: »Fränzchen, vielleicht wäre es möglich ... es ist doch ein Familientreffen ... bitte, könntet ihr nicht beide mit uns ...«

»Nein, nie!« Sie stieß den Arm des Bruders von sich. »Kommt nicht in Frage! Er hat genug von dieser Familie! So wie ihr ihn behandelt habt!« Jetzt endlich konnte sie vom Leder ziehen, und sie tat's mit Wonne. »Gestern abend! Das war unerhört! Das war eine Schande! So behandelt man keinen erwachsenen Menschen! Ich bin die einzige, die es wieder gutmachen kann!«

»Das ist ein Fehler«, sagte Michael, »ich meine, es war ein Fehler, gestern abend von mir, aber er ist auch nicht gerade ein Wonneproppen!«

Der Wubbel horchte auf, hob entzückt das Köpfchen. Wieder solch ein Wort. Neu. Geheimnisvoll. Schön. Der Wubbel ergriff sogleich Besitz von ihm.

»Wonneproppen«, flüsterte er und ließ die P genüßlich über seine Lippen purzeln. »Mami, was is Wonneproppen?«

Die Rockerbraut seufzte. Diese Familie gebrauchte Worte, welche ihren Sohn auf bedauerliche Weise faszinierten, von ihm sogleich begierig aufgesogen und seinem Wortschatz einverleibt wurden, obwohl sie diesen keineswegs bereicherten. Am liebsten hätte sie das lächerliche Wort totgeschwiegen, aber sie kannte die Beharrlichkeit ihres Sohnes und war auch sonst der Meinung, daß man Kinderfragen ernst nehmen müsse und getreulich beantworten, also widmete sie dem so wenig geschätzten Wortgebilde eine längere mühsame Erklärung.

»Ein Wonneproppen, ja weißt du, das ist ein netter Mensch, einer, der lustig ist, den alle gern mögen ...«

Der Wubbel schluckte die mütterliche Bemühung ohne weitere Nachfrage, stützte das Haupt in beide Hände, wie es sein Vater bei schwierigen Denkprozessen zu tun pflegte, und versuchte das Gehörte zu verdauen. Indes saß die Familie schweigend und wartete darauf, daß Fränzchen ihren Kaffee austrinke und sich eines besseren besinne, doch bevor dies geschehen, wurde dem Wubbel eine Erleuchtung zuteil.

»Ontel Piffpoff!« rief er. »Ontel Piffpoff is ein Wonneproppen!«

Die Familie nahm es mehr oder weniger gern zur Kenntnis. Christoph lächelte geschmeichelt. Der Wubbel aber war noch nicht ans Ende seiner Erleuchtung gelangt, denn hatte er in Onkel Christoph eine hervorragende Verkörperung des neuen Wortes gefunden, so wußte er auch einen zu nennen, auf den es ganz und gar nicht paßte. Er streckte anklagend das Fingerchen gegen den Herrn, welcher ihn gestern beim Wecken so fürchterlich angeschrien und den er deshalb nicht gerne mochte, hob seine Stimme, damit ihn auch alle hören könnten und es klug und richtig finden, was er eben so reiflich bedacht, und sprach: »Aber der nich! Tein Wonneproppen!«

Er blickte bedeutungsschwer um sich, aber seine Mitteilung blieb ohne Zustimmung. Kein Mensch lobte ihn, nicht einmal Papi und Mami. Keiner lachte und sagte: Fein, Wubbel, da hast du wirklich recht. Im Gegenteil, sie taten, als hätten sie nichts gehört, sie guckten nicht einmal zu ihm hin, sie unterhielten sich einfach weiter.

Dem Wubbel schwoll der Kamm. Sein Zorn konzentrierte sich auf den Herrn, der ihm nichts als Ärger bescherte, und über seine Lippen drängten die beiden anderen Worte, die er heute gelernt, in sein Herz geschlossen und seitdem gerne gebrauchte, auch wenn sie ihn jedesmal dafür beschimpften. Also wies er erneut mit dem Fingerchen auf den Harztiger und sprach aus, was andere dachten: »Seisterl! Lustmolch!«

Mit diesen Worten nahm er aller vorangegangenen Liebesmüh der Familie ihren Sinn. Fränzchen erhob sich. Kleinmut und Zweifel wichen von ihr. Nun endlich wußte sie, wo allein ihr Platz war.

»Pfui über euch«, so sprach sie, »daß ihr sogar das Kind gegen ihn aufhetzt!«

Sie ließ ihren Blick voll Kälte über die Tischrunde kreisen, warf ihn gleich darauf voll Wärme und steigender Glut hinüber zum Harztiger, drehte sich um und schritt hinaus.

Es blieb der Familie nichts anderes übrig, als sich geschlagen zu geben, die Kampfstätte zu räumen und dem Herrn das Feld zu überlassen.

Nach einer halben Stunde versammelte man sich auf dem Parkplatz. Die Sonne lachte, Fränzchen auch, und wie hell! Sie stand neben dem silbergrauen Porsche des Harztigers. Dieser harmonierte aufs beste mit seinem Auto, trug sportliches Grau von den Schläfen über die Flanellhosen bis zu den Wildlederschuhen, nur das Hemd zeigte eine dezente rosa Musterung. Über seinen Schultern hing lässig eine schwarze Lederjacke, über seinen Gesichtszügen ein schwarzes Lächeln. Fränzchen, im selbstgestrickten Pullover, mit verwaschenen Jeans und vollgestopftem Umhängetäschlein, wirkte neben ihm ausgesprochen schlicht. Sie wedelte aber kokett mit Schleife und Zopf und klimperte mit den langen Wimpern.

Wir Geschwister betrachteten das ungleiche Paar mit Mißvergnügen. Doch traf der geballte Zorn nicht das ungetreue Schwesterlein, sondern ihren Entführer, diesen Casanova in Grau, diesen eitlen, arroganten, unerfreulich schmucken Harztiger.

»Angeber!« bruddelte Christoph.

»Mädchenräuber!« zischte Stefan. »Hoffentlich kann der Kerl fahren!«

Michael seufzte nur, drehte sich um und hielt Ausschau nach Vera. Diese stand neben Mathias, der selbstvergessen auf den Porsche starrte. Für ihn war die Welt versunken, auch die Tante nahm er nicht wahr, er sah nur dieses unbeschreibliche Gefährt.

»Vermißt du etwas?«

Er schaute hoch mit leerem Blick, lauschte der Frage nach, begriff und fuhr mit beiden Händen in die Hosentaschen. Er wühlte, förderte ein schmutziges Taschentuch zutage, verklebte Bonbons, Schnüre, Steine und heulte auf: »Mei Taschenmesser!«

Ein kleines Weilchen nur ließ sie ihn klagen, dann zog sie es aus der Tasche, sein geliebtes Messer, silbrig glänzend, heil.

Er griff danach, und in übergroßer Freude und Dankbarkeit füllte er die Hände der Tante mit all seinen Kostbarkeiten: mit Bonbons und seltsam gearteten Steinen, mit einem Backenzahn, für den er vier Murmeln gezahlt, einer Streichholzschachtel mit lebenden Käfern darin, er hielt sie der Tante ans Ohr, damit sie die Käfer krabbeln hörte, und einem überaus kostbaren Eidechsenschwanz. Mit all dem überhäufte er die Gute, obwohl sie sich heftig dagegen wehrte. Er stopfte ihr sogar einen Klumpen Gummibären direkt in den Mund, den sie zu anhaltendem Protestgeschrei geöffnet hatte.

»Se sin naß gworde – drum klebet se e bißle. Aber, Tante Vera, schmecke tun se no, gell!«

Sie nickte mit verzerrtem Gesicht und kaute. Er aber freute sich, daß er sie so reich hatte beschenken können, obwohl es ihm leid tat um den Eidechsenschwanz und den Backenzahn, denn wußte die Tante auch, wie ungeheuer kostbar seine Geschenke waren? Gleich zurückfordern konnte er sie natürlich nicht, das hätte Tante Vera zu Recht verärgert, aber im Laufe des Tages hoffte er Gelegenheit zu finden, sich gütlich mit ihr zu einigen. Vorerst fuhr er in die Hosentaschen, stülpte sie nach außen, unterzog sie einer genauen Prüfung und zog seufzend die Luft durch die Nase. Ach, nun wußte er, warum ihn dieses Mißgeschick zum zweiten Mal betroffen. Ein Loch. Und da drüben stand die Mutti und hatte ganz bestimmt keine Lust zum Zunähen und keine Nadel und keinen Faden. Vera würgte die letzten Gummibären hinunter.

»Ich stopfe es dir, wenn wir heute abend heimkommen.«

»Aber i brauch's doch glei, Tante Vera, sonscht fällt mer's wieder naus! Was mach i bloß?«

Sein Blick wanderte ratsuchend über den Parkplatz und blieb am Porsche hängen und an Fränzchen. Er strahlte auf und marschierte hinüber.

»Was ist?« Fränzchen betrachtete ihn ungnädig. »Was willst du?«

»Ach, Tante Fränzle, Tschuldigung, Fränzle, hasch kei Sicherheitsnadel für mi übrig?«

Fränzchen guckte zur Seite, wo der schmucke und vermutlich außerordentlich ordentliche Bert stand, und äußerte barsch: »Woher soll ich eine Sicherheitsnadel haben?!«

Mathias traute seinen Ohren nicht! Seit er die Tante kannte, trug sie ungeahnte Mengen von Sicherheitsnadeln am Leibe.

»Aber Tante Fränzle, du hasch doch immer welche.« Er versuchte ihrer Vergeßlichkeit nachzuhelfen. »Im BH, Tante Fränzle! Da hasch du geschtern no zwei ghabt. Weisch nemme, wie der Hake abgfatzt isch, un Tante Gitti hat 'n wieder zugschteckt, im Wald, weisch nemme? Un Tante Vera hat gholfe, weil er doch immer wieder aufknallt isch …«

»Willst du wohl den Mund halten!«

»Bitte, Tante Fränzle, kannsch mir net eine abgebe? Mei Hosentasch hat e Loch, und mei Taschemesser fällt naus …«

Der Harztiger rückte interessiert näher.

»Wollen wir einmal nachsehen?« fragte er.

»Ja bitte!« rief Mathias voll Dankbarkeit und Freude über diese unverhoffte Hilfe. Aber die Tante knirschte unangenehm mit den Zähnen und schaute so zornig drein, daß die beiden angstvoll die Köpfe einzogen.

»Warte mal«, sagte der Harztiger und kroch ins Auto, »ich glaube, ich habe eine.«

Mathias drückte sich auf der anderen Seite in den Porsche und saß nun voll Glück und Seligkeit in seinem Traumauto, indes der Harztiger eine Schachtel hervorkramte.

»Hier, junger Mann, bist du damit zufrieden?«

Er hielt ihm eine ganze Packung Sicherheitsnadeln vor die Nase, aber Mathias hatte vergessen, warum er gekommen, sein Sinnen und Trachten zielte einzig darauf, mit diesem Auto fahren zu dürfen. Tante Fränzchen war ihm lieb und wert, aber solch ein Fahrzeug vermochte sie nicht zu würdigen. Was wußte sie denn von der Schönheit eines Sportwagens, vom Zauber der Technik, vom Rausch der Geschwindigkeit?

»Wie schnell fährt er?«

»260.«

»O Mann!« Mathias schloß überwältigt die Augen, ihm schwindelte, aber er riß sich alsbald zusammen, denn nun galt es, überlegt zu handeln und überzeugend zu sprechen.

»Da wird's der Tante Fränzle beschtimmt schlecht! Da muß se schpucke!«

»Ich fahre auch keine 260 mit ihr. Hör einmal her, junger Mann.« Mathias hob das Gesicht zu ihm empor. Aus seinen Augen drang ein so brennendes Verlangen, daß es sogar den Harztiger rührte. »Jetzt geht es nicht, denn Franziska und ich wollen alleine fahren, aber heute abend, ich verspreche es dir, heute abend drehe ich mit dir eine Runde, vielleicht sogar zwei.«

»Wirklich?«

»Wirklich und wahrhaftig. Du kannst dich darauf verlassen. Aber dafür mußt du uns in Ruhe lassen. Verstanden?«

Die beiden Männer reichten sich die Hand, stiegen aus dem Auto, und damit hatte der Harztiger einen

Vasallen gewonnen. Mathias aber wandelte seines Weges wie auf Wolken. Wahrhaftig, er wußte nicht, in welches Auto er steigen sollte, denn sie waren allesamt lahme Enten gegen diesen Traumwagen, in dem er gesessen und wieder sitzen würde, heute abend. Er fing an, die Stunden zu zählen, und stieß dabei auf Tante Vera, die seine Kostbarkeiten in ihrer Handtasche zu verstauen suchte. Sie hielt den Eidechsenschwanz in spitzen Fingern und seufzte.

»Du willst ihn nicht etwa wiederhaben?« fragte sie vorsichtig. »Ich meine, er ist ja wundervoll, und ich freue mich sehr, aber eigentlich gehört er doch dir!«

Mathias' Geist kehrte flugs auf die Erde zurück. Was für ein Tag! Jetzt gab ihm die Tante von ganz alleine den kostbaren Schwanz zurück. Vielleicht gelang es ihm auch noch, den Backenzahn aus ihren Händen zu reißen. Heute war alles möglich.

»I schteig bei euch ei, Tante Vera«, sagte er, »no könne mir in Ruhe über alles schwätze.«

Onkel Michael allerdings empfing ihn keineswegs ruhevoll, sondern im höchsten Grade erregt.

»Was tust du bei dem Kerl im Auto?« schrie er. »Was hast du da zu suchen?«

Mathias schwieg und ertrug das Geschrei mit Geduld, denn er dachte an den Abend, und dieser Gedanke richtete ihn auf.

Dann endlich begaben sich die Familienmitglieder zu den Autos, stiegen ein, ließen die Türen klappen, und fort ging die Fahrt, Goslar zu.

Nur der Harztiger und Fränzchen standen noch neben dem Silbergrauen auf dem Parkplatz und hatten eine leichte Trübung ihrer Beziehung zu überwinden. Fränzchen grollte, denn sie hatte es nicht gerne gesehen, daß sie unbeachtet draußen stehen mußte, indes ihr Verehrer mit Mathias im Auto Gespräche führte. Sie hielte es für unnötig, so murrte sie, daß er mit der Familie in Verbindung träte, denn hätte er nicht sie? Wäre ihm das nicht genug?

O doch, lächelte der Harztiger, sie wäre ihm schon genug, und er wolle gewiß niemanden sonst von der Familie auf seine Schultern laden, aber dieser kleine Kerl wäre richtig drollig ... Seine Suche nach den Sicherheitsnadeln zum Beispiel, die hätte ihm großen Spaß gemacht, und ob Franziska jetzt nicht gütigst einsteigen wolle ...

Sie tat es mit säuerlichem Lächeln, der Motor heulte auf, und fort stürmte der Porsche, dem Familienkonvoi hinterher.

Unser Auto machte wieder den Schluß. Auf dem Rücksitz befand sich genau wie am Vortag das junge Ehepaar Gitti und Klaus-Peter. An diesem Morgen herrschte jedoch bei ihnen eitel Glück und Sonnenschein, indes die dunkle Gewitterwolke sich zu uns nach vorne verlagert hatte, wo sie unheilschwanger über Manfred und mir brütete. Ich grollte seit ich auf dem Parkplatz hatte mitansehen müssen, wie Mathias in die Höhle des Tigers kroch und so lange darin verweilte, daß mein Mutterherz vor Angst erbebte. In dieser Not flehte ich Manfred an, seine Vaterpflicht wahrzunehmen und das wehrlose Kind aus des Harztigers Klauen zu reißen. Doch er lachte nur und sagte, ich solle mich nicht wie eine ängstliche Glucke gebärden. Mathias habe nun einmal eine Schwäche für Sportwagen und fühle sich vermutlich wie im Himmel, da er jetzt in einem solchen sitzen dürfe. Er, Manfred, würde jedenfalls nichts unternehmen, um das Glück seines Sohnes zu verkürzen. Da öffneten sich die Türen des Porsche. Auf der einen Seite rankte sich der Harztiger empor, auf der anderen Mathias, lebendig und mit strahlendem Gesicht. Der Harztiger legte den Arm um Fränzchen, Mathias aber schwebte – ja, ich sah es mit eigenen Augen – er schwebte über den Platz, strahlte Vera an, als wäre sie das Christkind höchstpersönlich, und achtete nicht der Gefühle seiner Mutter, ihrer ausgestandenen Angst und Sorge.

»Na siehst du, er lebt noch«, Manfred legte mir väterlich die Hand auf die Schulter, »da hat sich das liebe Ameile wieder ganz umsonst gesorgt.«

Ach, wie seine Rede mich ärgerte, wie sein Lachen meine Nerven strapazierte!

So war es gekommen, daß ich im Auto saß und leise vor mich hin brodelte, indes Gitti und Klaus-Peter sich mühten, durch fröhliches Plaudern die Stimmung zu heben.

»Weißt du noch, Amei«, Gitti stieß mir ihren

Finger zwischen die Rippen, »weißt du noch, wie wir zusammen in Finnland waren?«

Ich knurrte Zustimmung. Ja, und wie ich das wußte. Es war so überaus scheußlich gewesen, daß ich es nie vergessen würde. Nicht einmal die Erinnerung vermochte diese Reise zu vergolden. Die Regenfahrt am Botnischen Meerbusen entlang, das allabendliche Aufschlagen der Zelte, das Surren der Mücken. Wie der Wind das Feuer im kleinen Kocher ausblies, wie der Reis nicht weich und die Eier nicht hart wurden, wie uns das Geld ausging und schließlich all diese Umstände dazu führten, daß Manfred und ich öfters als sonst in heftigem Zorn gegeneinander entbrannten.

»Sie haben mich mitgenommen«, so berichtete Gitti ihrem Löwenbändiger, »weil ich gerade Liebeskummer hatte und alles in mich hineinschlang, was ich nur erwischen konnte. Da wollten sie mir zeigen, daß die Welt noch andere Schönheiten bereit hielte. Ich hatte ein kleines Zelt und sie ein großes. Jeden Abend schlugen wir zwei Zelte auf, und jeden Morgen packten wir sie wieder ein. Erst war es noch ganz lustig, aber dann fing der große Regen an, und sie stritten ... Erinnert ihr euch noch an die Axt?«

»O Himmel, die Axt!« Wir prusteten los, Manfred und ich, fast schon wieder versöhnt in der Erinnerung an dieses Erlebnis.

»Willst du die Geschichte von der Axt hören, Klaus-Peter?«

»Ja, was war mit der Axt?« fragte dieser, nicht sonderlich interessiert.

Manfred fing an: »Also, wir schlugen unsere Zelte in einer Gegend auf, in der ein Bär gesehen worden war. Ich sagte den beiden Damen nichts davon, nahm aber nachts die Axt mit ins Zelt, falls uns der Bär besuchen sollte. Jetzt mußt du weitererzählen, Gitti.«

»Sie hatten sich vorher wieder in den Haaren gehabt. Amei kroch wütend ins Zelt, Manfred hinterher, die Axt in der Hand. Es sah furchtbar aus. Ich dachte, er will sie erschlagen ...«

Gitti verstummte. Ich setzte den tröstlichen Schluß an diese erbauliche Geschichte: »Seitdem haben wir nur noch ein Zelt aufgeschlagen und zusammen darin kampiert, damit sie keine Angst mehr haben mußte.«

»Eheleute sollten sich nie vor anderen streiten!« bemerkte Klaus-Peter.

»Da muß ich dir beipflichten, ich habe es gestern auch gedacht«, sagte Manfred, und Gitti rief: »Da kommt der Porsche! Der hat's vielleicht eilig!«

Er brauste heran und gebärdete sich wie ein Wilder. Tat, als wollte er uns allesamt in Grund und Boden rammen, hupte, blinkte und scherte nach links aus, um die Straße zu überblicken. Die aber bot keine freie Sicht, denn sie wand sich in Kurven bergauf. Eine Möglichkeit zum Überholen schien nicht gegeben. Der Porsche heulte vor Ungeduld, und siehe, da zischte er vorbei. Dieses gewagte Manöver wiederholte er dreimal, nämlich bei Stefan, bei Christoph und bei Michael, und jedesmal hinterließ er Empörung und Frustration.

»Simpel, Dackel! Saukerl!« Solche und ähnliche Ausdrücke gebrauchte Manfred, und da er mir nun endlich die Freude machte, aus der Haut zu fahren, erwachte meine Liebe zu neuer Glut. Ich legte die Hand versöhnungswillig auf sein Knie, er strich zärtlich darüber, und dann schimpften wir alle vier in schöner Harmonie über den Porsche, den Harztiger und Fränzchen.

Mathias, in dessen zugesteckter Hosentasche bereits wieder der Backenzahn nebst Eidechsenschwanz und Taschenmesser ruhten, fragte gerade vorsichtig bei Tante Vera an, ob auch noch alle Käfer in der Streichholzschachtel wären, da sah er den Porsche. Er drückte seine Nase ans Fenster und verfolgte das gewagte Überholmanöver. Und während Onkel Michael vor Zorn bebte und wilde Drohungen ausstieß, saß Mathias, zitternd vor Glück und Vorfreude, und über seine Lippen flossen Worte der Begeisterung: »Klasse! Toll! Schtark! Super!«

Tante Vera mußte ihn mehrfach rütteln, bevor er bemerkte, daß sie ihm die Streichholzschachtel hinhielt.

»Es wird besser sein, du nimmst sie wieder zu dir. In meiner Tasche ist einfach kein Platz!«

»Ja, wenn du's net magsch, Tante Vera ...«

»Ich mag es sehr! Du darfst nicht denken, daß ich es nicht zu würdigen wüßte ... Hast du Lust auf Schokolade? Ich hab' da grade eine Tafel in meiner Tasche, sie versperrt mir nur den Platz.«

»Dank schö, Tante Vera! Gib se no her, i bring se scho nei. Du, den Schtein, der wie 'n Frosch aussieht, den hasch net in der Tasch?«

Sie suchte und kramte, obwohl sie genau wußte, daß sie dieses unnütze und ärgerliche Geschenk auf dem Parkplatz hatte fallen lassen.

»Ich kann ihn nicht finden. Zu dumm, wo hat er sich denn versteckt? Jedenfalls, wenn wir in Goslar sind, dann essen wir zusammen ein Eis. Ich lade dich ein.«

Mathias lehnte sich zurück. Was für ein Glückstag! Alles gedieh ihm zum Guten. Er dachte an den Abend, und ihm wurde ganz schwindlig vor lauter Seligkeit.

In Goslar schien die Sonne auf Giebel und Dächer und auch hinunter in die Gäßchen, durch die viel schaulustiges Volk und unsere Familie marschierten.

Ein Eiscafé lockte. Mathias sah es und hielt sogleich Ausschau nach Tante Vera. Er eilte an ihre Seite und gab ihr einen freundschaftlichen Stoß, bemüht, ihr Augenmerk in die gewünschte Richtung zu lenken.

»Guck, Tante Vera, was da drübe isch. Mir wolltet doch Eis esse. Weisch des nemme?«

Der Wubbel trottete zwischen Onkel Michael und Tante Vera seines Weges. Nein, er war nicht froh! Keiner machte ein Späßchen, keiner kümmerte sich um ihn. Sie redeten da oben miteinander, und er hier unten war ganz allein. Seine Lippen zitterten kummervoll. Da drang das Wort »Eis« an sein Ohr, und augenblicklich erfüllte ihn neuer Lebensmut.

»Ontel Michajehl, Wubbel will Eis!«

Er legte die Hand vertrauensvoll in die des dicken Onkels, aber der wollte nichts hören von Eis und weiteren Aufenthalten, der wollte endlich einmal seinen Tagesplan durchführen.

»O Ontel Michajehl ...«

Der Onkel hörte den drohenden Unterton in der Stimme des Neffen, aber nicht dieser, sondern das kleine warme Pfötchen in seiner Hand war es, was ihn überwältigte, so daß er seufzend seinen Tagesplan beiseite schob und stehenblieb.

»Ich sehe schon, wir werden es heute wieder nicht schaffen.«

Mathias zog bereits Tante Vera über die Straße.

Andreas hängte sich an Onkel Christoph und wies ihn bedächtig auf die Tatsache hin, daß sich auf der anderen Straßenseite ein Eisladen befinde, es gestern zwar recht kalt, aber heute doch angenehm warm sei, und daß er, Andreas, sein Patensohn wäre, und dies mit Freuden, da der gute Onkel ihm schon so manches Geschenk gemacht ... Seine diplomatischen Bemühungen wurden aufs erfreulichste belohnt. Der Onkel überquerte schimpfend die Straße und betrat den Eissalon hinter Vera und Michael, die beide ein strahlendes Kind an der Hand hielten. Auch wir Erwachsenen zeigten uns einer Portion Eis nicht abgeneigt, zumal keiner besondere Lust auf Sehenswürdigkciten und ihre ermüdende Besichtigung verspürte.

So saßen wir denn bald an kleinen Tischen und schlangen Eis hinunter, denn Michael ermahnte uns dringlich, doch voranzumachen und schnell zu essen, sonst sähe er es kommen, daß uns nicht genug Zeit bliebe für Goslar und seine Schönheiten, was wir hinterher bitter bereuen würden.

»Der Wubbel muß langsam essen, sonst bekommt er Bauchweh«, sagte die Rockerbraut, »langsam, Wubbel, langsam!«

Doch der Wubbel stopfte mit Löffel und Fingern, denn er hoffte auf milde Gaben von den diversen Tanten und Onkels. Andreas und Mathias verhielten sich ähnlich.

»Aus! Schluß! Fertig! Wir besichtigen jetzt erst das Rathaus, dann den Marktplatz und das Glockenspiel, dann die Kaiserpfalz, dann die Marktkirche, dann ...«

»Und das alles vor dem Essen?« stöhnte Christoph. »Womit habe ich das verdient?«

Aber Bruder Michael kannte kein Pardon, heute nicht! Heute wurde besichtigt und der Plan erfüllt. Also marschierten wir weiter. Jette blieb vor einem Trödlerladen stehen und verschlang die zerschlissenen Kleider, die wackligen Stühle, die wurmstichigen Schränke mit gierigen Augen.

»Stark!« sagte sie, und »stark« war der stärkste Ausdruck der Begeisterung in ihrem Vokabular.

»Ist das nicht stark, Tante Amei?«

»Ich weiß nicht, was du meinst. Hast du was Spezielles im Auge?«

»Nein, alles! Der ganze Laden, dieser Duft.«

Sie zog beseligt eine unerfreuliche Geruchsmischung von Schweiß, Kampfer und Lavendel in die Nase.

»Ehrlich, das wär' für mich das Stärkste, so ein Laden!«

»Es ist komisch, daß ihr beide nicht miteinander auskommt, du und Fränzchen ...«

»Wieso, was willst du damit sagen, Tante Amei?«

Aus Henriettes Stimme klang schärfste Abwehr, denn wenn es sich um Verwandtschaft handelte, dann war das gute Kind geneigt, sofort das Schlimmste anzunehmen.

»Ich wollte damit sagen, daß ihr beide euch ziemlich ähnlich seid.«

»Wieso sollen wir uns ähnlich sein?«

»Hast du noch nie was von Fränzchens Laden gehört?«

»Kann mich nicht erinnern.«

»Na ja, es ist ein dunkler Punkt in unserer Familiengeschichte ... Wir sprechen nicht gern darüber. Fränzchen war etwa zehn Jahre alt, als die Sache anfing. Sie zog ein Leiterwägelchen durch das Dorf, schwang unsere Tischglocke und tat kund, man könne alte Sachen bei ihr loswerden. Und weil sie so niedlich aussah und Pfarrers Fränzchen war, luden wohltätige Gemeindemitglieder das Wägelchen immer wieder voll, denn, so dachten sie vermutlich, Pfarrers sind Flüchtlinge und haben sieben Kinder, aber kein Mobiliar. Also laßt uns unseren Ramsch für sie stiften. Sie steckten dem armen Kind, das da ganz allein den Wagen zum Pfarrhaus zerrte, auch noch Schokolade und Bonbons in den Mund.

So entrümpelte Fränzchen die Speicher und Keller des Dorfes, kam heim mit gefülltem Wagen, leerte ihn und fuhr wieder davon, um unermüdlich ihr Glöckchen zu schwingen. Wir merkten nichts von diesen Geschäften, denn sie fing es schlau an, fuhr mit dem vollen Karren durch ein kleines Tor von hinten in den Hof und von da, gedeckt durch den Kirschbaum und eine unbewohnte Hundehütte, direkt in den Holzstall. Hier lud sie ab und schleifte die Spiegel und Kommoden und was weiß ich noch alles eine wacklige Leiter hinauf zu einem Dachboden. Dort oben richtete sie ihr Reich ein, thronte zwischen Altertümern, als Herrin über Holzwürmer, Motten und Läuse und betrieb einen Laden mit erstaunlich großem Warenangebot. Die Kinder des Dorfes strömten herbei, tauschten, handelten, kauften …

Gitti war die einzige von uns, die Bescheid wußte. Sie durfte beim Verkauf helfen. Jede freie Minute verbrachten die beiden dort oben im Holzstall. Sie schlüpften in die alten Gewänder, stülpten Hüte auf ihre Häupter, wickelten sich in Schleier, sie müssen ausgesehen haben wie aus ›Tausend und eine Nacht‹ entsprungen …«

»Stark! Irre!! Super!«

Bei der Erwähnung der Gewänder geriet Henriette in solche Begeisterung, daß der Ausdruck »stark« nicht mehr reichte, sie mußte noch »irre« und »super« hinzufügen, um einigermaßen klarzumachen, wie überwältigt sie war.

»Hast du den Laden gesehen, Tante Amei?«

»Nein, eben nicht! Ich sage dir, Jettchen, die ganze Familie hatte keine Ahnung. Mutti setzte ihren Fuß nicht mehr in den Holzstall, seitdem sie dort einer Maus begegnet war. Vaters Gedanken schwebten hoch über Kinderspielen und Holzställen, und wir älteren dankten Gott, wenn uns die beiden Kleinen in Ruhe ließen. Nur Else wußte Bescheid, du kennst sie ja, Jettchen ...«

»Klar, sie wußte alles!«

»Sie hat sich die beiden vorgenommen und ihnen gedroht, sie werde es der Frau Pfarrer sagen. Aber Fränzchen konnte sie um den Finger wickeln. Sie brauchte bloß ein paar Tränchen kullern zu lassen, und schon war Else weich wie Butter an der Sonne. Ich hab's nicht gehört, aber ich kann mir denken, was sie zu Fränzchen gesagt hat.«

»Geh ock los, weeßte!« rief Jette. »Und dann: mei bosche kochanje!«

»So etwa wird's gewesen sein! Geh ock los, weeßte! Was wer ick dir verpetzen! Aber, mei bosche kochanje, ick saje dir, es wird niemals nich jut enden!

Damit behielt sie recht.

Eines schlimmen Tages gaben die morschen Bretter oben im Holzstall nach. Sie vermochten die Schränke und Vitrinen nicht länger zu tragen, also brachen sie, und unter dumpfem Donnergrollen fuhren Fränzchen und Gitti mitsamt ihrem Reich in die Tiefe. Die Familie stürzte in den Holzstall. Dort sah man lange nichts, denn eine dicke Staubwolke lagerte über dem Ort des Schreckens. Dann kroch Gitti daraus hervor, im schwarzen Gesichtchen die Augen angstvoll aufgerissen, doch war ihr außer ein paar Schrammen nichts widerfahren. Fränzchen aber blieb verborgen. Wir fanden sie schließlich unter den Trümmern eines Schrankes, betäubt vor Schmerz über den Untergang ihres Lumpenkönigreiches.«

»Irre!« sagte Henriette.

Wir schlenderten hinter den anderen her durch Goslar.

»Erzähl weiter, Tante Amei.«

»Es gab Ärger, Jettchen, das kann ich dir versichern! Vater war entsetzt! Ach, entsetzt ist gar kein Ausdruck für das, was er war!«

Jette griff mir mit »geschockt« unter die Arme.

»Ja, also, er war geschockt, als er das Ausmaß der Geschäftstüchtigkeit seiner Jüngsten auch nur zu ahnen begann. Seine Tochter zog bettelnd durch das Dorf, hortete fremdes Eigentum, tauschte, handelte. Er rang die Hände. Wie sollte er weiterhin Gottes Wort im Dorf verkündigen, wenn sein eigenes Kind solche Übeltaten beging? Am Sonntag nach dem schrecklichen Ereignis predigte er über Joh. 8,1–11, ›Die große Sünderin‹. Als er bei der Textverlesung an die Stelle kam: ›Gehe hin und sündige hinfort nicht mehr!‹, da blickte er kummervoll von der Kanzel hinunter auf sein Töchterchen, welches in der Pfarrbank neben der Mutter saß und verstockt an seinem Zopf nagte. Fränzchens Liebe zu ihrem Vater hatte einen empfindlichen Dämpfer erlitten, mußte sie doch den Laden auflösen und alles Inventar, was heil geblieben, wieder auf den Leiterwagen laden und zurückbringen zu den rechtmäßigen Eigentümern. Keine noch so dicke Träne, kein Schniefen und kein Toben hatte geholfen. Vater blieb hart, so schwer ihm das auch fiel. Sein Herz verhärtete sich noch mehr, als er erkennen mußte, was alles sich in dieser Schlangengrube im Holzstall angesammelt hatte.«

»Armes Fränzchen!« rief Henriette voller Mitgefühl. »Mit mir hätten sie das nicht machen dürfen! Mit mir nicht! Gab's da wirklich Schlangen, Tante Amei?«

»Ach wo, keine Schlangen! Aber anderes Viehzeug in Hülle und Fülle, und grad kein erfreuliches! Ratten zum Beispiel! Flöhe und Läuse!«

»Das gibt's doch nicht!«

»Doch, das gab es! Die Ratten wurden von Hannibal vertrieben ...«

»Wer war Hannibal?«

»Menschenskind, Jette, hat dir deine Mutter nie etwas von Hannibal erzählt? Das war unser Truthahn. Ein selten böses und heimtückisches Tier. Else hatte ihn angeschleppt als potentiellen Weihnachtsbraten. Wenn aber eine Kreatur mit Weihnachten nichts gemeinsam hatte, dann war es dieser Hannibal. Er war kein Weihnachtsbraten, er war ein Satansbraten. Er konnte kein anderes Lebewesen als sich selbst auf dem Hof ertragen. Wir hatten allesamt Angst vor ihm. Er fiel die Gemeindemitglieder an, wenn sie nichtsahnend und frohgemut durch den

Hof marschierten, um von hinten ins Pfarrhaus zu gelangen. Neben der Hundehütte lag er auf der Lauer, und waren sie tief genug in sein Revier eingedrungen, dann stürzte er sich auf sie, kollernd, mit vorgerecktem Hals, blutrot der Kamm und blutrot das faltige Halsgehänge. Was meinst du wohl, wie sie rannten, wie sie hilfeschreiend in unsere Küche stürzten!

Else hatte große Freude daran, dies Schauspiel vom Küchenfenster aus zu betrachten. Nur in zwingenden Fällen griff sie ein, dann nämlich, wenn sie Körbe am Arm der Gejagten sah oder Milchkannen in ihrer Hand und daraus schließen durfte, daß sich Lebensmittel, Eier oder gar eine Wurstsuppe in die pfarrhäusliche Küche verirren sollten. Dann ergriff sie eilends den Stock, der für solche Zwecke an der Küchentür lehnte, und schlug Hannibal in die Flucht. Sonst aber war sie der Meinung und sprach sie auch aus: ›Wenn die Leute was vom Pfarrer wollen, denn solln sie jefälligst vorne klingeln!‹ Sie verabscheute Besuch in der Küche.

Nachdem aber Mutti vom Schlafzimmerfenster aus hatte miterleben dürfen, wie Kirchengemeinderat Mangold, der ihrem lieben Mann bei Sitzungen regelmäßig Schwierigkeiten zu machen pflegte, wie der also schreiend vor Hannibal floh und von diesem rund um die Pumpe gejagt wurde, da war es um Hannibals Freiheit geschehen. Sie schritt hinunter in die Küche, ruhig und gemessen, indes ihre Gesichtszüge von freudiger Erregung zu schmerzlicher Bestürzung hinüberglitten, und gebot Else, Hannibal zu zähmen. Die beiden Frauen zwinkerten sich zu, dann riß Else die Küchentür auf, ergriff den Stock und jagte schreiend hinaus, als habe sie eben erst bemerkt, welch schreckliche Tragödie sich draußen abspielte.

Sie kehrte zurück, den erbosten Kirchengemeinderat am Arm und führte ihn ins Wohnzimmer, wo Mutti ihn händeringend empfing und mit vielen trostreichen Worten überschüttete.

›Dieser böse, böse Puter! Jetzt wird er eingesperrt. Es geht wahrhaftig nicht an, daß er liebe Menschen ängstigt.‹ Also wurde ein Zwinger gebaut …«

»Tante Amei«, Henriette sprach so vorsichtig-milde, als hätte sie einen gefährlichen Geisteskranken neben sich, »Tante Amei, du uferst aus! Verzeihung, ich will dich nicht beleidigen, und es ist ja auch furchtbar interessant mit diesem Hannibal, aber Onkel Michael kauft schon Eintrittskarten, und ich wollt' noch hören, was mit den Läusen und Flöhen passierte …«

»Gut, wenn es dich nicht interessiert …«

»Doch, es interessiert mich ja. Ehrlich, ich find's brutal mit diesem Hannibal …«

»Laß dir mal von Gitti erzählen, was sie mit ihm durchgemacht hat …«

»Ja, das tu' ich, nachher. Aber das mit den Flöhen und Läusen kann ich gar nicht glauben, wo sollten die denn herkommen, die Großi war doch so pingelig ...«

»Wo sie hergekommen sind? Aus dem alten Zeug im Holzstall. Auf dem Höhepunkt ihrer Trödlerkarriere wurden Fränzchen und Gitti auf einmal von seltsamen Beschwerden heimgesucht. Sie könnten nicht schlafen, so jammerten sie, es täte sie überall jucken, und voll Stolz präsentierten sie rote Flecken auf Bäuchlein, Armen und Beinen.

›Das sieht mir nicht nach Mückenstichen aus‹, sagte meine Mutter zu Else, ›was sind das bloß für Tiere, die solche Spuren hinterlassen. Oder meinst du, die Kinder haben einen Ausschlag?‹

Else sah die Stiche, schlug die Hände über dem Kopf zusammen: ›mei bosche kochanje!‹ und holte einen Stuhl herbei, damit Frau Pfarrer sich setzen könne.

›Geh ock los, weeßte!‹ Sie drückte Frau Pfarrer auf den Stuhl nieder. ›Ich hab's jleich jewußt, sie schleppen uns Unjeziefer ins Haus!‹

›Was ist es, Else?‹

›Was wird es sein? Flöhe, Frau Pfarrer! Aber keene Aufrejung nich, die kriejen wer wech, un der Herr Pfarrer braucht nuscht nich davon zu wissen!‹

Als Mutti aus hilfreicher Ohnmacht erwachte, war Else, wohlbewandert im Kampf mit Ungeziefer, denn sie hatte in Polen mit dergleichen umzugehen gelernt, bereits an der Arbeit. Sie nahm die Betten im Kinderzimmer auseinander, schüttelte Kissen und

Decken zum Fenster hinaus und unterzog die Matratzen einer genauen Musterung ...«

»Hat sie die Flöhe gefunden, Tante Amei?«

»Eine Zeitlang schien es so. Dann allerdings gewannen wir den Eindruck, daß ein einziger übriggeblieben war, ein besonders blutgieriger Bursche, der von einem Familienmitglied zum anderen hüpfte, einen Rüssel voll Blut kostete, um sich sogleich nach besserem umzusehen. Selbst vor unserem Vater schreckte das böse Tier nicht zurück, und nicht vor Talar und Kanzel. Denn als Vater, nachdem er gerade zum stillen Gebet auf der Kanzel niedergekniet, mit unfeierlicher Heftigkeit wieder hochschnellte und auch im weiteren Verlauf der Predigt Unruhe zeigte, als er das ›Amen‹ früher als gewohnt hervorstieß und fluchtartig die Kanzel verließ, da wußten die Gemeindemitglieder nicht, was sie davon halten sollten, ob der Geist über ihn gekommen oder der Teufel.

Wir aber in der Pfarrbank wußten genau, wer da am Werke war. Mutti und Else warfen sich einen Blick zu, und damit war der Untergang des Flohs beschlossen. Am nächsten Tag schon gingen sie zum Angriff über, brachen mit einem so fürchterlichen Großputz über uns herein, daß das ganze Haus in Seifenlauge schwamm und wir beinahe ertranken. Vermutlich hat es ihn bei dieser Gelegenheit auch erwischt, den Floh, denn seitdem stach und hüpfte er nie wieder. Ich muß allerdings hinzufügen, daß mein

Vater vor dem Großputz unter Protest das Haus verließ, um Besuche zu machen. Es könnte möglich sein, daß der Floh ihn begleitete und als Geschenk des Pfarrers in einem neuen Wirkungsfeld tätig wurde.«

»Schade, daß ihr ihn nicht mehr habt«, sagte Jette. »Flöhe kann man dressieren. Ihr hättet einen Haufen Geld mit ihm verdienen können. Und wie war's mit den Läusen?«

»Bei Fränzchen hatten sie sich im Zopf einquartiert. Ich kann dir versichern, es war ein Drama! Mutti brach fast zusammen ob dieser Schande. Läuse im Pfarrhaus!

Aber Else wußte auch hier Rat. Sie nahm Fränzchen zwischen die Knie, rieb ihren Kopf mit fürchterlich stinkendem Öl ein, band ein Handtuch über die ganze Schande und gebot dem kleinen Schmutzfink, still im Haus zu bleiben und sich nirgends sehen zu lassen.

Fränzchen streifte stinkend durch das Haus, betrachtete ihren Turbankopf im Spiegel und fand Wohlgefallen daran. Es dünkte sie jammerschade, daß niemand diese Pracht bewundern und die interessanten Umstände erfahren sollte, in denen sie sich gerade befand. Also stellte sie sich ans Fenster und sah draußen auf der Straße die größte Klatschbase des Dorfes vorübergehen. Dieser Versuchung konnte sie nicht widerstehen. Sie riß das Fenster auf, beugte sich weit hinaus und schrie mit lauter und freudiger Stimme: ›Frau Ladenbusch, ich hab' Läus!!‹«

Henriette lachte. Seit sie der Kindheit entwachsen, geschah dies nur noch selten, aus Spott etwa oder um ihre Verachtung kundzutun, scharf dann und hart. Nun aber lachte sie wie früher, den Kopf zurückgeworfen, herzhaft und schallend.

Vater Florian, der vor uns dem Rathaus zustrebte, blieb stehen, hob ungläubig horchend den Kopf und drehte ihn dann in unsere Richtung, um seine Tochter lachen zu sehen.

»Ja Jettchen«, stammelte er fassungslos, »lachst du etwa?«

Da legte sie schnell beide Hände vors Gesicht, als schäme sie sich, gluckste noch ein paarmal und lief hinter Gitti her, um von ihr weitere interessante Neuigkeiten aus der Vergangenheit zu erfahren.

Wubbels Heldentat und Christophs Niederlage

In der Diele des Rathauses standen noch andere Besichtigungswillige. Auch Fränzchen wartete dort, Hand in Hand mit dem Harztiger. Kaum hatte die Familie das Pärchen entdeckt, so schwappte eine Welle der Empörung zu den beiden hinüber, ausgesandt in Sonderheit von den Männern der Familie, den Brüdern: Michael, Stefan und Christoph, und den Schwägern: Florian, Klaus-Peter und Manfred. In ihren Augen stand geschrieben, was ihre Lippen bei dem Überholmanöver gesprochen hatten.

Aber siehe, die Mauer des Hasses begann zu bröckeln, zwei Steine fielen, zwei Abtrünnige bahnten sich den Weg durch die Menge der Besucher und strebten, wie von Magneten gezogen, in die Nähe der beiden Liebenden. Henriette war es und Mathias.

Henriette sah Fränzchen mit anderen Augen, sah statt der ärgerlichen Tante eine Königin in schwarzem Schleiergewand auf dem Lumpenthron, Ratten zu Füßen und Läuse auf dem Haupt. Zärtlichkeit für dieses bezaubernde Geschöpf erfüllte Jettens Herz.

Mathias aber zog es dem Harztiger zu, dem Helden der Straße, dem Gebieter des Porsche. Am liebsten wäre er ihm zu Füßen gesunken, jedoch versagte er sich dieses und ergriff nur die Hand seines Idols, um sie mit Heftigkeit zu schütteln. Dergleichen tat er sonst nie, im Gegenteil, er fand es verabscheuenswürdig, aber die Begeisterung hatte ihn aus dem Gleichgewicht geworfen und die Vorfreude auf den Abend hatte ihn enthemmt.

»Wie Sie uns überholt hen, da in der Kurve, mei lieber Scholli, des war Klasse! Wie 'n Rennfahrer ...«

»Heh, junger Mann!« Der Harztiger versuchte seine Hand aus der Umklammerung zu befreien. »Was haben wir uns heute morgen versprochen? Ich wollte mit dir eine Runde drehen und du ...«

Mathias blieb vor Entsetzen der Mund offenstehen, dann aber japste er los, besorgt um sein Mitfahrrecht, voller Angst, das Glück dieses Tages könnte sich von ihm wenden.

»O Himmel! I hab's vergesse! 's isch net absichtlich passiert. Aber heut abend, gell, des klappt doch, mir fahret! Ich bring's in Ordnung!«

Und wie er es in Ordnung brachte, lauter und dringlicher, als dem Harztiger lieb war!

»Zurück! Weg hier!« bellte er alle an, die auch nur einen Schritt näher kamen. »Se wollet allei sei! I hab's versproche! Laßt se in Ruh!«

Der Harztiger seufzte. Wie klug er es auch anfangen mochte, mit dieser Familie ging ihm einfach alles schief. Sie haßten ihn, sie liebten ihn, und sie brachten ihn völlig durcheinander.

»Komm, Franziska«, sagte er matt, »wir gehen schon mal essen!«

Aber Fränzchen steckte gleichfalls in liebevoller

Umklammerung. Henriette hatte sich ihrer bemächtigt und sie in eine Fensternische abgedrängt.

»Was war denn alles in dem Laden drin? Hast du noch was davon? Du, das ist irre, was du da gemacht hast ...«

Fränzchen schob sie mit beiden Händen von sich.

»Himmel, Jette, du erdrückst mich ja! Wer hat dir denn diesen Floh ins Ohr gesetzt?«

Henriette hörte das Wort »Floh« und reagierte mit stürmischer Begeisterung.

»Ja, mit dem Floh, das find' ich brutal! Und wie du aus dem Fenster rausgerufen hast, ›ich hab' Läus‹! Mann, Fränzchen, du bist Superklasse!«

Und auch Henriette, so kühl sonst und zugeknöpft, griff nach der Hand dieser verehrenswürdigen Tante.

»O Gott, sie ist verrückt geworden!«

Fränzchen schaute sich nach ihrem Gefährten um, in dessen Augen gleichfalls Verzweiflung stand, denn Mathias, bestrebt seinen Fehler wieder gutzumachen, tat eben wieder kund und zu wissen, und zwar mit der Stimme eines jungen Löwen, daß man nur über seine Leiche zu diesen beiden hingelangen könne, zu Fränzchen nämlich und ihrem Freund, dem Rennfahrer.

»Nichts wie weg hier!« Der Harztiger machte einen Satz zu Fränzchen hinüber, packte ihre Hand und versuchte, sie aus all der Verwirrung von Liebe und Ärger und Peinlichkeit herauszuziehen.

Aber da hatte er nicht mit dem Wubbel gerechnet. Wie der bemerken mußte, daß dieser böse Mann seine Tante Fränzchen am Arm packte und sie zur Tür zog, da wurde all das Schreckliche und Geheimnisvolle, was er am Morgen gehört, in seinem Köpfchen lebendig. Jetzt endlich hatte er den Durchblick gewonnen, jetzt wußte er, warum sie alle so geschimpft hatten und böse waren. Der Mann war kein Wonneproppen! Der war ein Räuber!

Hah, Wubbel kannte sich aus mit den Räubern! Hatte ihm die Mami nicht vom Räuber Hotzenplotz erzählt, wie er der Großmutter die Kaffeekanne geraubt und sie in seine Höhle geschleppt? Man mußte ihn festhalten, sonst verschwand er und Tante Fränzchen war weg, futsch! In einer Höhle, im tiefen, tiefen Wald ... An diesem Punkt seiner Überlegung angelangt, erhob der Wubbel die Stimme: »Haltet ihn!« schrie er. »Ontel Michajehl! Papi! Mami, Hilfe! Er raubt sie! Haltet ihn, haltet ihn!«

Aber da niemand zur Hilfe herbeieilte und der Wubbel erkannte, daß er alles allein machen mußte und Eile not tat, warf er sich todesmutig vom Arm seiner Mutter hinunter in die Tiefe, jaulte kurz auf, weil er sich den Kopf angeschlagen, und kroch wieselschnell vorbei an all den fremden Beinen, bis hin zu den wohlbekannten grauen. Er sah das Bein des Räubers und nur eine einzige Möglichkeit, es festzuhalten. Also warf er sich nach vorne, schnappte und biß herzhaft zu. Auch wenn er leider nichts als Hose zwischen die Zähne bekam, er hielt fest, er ließ nicht los.

»Wubbel, was machst du da!« schrie der Papi, und gehorsam öffnete der Wubbel das Mäulchen, um zu erklären, daß er den Mann festhalten müsse, weil er ein Räuber sei. Doch er hatte dies alles noch gar nicht richtig sagen können, da saß er schon auf Papis Arm.

Der Räuber sagte: »Hoffentlich hat er keine Tollwut!« Und dann noch: »Die sind ja gemeingefährlich! Das reinste Irrenhaus!«

Mit diesen Worten packte er Tante Fränzchen und raubte sie, und alles war umsonst gewesen! Da war's dem Wubbel wahrhaftig nach Weinen zumute, denn er hatte viel getan, um die Tante zu retten, und keiner hatte ihn gelobt. Und es fiel ihm sein Fall ein und wie er sich den Kopf so fürchterlich angeschlagen, und keiner hatte ihn getröstet. Da faßte er sich mit beiden Händen an den Kopf und holte nach, was er vorhin vergessen.

»Au-au-au-au-au-au ...«

Die Umstehenden betrachteten das Spektakel mit Interesse und Grausen.

»Meine Damen und Herren!« Der Führer klatschte in die Hände. »Ich darf Sie bitten, Ihre Aufmerksamkeit auf die blaue mit Sternchen geschmückte Holzdecke ...«

»Au-au-au-au-au-au ...«, heulte der Wubbel.

»Pscht!« zischte es von allen Seiten.

Doch über den Wubbel hatte sich eine so tiefe

Traurigkeit gesenkt, daß er nicht aufhören konnte, zu weinen und zu klagen, im Gegenteil, sein Stimmchen hob sich zu schrillem Sirenenton.

»Darf ich Sie bitten, das Kind zu entfernen!« schrie der Führer.

Dieser Aufforderung kamen Gabi und Stefan gerne nach. Sie entfernten sich samt ihrem Sprößling, und nur noch gedämpft klang sein Geheul von draußen herein.

»Richten Sie nun Ihr Augenmerk auf die Leuchter ...«

Unsere Augen wanderten an die Decke, unsere Ohren lauschten nach draußen. Eine kleine kalte Hand schob sich in meine.

»Mutti«, flüsterte Mathias, »meinsch, er isch sauer, weil ihn der Wubbel bisse hat? Meinsch, er läßt mi net mitfahre?«

»Wer denn? Von wem sprichst du?«

»Von Tante Fränzles Porschefahrer! Er hat gsagt, er dreht heut abend mit mir 'ne Runde. Un jetzt beißt'n der Wubbel ...« Mathias' Stimme erstickte in unterdrücktem Schluchzen. »Un i hab mi so gfreut!«

»Der läßt dich sicher mitfahren. Das bißchen Beißen hat ihm bestimmt nichts ausgemacht! Der ist abgehärtet, ein richtiger Sportsmann!«

»Aber Beiße isch er vielleicht net so gwöhnt, Mutti!« Mathias' Gesicht blieb umwölkt, seine Hand kalt.

»Hast nicht gesehen, wie er noch einmal zurückgeguckt hat und dir zugezwinkert?«

»Mir zuzwinkert!! Schtimmt des, Mutti?«

»Also mir kam's so vor!«

Es polterte dumpf, und das war leider nicht der Stein, der von Mathias' Herzen rollte, sondern die Tür, an die Christoph geprallt, nachdem er in große Peinlichkeit geraten, und dies trug sich so zu:

Christophs Interesse für alte Rathäuser hielt sich in Grenzen, und nachdem er mitansehen mußte, wie Bruder Stefan samt Weib und Kind den Schauplatz geräumt, erfaßte ihn heftiger Groll darüber, daß er hier besichtigen sollte, indes der Bruder draußen seine Freiheit genoß.

»Die zwölf Rankenarme dieses Leuchters bilden in der Mittelsäule ein Gehäuse ...« Die Stimme des Führers klang laut und monoton, die von Christoph dagegen leise und eindringlich: »Hier riecht es so dumpf«, flüsterte er seiner Frau Julia zu, »ich glaube, ich muß mal frische Luft schöpfen.«

Die Augen auf Decke und Leuchter gerichtet, den Mund bewundernd geöffnet, so ging er rückwärts, Schritt für Schritt, der Tür zu. Er hätte sie auch erreicht, ohne Aufsehen zu erregen, hätte nicht eine korpulente Dame zwischen ihm und der Tür gesessen. Diese Dame hatte sich in weiser Voraussicht einen Klappstuhl mitgebracht, ihre Füße zu entlasten, und da saß sie denn, Kopf und Blick erhoben, und ließ den Leuchter in seiner ganzen Schönheit auf sich wirken. Sie tat dies so lange, bis Christoph sich auf ihrem Schoß niederließ. Ihre ausgestreckten Beine hatten ihn unvorbereitet getroffen. Er war aus dem Gleichgewicht geraten, nach hinten gesunken und auf ihrem Schoß gelandet. Sie bedeutete ihm zornig, sich sofort von diesem Platz zu erheben, was er denn auch schleunigst und ohne Widerrede tat, um mit zwei Sätzen und roten Ohren die Tür zu erreichen. In seiner Verwirrung übersah er jedoch, daß diese Tür nicht nach außen aufging, sondern nach innen. Der Sprung, der ihm die Freiheit schenken sollte, bescherte ihm deshalb nur einen harten Aufprall und später eine prachtvolle Beule.

Des Führers Augen ruhten strafend auf dem Ausreißer, und auch die anderen Besucher richteten ihr Augenmerk keineswegs auf den Leuchter. Erst nachdem es Christoph, vor Verlegenheit schnaufend, gelungen war, ins Freie zu gelangen, nahm der Herr seine Ausführungen wieder auf.

Wie alle anderen Besucher, so schüttelten auch wir Familienmitglieder strafend die Häupter und verleugneten unseren Bruder, indem wir sprachen: »Ach, was gibt es doch für Menschen! Es ist nicht zu glauben! Nein so was!« Und mit vielen »Ahs« und »O wie schön!« und mit staunend geöffneten Augen suchten wir den Führer zu versöhnen. Julia, die sich für ihren Mann schämte, griff sogar zu interessierten Zwischenfragen.

So wanderten wir durch die Räume und warfen

nur ab und zu einen Blick durch die Fenster hinunter auf den Marktplatz, wo Wubbel vergnügt herumtollte, indes seine Eltern und Christoph an einem Tischchen saßen und Kaffee tranken. Christoph drückte ein Taschentuch an seine Stirn und machte, auch aus der Ferne gesehen, einen leidenden Eindruck.

Nach der Führung beeilten wir uns, schnell und unauffällig den Ort der Schmach zu verlassen. Michael tat noch ein übriges und drängte: »Los, macht schon, beeilt euch, gleich ist es Zeit für das Glockenspiel!«

Gespräch unter Männern und Heimkehr der verlorenen Schwester

Auf dem Marktplatz hatte sich schon eine stattliche Menge Volks versammelt, um das Ereignis aus nächster Nähe zu betrachten und keinen Ton desselben zu versäumen. Die Uhr schlug zwölf, und das Glokkenspiel erklang. Von allen musikalischen Darbietungen kann ich ein Glockenspiel am leichtesten entbehren, denn meine Ohren vermögen die Schönheit der ehernen Harmonien nicht zu würdigen. Ich gebe jedoch gerne zu, daß auch ein Glockenspiel seine positiven Seiten hat, denn es ist selten zu hören und währt nur kurze Zeit. Dieses hier aber war von erschreckender Länge und dazu gekoppelt mit einer optischen Darbietung in luftiger Höhe.

»Wubbel, guck!« schrie Mathias. »Guck, da obe isch Kaschperlestheater!«

Wir legten also den Kopf in den Nacken und starrten hinauf. Die Glocken hingen am Giebel eines Hauses, dort sprangen Türchen auf, und holzgeschnitzte Figuren drehten sich unendlich langsam von einer Tür zur anderen hin.

»Huch, isch des langweilig!« stöhnte Mathias schon nach wenigen Minuten. »Wie's Sandmännle im Fernsehe; nur no schlimmer, weil eim der Hals weh tut.«

Sein Bruder Andreas dagegen zeigte sich im höchsten Grade fasziniert von diesem Wunderwerk der Technik und suchte zu ergründen, welches Rädchen in welches greifen müßte, um die Puppen solcherart tanzen zu lassen.

Als er meinte, der Sache auf die Spur gekommen zu sein, begab er sich frohen Mutes auf die Suche nach einem Menschen, dem er seine Erkenntnisse mitteilen könnte. Doch wem von der Familie er auch immer seine Weisheit anbot, sie lehnten schaudernd ab, vertrösteten ihn auf später oder tauchten blitzschnell in der Volksmenge unter. Seine Freude verkehrte sich in Trauer, denn nur noch Tante Gitti und Onkel Klaus-Peter waren übriggeblieben, und er bezweifelte sehr, daß sie Interesse an seinen Erklärungen haben würden. Anstatt das Wunder der Technik dort oben auf dem Giebel zu betrachten, hatte der Onkel seinen Arm um die Tante gelegt und schaute ihr ins Gesicht, als ob es da Gott weiß was zu sehen gäbe. Trotzdem, man mußte es probieren.

»Wollet ihr wisse, wie so ’n Glockeschpiel funktioniert?«

»Nichts würde mich mehr interessieren!« sagte Klaus-Peter und hatte es möglicherweise ironisch gemeint, aber Andreas nahm diese Ironie nicht zur Kenntnis, sondern begann sogleich mit seinen Ausführungen.

Gitti drehte sich schon nach den ersten Sätzen aus den Armen ihres Mannes, sagte, es täte ihr leid, aber sie müsse unbedingt etwas mit Beate besprechen und wäre gleich wieder da.

Andreas erbot sich, noch etwas zu warten, damit die Tante auch voll in den Genuß seiner Ausführungen käme, aber der Onkel meinte, sie verstünde es vermutlich doch nicht so richtig, denn ihre Begabung läge weniger auf technischem Gebiet. Andreas solle nur fortfahren, ihm dies alles zu erklären, und das tat Andreas denn mit großer Lust und Ausführlichkeit. Der Onkel hörte zu, so ruhig und geduldig, wie Andreas es sonst nicht gewohnt war von Erwachsenen. Manchmal äußerte er Zweifel und bot eine andere Lösung an, die sie dann gemeinsam erwogen. So führten sie ein gutes Gespräch unter Experten.

Andreas mußte sich hinterher fragen, wie es möglich war, daß er so lange nicht erkannt hatte, was für ein großartiger Mann Onkel Klaus-Peter war. Und da Andreas den Dingen auf den Grund zu gehen pflegte und sie lang in seinem Herzen bewegte, kam er schließlich zu der Erkenntnis, daß es an Tante Gitti liegen müsse. Die beiden waren ja immer zusammen, dann lachte Tante Gitti, erzählte oder sang ›Schlof wohl‹, und alle hörten ihr zu und fanden sie toll. Der Onkel stand daneben und kam gar nicht dazu, auch mal was zu sagen. Darum merkten die Leute nicht, wie klug und nett er war.

Was für ein Segen, daß Tante Gitti fortgegangen war, hoffentlich blieb sie noch recht lange weg! Ach, Andreas genoß es herzlich, neben dem Onkel über den Marktplatz zu schreiten und ernsthafte Gespräche von Mann zu Mann zu führen, die Hände auf dem Rücken und den Blick sinnend in die Ferne gerichtet.

Auf der Flucht vor ihrem Neffen Andreas lief Gitti ihrer Nichte Henriette in die Arme. Tante und Nichte waren sich nicht sonderlich zugetan. Henriette fand die Tante abwechslungsweise langweilig, lärmig oder spießig.

Gitti wiederum hielt Henriette für ein typisches Exemplar der »Jugend von heute«: passiv, negativ und unausstehlich. Sie wunderte sich, wie Schwester Beate, die Stolze, die Ausgeglichene, zu einer solchen Tochter gekommen war, noch dazu in Zusammenarbeit mit dem menschlich so wertvollen Florian. Also ging sie der Nichte aus dem Weg, und auch Henriette mied die Nähe der Tante.

Heute allerdings nicht. Durch den Ausflug in die Vergangenheit sah sie die Verwandtschaft in anderem Licht. Selbst Tante Gitti kam ihr nicht mehr so rettungslos verspießert vor, und darum hatte sie sich aufgemacht, die Tante zu suchen, um Näheres von ihr zu erfahren, da Fränzchen ja leider verschwunden war.

»Tante Gitti, erzähl mir was von Hannibal.«

Gitti traute ihren Ohren nicht. Sie warf einen vorsichtigen Blick zu der Nichte hinüber, um zu ergründen, was sie von dieser Frage halten solle. Aber auf Henriettes Zügen lag weder Bosheit noch Spott, pure Neugier leuchtete aus ihren Augen.

»Was ist denn in dich gefahren, Jette? Wie kommst du auf Hannibal?«

»Tante Amei hat mir vorhin bißchen was erzählt von eurem Laden und von Hannibal ...«

»Ach ja, der Laden ... und Hannibal, dieser bitterböse Truthahn. Ich sage dir, er war gefährlicher als der bissigste Hofhund. Onkel Fritz hat ein Schild gemalt ›Hannibal ante portas!‹, das haben wir an den Zaun gehängt, aber die Leute haben's nicht verstanden, und das war ein Fehler, nachher sind sie gerannt wie die Hasen ...«

»Tante Amei hat gesagt, du wüßtest mehr von ihm. Du hättest was mit ihm durchgemacht ...«

»Weiß Gott, das hab' ich!«

Onkel Christoph trat zu Tante und Nichte.

»Na, ihr beiden Hübschen, hat euch das Glockenspiel auch so gut gefallen. Spannend wie ein Krimi ...«

»Du kommst grade recht, Christoph!« sagte Gitti mit heuchlerischer Süße in der Stimme. »Denk dir, Jettchen will was über Hannibal hören! Du kennst da doch eine schöne Geschichte ...«

»Laß mich in Ruhe mit Hannibal! Mich hat's heut schon genug gebeutelt. Himmel, hab' ich Kopfschmerzen!«

Sprach's, drehte sich um und war verschwunden.

»An Hannibal erinnert er sich nicht gern«, Gittis Augen funkelten, »und er tut recht daran, denn es ist kein Ruhmesblatt in seinem Leben ... Ich erzähl' dir's mal, irgendwann. Jetzt nicht. Michael ruft.«

Michael trommelte seine Lieben zusammen, lief herum, winkte und schimpfte, bis sie endlich alle um ihn versammelt waren.

»Also, wie ist es, wer will noch vor dem Essen zur Kaiserpfalz? Hebt eure Hände, die Mehrheit siegt.«

Wubbel hob beide Hände und rief dazu: «Wubbel will essen!«

Alle anderen Hände blieben unten.

Michael seufzte.

»Ich hätte nicht gedacht, daß ihr solche Banausen seid. Gut, gehen wir essen. Aber hinterher gibt's kein Pardon! Da wird besichtigt. Die Kaiserpfalz und die Marktkirche, das Museum ...«

»Darüber reden wir nach dem Essen«, sagte Stefan.

Es traf sich so, daß Michael genau das Restaurant erwählte, in welchem auch der Harztiger saß und mit Fränzchen Forellen aß.

Wir hatten jedoch nicht die leiseste Ahnung von diesem erneuten Zusammentreffen, denn die beiden speisten im Nebenzimmer und sprachen nur wenig und leise miteinander. Ihre Zweisamkeit hingegen litt ganz erheblich unter dem Lärm, den die Familie im Gastraum verursachte. Nicht, daß es Streit gegeben hätte zwischen uns oder Geschrei, nein, man wählte sein Essen in Frieden und Harmonie, aß ohne zu schmatzen, wie man es an Muttis Tisch gelernt, und führte gepflegte Gespräche, aber auch in ganz normalem Zustand war und blieb diese Familie geräuschvoll.

Fränzchen lauschte hinaus, fast sehnsüchtig tat sie es, suchte Gesprächsfetzen zu erhaschen, und je weniger sie ihm zuhörte, desto erboster wurde der Harztiger. Henriette ließ die Beatles singen. Nicht aus dem Kassettenrekorder, der lag noch in desolatem Zustand auf ihrem Nachttisch, nein, auch in der Musikbox fand sich eine Beatlesplatte, und zu Henriettes großer Freude gerade ihre Lieblingsnummer. So kamen alle Mittagsgäste des Restaurants in den Genuß dieser musikalischen Kostbarkeit, und auch Fränzchen hörte das ›All you need is love ...‹ mit Wehmutsgefühlen. Freud und Leid des vergangenen Tages standen vor ihrem inneren Auge, und sie seufzte.

»Ja«, sprach der Harztiger und nickte, »es ist unerträglich, was diese Familie für einen Lärm macht. Aber es hilft nichts, wir müssen hier ausharren, bis sie fort sind, sonst bekommen wir wieder Schwierigkeiten. Die Kaiserpfalz schenken wir uns. Weißt du, was wir machen, kleine Franziska? Wir fahren noch ein bißchen herum und dann zurück ins Hotel! Einverstanden?«

»Nein«, sagte Fränzchen, »ich will die Kaiserpfalz besichtigen, sie interessiert mich!«

An dieser entscheidenden Stelle des Gesprächs trat

drüben Wubbels schriller Sopran in Wettstreit mit den vier Beatles. Sie beteuerten, daß alles, was man brauche, Liebe sei, er jedoch versuchte klarzumachen, daß sein Glas von ganz alleine umgefallen und er nichts damit zu schaffen habe, weil er nur mit seinen Fingerchen gespielt und still am Tisch gesessen.

In diesen Sängerwettstreit hinein fauchte der Harztiger: »Ich werd' noch verrückt! Wir fahren!«

»Ohne mich! Ich will nicht ins Hotel zurück, ich will die Kaiserpfalz besichtigen!«

»Das gibt's doch nicht! Das kann doch nicht wahr sein!« Des Harztigers Stimme verriet ungläubiges Entsetzen.

Fränzchen aber klapperte verführerisch mit den Wimpern, wedelte mit dem Zopf und lächelte so süß, wie sie es nur vermochte, denn es lag ihr mehr daran, mit dem Harztiger zusammen die Familie zu verärgern, als allein mit dem Harztiger ins Hotel zu fahren.

»Bitte, lieber Bert, könntest du dich nicht überwinden, mit uns ...«

Aber ihre Verführungskünste prallten gegen eine Mauer von Unverständnis und gekränktem Mannesstolz.

»Nein, meine liebe Franziska, das könnte ich nicht! Und wenn du lieber mit diesen wildgewordenen Brüllaffen gehst, dann laß dich bitte nicht aufhalten.«

»Es sind keine wildgewordenen Brüllaffen, sondern meine Geschwister!«

»Ober, zahlen!«

»Mein Essen will ich selber bezahlen.«

»Mach mich nicht rasend, Franziska!«

Fränzchen raffte ihr Täschlein von der Stuhllehne und sprang auf.

»Danke für die Forelle. Ich glaub', ich bin nicht die Richtige für dich!«

»Da magst du recht haben! Viel Spaß noch mit der werten Familie. Grüße brauchst du keine auszurichten!«

Er erhob sich. Ein kurzer scharfer Blickwechsel, dann schlug die Tür hinter Franziska zu.

Der Harztiger setzte sich wieder und schüttelte den Kopf. Er war noch immer damit beschäftigt, als der Kellner kam und die Rechnung präsentierte.

»Es ist nicht zu fassen!« murmelte der Harztiger.

»Stimmt was nicht?« fragte der Kellner und meinte die Rechnung.

Der Herr aber seufzte nur und zahlte.

Inzwischen spielten sich draußen auf dem Marktplatz rührende Szenen ab. Fränzchen wurde empfangen wie eine verlorene Tochter, geherzt, geküßt, gestreichelt. Christoph schlug vor, in Anbetracht der Umstände auf die Kaiserpfalz zu verzichten und in einem netten Lokal die Heimkehr der Schwester zu feiern, aber Michael ließ sich nicht erweichen.

»Erst wird die Kaiserpfalz besichtigt, dann sehen wir weiter!« Und im Flüsterton, hinter Fränzchens Rücken: »Leute, nichts wie weg, sonst kommt er, und wir haben ihn wieder auf dem Hals!«

Mathias stand wie vom Donner gerührt. Die Welt stürzte ein, die Sonne ging unter, und all sein Glück schwand dahin, denn so dumm war er mit seinen sechs Jahren nicht mehr, daß ihm nicht die Erkenntnis gedämmert hätte, was für schmerzliche Folgen die Rückkehr der Tante für ihn, Mathias, mit sich brachte. Wenn die Tante mit dem Rennfahrer gestritten, wie sie allen erzählt, wenn sie mit ihm gebrochen, weil er Unmögliches von ihr verlangt, dann war sein Held für ewig von ihm geschieden und mit ihm der Porsche. Diese dumme Tante! Sich mit einem Porschefahrer zu streiten.

Mathias biß die Zähne zusammen und wandte sich ab.

»Er wird sicher gleich abreisen«, so hörte er Tante Fränzchen sagen, »denn er ist bloß wegen mir noch länger geblieben!«

Da konnte Mathias seine Tränen nicht zurückhalten, zu schrecklich war der Verlust, der ihn getroffen. Er drehte sich zur Häuserfront und wühlte in seinen Hosentaschen nach einem Taschentuch, aber er fand keines. Ja, seine Schätze, die lagen da alle wieder beieinander, der Eidechsenschwanz, die Schachtel mit den Käfern, der Backenzahn, aber was war das alles gegen eine Fahrt mit dem Porsche? Keine Träne hätte er ihnen nachgeweint, so kostbar sie auch waren, alles, alles hätte er hingegeben für diese Fahrt! Ein tiefer Seufzer stieg aus seiner Brust.

Da stellte sich jemand neben ihn, legte die Hand auf seine Schulter.

»Ach, du Armer!« sagte die Mutti. »Du tust mir ganz arg leid!«

Er stürzte sich unverzüglich in meine Arme und ließ seinem Schmerz und Groll freien Lauf.

»Scheiß-Tante-Fränzle!« schrie er in meinen Anorak hinein, und obwohl ich sonst nicht müde werde, die Kinder zu erziehen und ihnen schlechte Ausdrücke zu verbieten, so tat ich doch diesmal, als hätte ich nichts gehört, und ließ ihn wüten, bis die Tränen nur noch vereinzelt tropften und der wilde Groll einem sanften Schmerz gewichen war.

Manfred kam zu uns und reichte seinem Sohn ein Taschentuch.

»Vielleicht können wir beide mal zu einem Autorennen gehen«, meinte er, »nach Hockenheim oder so. Mich tät's schon mal interessieren ...«

Mathias hob sein Gesicht aus dem Taschentuch.

»O Vati, mi au! Mann, des wär Klasse!«

Ein letztes Mal noch putzte er die Nase, dann steckte er das Taschentuch zu seinen Schätzen.

»Un wenn i groß bin, no kauf i mir en Porsche.«

»Ja, natürlich, dann kaufst du dir 'nen Porsche. Darf ich mal mitfahren?«

Mathias schaute mich an, wiegte zweifelnd das

Haupt und stand wieder fest auf dem Boden der Wirklichkeit.

»Wenn du's obedingt willsch, Mutti, no nehm i di mit, des isch klar! Aber i glaub, dir wird's schlecht! Na ja, no muß i halt langsam do.«

Ein Herz im Sarkophag und ein Kind auf dem Thron

Unter diesen und anderen Gesprächen erreichten wir die Kaiserpfalz. Michael kaufte Eintrittskarten und verteilte sie unter die Familie.

»Benehmt euch!« mahnte er. »Daß mir ja niemand verlorengeht! Bleibt schön zusammen.«

Vor der Pfalz, auf dem Rasen, befanden sich zwei pompöse Reiterstandbilder. Ihnen zu Füßen und auf dem Sockel lagerten junge Leute, alle in Jeans und Parkas, alle langmähnig.

Henriette sah sie mit Wohlgefallen, trat heran und ließ sich neben einem jungen Mann nieder, der versonnen an seiner Gitarre zupfte. Sie kamen, wie das zu gehen pflegt, ins Gespräch, erkannten gemeinsame Neigungen, gemeinsame Probleme, Gemeinsamkeiten, was immer sie ansprachen, und als Michael seine Familie zur Führung rief, da war Henriette nicht geneigt, diese Herzensverwandtschaft gegen Blutsbande einzutauschen.

»Ich bleib' hier. Auf die Kaiserpfalz bin ich nicht scharf. Das ist Yogi«, sie deutete auf den blondbärtigen Jüngling an ihrer Seite.

»Hey«, der Yogi hob lässig die Hand zum Gruß.

Michael öffnete den Mund, um seine Meinung unmißverständlich kundzutun, aber Beate und Florian, Jettens geplagte Eltern, ließen ihn nicht zu Worte kommen.

»Nach der Führung holen wir dich ab!« So rief Florian, und »bis nachher!« Beate, dann faßten sie Michael unter und zogen mit ihm davon.

»Kaum ist die eine da, dann haut die andere ab! Es ist zum Auswachsen! Habt ihr keine Angst um eure Tochter in diesem Haufen ungewaschener, ungekämmter, ungesitteter Gammler? Vielleicht geht sie mit ihnen auf und davon! Wenn sie meine Tochter wäre ...«

»Sie ist es ja nicht, Michael.«

»Ja, da bin ich froh, sehr froh. Aber verlaßt euch darauf, wir werden einen Haufen Ärger bekommen!« Er brummte noch, während wir schon die Treppen zum Kaiserhaus hinaufstiegen. Dann standen wir in der Thronhalle, und vor ihrer Größe schwand sein kleinlicher Groll dahin.

»Seht es euch an!« sprach er. »Und seid froh, daß ich euch zu eurem Glück getrieben habe.«

Wir zogen hinter dem Führer her von einem Wandgemälde zum anderen, durch lange Gänge und prachtvolle Gemächer bis hinunter in die Ulrichskapelle. Mathias, den alle Pracht und Herrlichkeit der oberen Gemächer nicht hatten aus seiner Wehmut reißen können, ward hier sein größtes Erlebnis zuteil. Er wurde später nicht müde, davon zu erzählen und seinem Entsetzen Ausdruck zu verleihen.

Wir standen in drangvoller Enge um einen Sarkophag mit dem Steinrelief Heinrichs III. Der Führer erklärte:

»In diesem Sarkophag befindet sich das Herz Heinrichs des Dritten, und zwar in einer achteckigen vergoldeten Kapsel ...«

»Guck, Wubbel«, Andreas beugte sich zu dem Kleinen, »da drin isch des Herz von 'nem Kaiser!«

Der Wubbel zeigte sich nicht sonderlich beeindruckt, Mathias hingegen schüttelte sich vor Grausen.

»'s Herz? Wie ham se des denn rauskriegt? Huh, isch des grauslich! Ham se den ermordet?«

Er konnte sich fast nicht trennen von diesem Ort des Schreckens, paßte er doch vortrefflich zu seiner derzeitigen schwarzen Gemütsverfassung. Er stand und starrte auf den Sarkophag, berührte ihn auch vorsichtig mit den Fingern und trottete schließlich als letzter die Wendeltreppe hinauf.

»Wie bei de Indianer«, murmelte er, »wie bei de Indianer!«

Der Wubbel ließ sich müde von seiner Mami vorwärtsschleifen. Die großen Räume, die langen Gänge, die vielen Menschen – nirgendwo eine Maus –, bloß dieser Mann, der mit seinem Stock herumzeigte und redete, all das machte den Wubbel ganz fertig. Ach, wie hätte er jetzt so gern ein Schläfchen gehalten! Aber wo? Auf dem Boden? Nein, das war ihm denn doch zu kalt. Er ließ seine Augen schweifen, und siehe, da stand ein Stühlchen, hoch und mit einem Kissen drauf, so wie es der Wubbel von zu Hause gewohnt war.

Vorsichtig zog er seine Finger aus Mamis Hand, und weil sie gerade mit dem Mann redete, merkte sie nichts. Der Wubbel aber eilte davon, lief zum Stuhl, kletterte hinauf, ließ sich nieder, rutschte noch ein bißchen hin und her, um die rechte Bequemlichkeit zu erlangen, und fiel unverzüglich in tiefen Schlaf.

»Und hier, meine Damen und Herren«, sagte der Führer, nachdem er noch dieses und jenes erklärt und Fragen beantwortet hatte, »hier sehen Sie den berühmten Kaiserstuhl.« Er drehte sich um und verstummte. Auf dem Kaiserstuhl saß ein kleiner Junge, das Köpfchen ruhte auf der Armlehne, die Füßchen baumelten ins Leere. »Es ist strengstens verboten ...«, hob der Führer an, dann verklärte ein Lächeln seine Züge, und er fuhr im Flüsterton fort: »1871 nahm Kaiser Wilhelm der Erste auf diesem Stuhl Platz. Lassen Sie ihn schlafen!«

Er schob Gabi zurück, die ihren Wubbel von dem Kleinod herunterziehen wollte. Er wies auf die Schönheit der Lehnen hin, erklärte den Sandsteinsockel und die Reliefs, zählte auf, wer alles sonst noch auf diesem Stuhl gesessen, derweil Wubbel sanft und selig schlief, manche Besucher empört und manche freundlich dreinblickten und die Familie sich schämte.

Dann nahm Stefan seinen Sohn vom Kaiserstuhl

herunter und trug ihn dem Schluß der Führung entgegen.

»Sie sind ein guter Mensch«, sagte er zu dem Führer, »jeder andere hätte einen Tobsuchtsanfall bekommen.«

»Ach, wissen Sie«, erwiderte der gute Mensch, »ich war ja froh, daß er schlief! Er hat mir heut schon den letzten Nerv geraubt mit seinem Gequengel. Aber wenn er schläft, ist er wirklich allerliebst.«

Stefan dankte mit säuerlichem Lächeln und reichlichem Trinkgeld.

»Gucket no«, rief Andreas, als wir wieder draußen auf der Treppe standen, »gucket no, was da los isch!«

Auf dem Rasen um die Reiterbilder herum herrschte reges Treiben. Die jungen Leute lagen nicht mehr behaglich im Gras, sie schrien und wehrten sich. Die Polizei hatte eingegriffen, um das Ärgernis zu entfernen, doch kaum war ihr das auf der einen Seite gelungen, so lag auf der anderen wieder alles im argen.

»Jette!« schrien Beate und Florian und stürzten sich in das Handgemenge. Henriette befand sich in Nöten. Ein Polizist hielt sie am Arm. Sie zeterte und versuchte, sich loszureißen.

»Lassen Sie meine Tochter los!« donnerte Florian und baute sich drohend vor dem Polizisten auf.

»Ist das Ihre Tochter?«

»Ja natürlich! Sie saß hier in der Sonne und hat auf uns gewartet.«

»Hah, daß ich nicht lache! Krawall hat sie gemacht wie die anderen auch!«

Henriette bekam einen Stoß und landete in Florians Armen.

»Und was ist mit Yogi?« schrie sie. »Floh, bitte, hau ihn raus!«

Yogi lag auf dem Boden. Ein Polizist zerrte an seinen Beinen, ein anderer an seinen Armen. Aber er machte sich schwer, trat und strampelte.

»Lassen Sie ihn los, er gehört zu uns!« rief Florian.

»Wer gehört denn noch alles zu Ihnen?« schimpfte der Polizist. »Behalten Sie gefälligst Ihre Kinder im Auge! Wahren Sie die elterliche Aufsichtspflicht!«

Dann flog der Yogi in unsere Arme, und so hatten wir denn zur Abwechslung einen Menschen dazu gewonnen. Henriette strahlte, wir nicht. Der junge Mann schleifte einen Rucksack von erschrecklichen Ausmaßen heran und versuchte, ihn auf seinen Rükken zu zwingen. Nachdem ihm dies mit Henriettes Hilfe gelungen, schwang er fröhlich seine Gitarre.

»Geh'n wir?«

Also verließen wir den Schauplatz des Geschehens. In unserer Mitte befand sich Yogi samt Rucksack und Gitarre.

»Was fangen wir bloß mit ihm an?« murmelte Michael. »Los, Florian, schaff ihn uns vom Hals!«

Florian gesellte sich an Yogis Seite.

»Wo wohnen Sie? Wir können Sie vielleicht hinbringen.«

»Ich wohn' hier nicht«, antwortete der Jüngling, »ich bin auf Achse. Ich kann gut mit Ihnen geh'n.«

«Aber wir fahren morgen zurück nach Heidelberg.«

»Na, das ist ein Hammer! Da wollt' ich schon immer mal hin!«

Auf die Idee, daß seine Anwesenheit unerwünscht sein könnte, kam er offenbar nicht.

»Das Hotel ist voll«, knurrte Michael, »sag's ihm, Florian.«

»Sag du's ihm.«

Christoph trottete heran.

»Bleibt der Schmutzfink bei uns oder wie?«

»Floh«, schrie Henriette, »er hat gesagt, er kann meinen Kassettenrekorder reparieren.«

Der Yogi brummte Zustimmung. Andreas und Mathias drückten sich neben Jette und ihren Freund. Beide Knaben fühlten sich hingezogen zu dem bärtigen Neuankömmling. Ihre Augen hingen an seinen Lippen, mit denen er von einem ungebundenen Leben, von Abenteuern in Freiheit und Armut erzählte, unterwegs nur mit Gitarre und Rucksack.

Wir waren wieder bei den Autos angelangt.

»Was ist nun mit der Marktkirche und dem Museum?« fragte Michael. »Wollt ihr sie besichtigen?«

»Wenn du mich fragst«, meinte Christoph, »dann antworte ich mit einem klaren Nein! Die Kaiserpfalz war ein Erlebnis, aber jetzt langt mir's.«

»Was wollt ihr dann?«

»Minigolf spielen!« riefen Stefan, Florian, Christoph und Vera wie aus einem Mund.

»Ich mach' mit«, erklärte der Yogi, »an mir soll's nicht liegen.«

»Schade, schade!« Michael versuchte, Kummer in seine Stimme zu zwingen. «Aber, wenn ihr unbedingt spielen wollt, ich weiß einen Minigolfplatz. In die Autos, Leute!«

Die Wahrheit war, daß auch Michael gerne Minigolf spielte und daß er schon vorher mit Vera auf diesem Platz geübt hatte, alle Bahnen kannte und deshalb blendend abzuschneiden hoffte. Er war also keineswegs enttäuscht über den Gang der Dinge. Wenn sie streikten, ihm sollte es recht sein!

In unserem Auto herrschte drangvolle Enge, denn Fränzchen hatte sich noch hinten hineingezwängt. So saß der Löwenbändiger, das blonde Eheweib zur Rechten, die braune Schwägerin zur Linken in weichwarmer Bedrückung und mußte notgedrungen seine Arme auf die Schultern der beiden Hübschen legen, um Platz zu gewinnen. Doch litt er all dieses gern und ohne den geringsten Räusperer, er pfiff sogar vergnügt vor sich hin.

Michael trabte in gewohnter Manier von Auto zu Auto, und als er zu seinem Fahrzeug zurückkehrte, da saßen hinten die Jette und der Yogi in liebevoller Umschlingung, selbst der Rucksack hatte einen Platz gefunden, wenn auch einen schlechten, denn er versperrte Michael jegliche Sicht nach hinten.

Vera, vorne, hielt seufzend die Gitarre zwischen den Knien.

»Es ist dir doch recht, daß wir mitfahren, Onkel Michael.« Henriettes Tonfall ließ keinen Zweifel darüber aufkommen, wie sie ihre Worte verstanden wissen wollte. Nicht etwa als höfliche Anfrage, o nein. Sie hatte lediglich eine Feststellung getroffen. »Die anderen Autos sind zu klein. Bei dir ist alles prima reingegangen.«

»Ja, Klasse!« bestätigte der Yogi.

Michael kniff die Lippen zusammen und schwieg, aber die Art, wie er sich hinter das Steuer warf, die Türe zuschlug und den Motor aufheulen ließ, tat deutlich kund, wie freudig er die junge Generation in seinem Auto begrüßte.

Weniger hartgesottene Gemüter hätten sich vielleicht niederdrücken lassen und unter der gereizten Atmosphäre gelitten. Jette und Yogi aber waren weit davon entfernt, des Onkels Mißbilligung wahrzunehmen. Im Gegenteil, sie fühlten sich ausgesprochen wohl, und es drängte sie, ihrem Glück auch musikalisch Ausdruck zu verleihen. So ersuchten sie Vera, die Gitarre nach hinten zu reichen, was die gute Tante auch gerne tat, wenngleich es schwierig war und nicht ohne einen Stoß gegen Michaels Hinterkopf abging. Der knurrte ärgerlich, besonders nachdem man ihm nahegelegt, seinen Sitz so weit wie möglich nach vorne zu rücken, damit man Platz bekomme für die Gitarre und Luft zum Singen.

Der Yogi stimmte die Saiten, klimperte auf und nieder, fand schließlich eine Melodie und nickte seiner neuen Flamme aufmunternd zu.

Sie sangen: ›When the Saints go marching in‹.

Wäre Michael nicht so verstockt gewesen, er hätte bemerken können, daß seine Nichte nicht nur Spitzig-Kühles aus der Kehle hervorbrachte, nein, daß ihren Lippen jetzt gerade runde und warme Töne entquollen, voll Inbrunst anschwollen und sich liebreich um den dünnen Tenor des Yogi rankten. Vera jedoch spitzte die Ohren und bald danach auch die Lippen, um schrill und begeistert mitzupfeifen, ein Vorgang, der ihres Gatten Groll zu neuer Glut entfachte.

»Könnt ihr nicht mal ein deutsches Lied singen, verflixt noch mal!«

Henriette tauchte spornstreichs aus rosaroten Lustgefühlen auf, kehrte zu ihrem früheren Selbst zurück und antwortete mit spitzigster Stimme: »Wir sind nicht die Fischerchöre, Onkel Michael, so schmerzlich das für dich sein mag!«

Am Minigolfplatz knallte Michael aus dem Auto wie ein Pfropfen aus der Sektflasche, den Kopf zum Bersten gefüllt mit Gesang und die Nerven zum Zerreißen gespannt. Er lief hinüber zu Christoph, der gerade aus seinem Auto stieg, bedrohte ihn und sprach: »Auf dem Rückweg nimmst du sie, sonst kann ich für nichts garantieren!«

Auf dem Minigolfplatz herrschte reges Treiben, doch als unser Familienschiff daherstampfte, die Herren mit freudig blitzenden Augen voraus, die Damen schnatternd in der Mitten, Jette-Yogi engumschlungen hinterher und das Ganze umkreischt vom Wubbel, da nahmen die meisten Besucher schleunigst Reißaus.

Vera spielte als einzige Frau unter neun Männern. Sie tat dies mit großer Begeisterung und wenig Geschick.

»Olympisch«, wie Christoph nicht müde wurde, zu verkünden. »Dabeisein ist alles. Nicht wahr, du liebes und sportliches Veramädchen?«

Yogi trieb seinen Ball mit gewaltigem Schlag weit ab in die Büsche, so daß der Wubbel mit schrillem Geschrei hinterherkriechen, ihn hervorholen, herbeibringen und überreichen konnte. Er bekam dieserhalb gar viele freundliche Worte und, was ihn noch mehr befriedigte, Gummibären und Kekse und fühlte sich als Held des Tages, bis sein Bäuchlein, der Süßigkeiten überdrüssig, empfindlich zu kneifen begann.

Wir Spielunkundigen standen neben den Bahnen und feuerten unsere Eheherren zu sportlichen Höchstleistungen an.

»Es macht mich verrückt, wenn ihr da rumsteht und zuguckt«, knurrte Florian. »Habt ihr nichts anderes zu tun. Wollt ihr nicht Kaffee trinken?«

»Gleich um die Ecke ist ein Café.« Veras Wangen glühten, ihre Augen strahlten. Sie fühlte sich wohl unter soviel Mannsvolk und hätte gern auf unser wachsames Auge verzichtet.

»Kommt nicht in Frage!« Beate drehte sich zu uns um, die wir unschlüssig standen.

»Seid klug, Schwestern, laßt euch nicht verführen! Jetzt sind sie, dem Herrn sei Preis und Dank, endlich auf Bahn acht. Zwölf gibt es. Was meint ihr wohl, was sie machen, wenn wir Kaffee trinken? Sie fangen wieder von vorne an. Ich kenn' doch meinen Floh!«

»Und ich meinen Christoph!« Julia seufzte.

Auch mir entrang sich ein Seufzer, denn Manfred, der sich bisher von Spielen dieser Art ferngehalten, der Minigolf für kindisch erklärt und spöttisch gelächelt hatte, wenn erwachsene Menschen dieser Leidenschaft frönten, er hatte sich in sein völliges Gegenteil verkehrt, zielte so konzentriert, als spiele er Schach, und registrierte mit Wohlgefallen, daß er so schlecht gar nicht abschnitt.

»Ich spiele es zum ersten Mal«, so teilte er jedem mit, der in seine Nähe geriet. »Es ist gar nicht so schwierig. Man muß nur die Entfernung abschätzen können, eine sichere Hand haben und natürlich eine gewisse Geschicklichkeit ...«

Sie wußten alle, welche Antwort von ihnen erwartet wurde, schlugen also pflichtgemäß die Hände über dem Kopf zusammen, rollten die Augen gen Himmel und riefen mit großem Erstaunen: »Wie, du spielst es zum ersten Mal? Das ist ja unglaublich. Du bist ein Naturtalent! Man sollte es nicht für möglich halten …«

Mit solchen Sammetpfoten streichelten sie seine männliche Eitelkeit, und er, mein katzennüchterner Manfred, ein Feind von süßen Worten, er kroch ihnen auf den Leim, lächelte so einfältig, daß ich meine Augen abwenden mußte, schnurrte wie ein Kater und sprach mit scheinheiliger Abwehr: »Aber nein, ihr übertreibt, so gut bin ich nun auch wieder nicht.«

Fränzchen stand neben mir und betrachtete das Spielgeschehen mit zusammengekniffenen Augen.

»Ach, ist das peinlich!« stöhnte sie. »Da schau dir Vera an! Wenn ich etwas nicht beherrsche, dann lasse ich es doch bleiben und blamiere mich nicht vor aller Welt! Aber sie, es ist nicht zu fassen, sie hat sogar noch Spaß daran!«

Ich sagte, ja, ich fände es auch peinlich, wie sie sich zum Gespött der Leute machte … tief im Herzen aber wurmte es mich, daß Vera so vergnügt mitspielte und ich hier am Rande des Geschehens stand und fror.

Gitti kam zu uns, Jette im Schlepptau.

Da der Yogi nun anderweitig beschäftigt war, erinnerte sich Henriette an das Leben vor seinem

Auftauchen, an die Ereignisse, die früher wichtig erschienen.

»Du wolltest mir doch von Hannibal erzählen, Tante Gitti.«

O Hannibal! Zornmütiger Puter und eifersüchtiger Wächter über den Hof meiner Mädchenjahre! Hatte er mir nicht den einzigen Freier vergrault, den das Dorf für mich bereitgehalten! Dieser, ein kümmerlicher Jüngling namens Egon, hatte ein kurzsichtiges Auge auf mich geworfen, damit vermutlich weder die ewig rutschende Brille auf meiner Nase noch die eckigen Bewegungen meiner Gliedmaßen richtig wahrgenommen, und also betrat er eines Abends unseren gefahrenträchtigen Hof wie weiland Rotkäppchen, einen Korb in der Hand und ein unschuldiges Lächeln auf den Lippen. Im Korb befand sich ein Kuchen, den er Else vorzuwerfen gedachte, und ein Blumenstrauß für mich. Ich harrte mit freudig bewegter Brust an meinem Zimmerfenster und mußte mit ansehen, wie Hannibal hinter der Pumpe hervorschoß und den angstvoll schreienden, den hakenschlagenden Egon in die Flucht schlug. Der Jüngling hinterließ den Korb als teures Pfand und kehrte niemals wieder.

Auch auf Fränzchens Gesicht lag ein verklärtes Lächeln und ein Schimmer goldener Vergangenheit. Sie wiederum mochte daran denken, wie Hannibal unliebsame Besucher von ihrem anrüchigen Antiquitätenladen ferngehalten und wie sie den sonst so abgebrühten das Fürchten gelehrt. Angetan mit schwarzem Schleiergewand und großmächtigem Federhut hatte sie ihn so nachhaltig erschreckt, daß er sich nie mehr an sie herantraute und nur im Schutz der Pumpe leise und giftig in sich hineinkollerte.

Ihre Macht über Hannibal trug viel dazu bei, den Glauben der Dorfjugend zu mehren, sie sei ein feenhaftes Wesen, mit überirdischen Kräften begabt. Also legten sie ihr willig als Opfergaben zu Füßen, was sie zu Hause an altem Zeug fanden, und ließen sich ohne Murren von ihr betrügen und beherrschen.

Wir hingen unseren Erinnerungen nach. Gitti aber suchte mit ihren Augen nach Christoph, der gerade wieder einen Erfolgstreffer gelandet hatte und triumphierend zu Stefan hinüberrief: »Nur zwei Schläge! Du hast vier gebraucht! Spielen müßte man können!«

»Schade, daß er so beschäftigt ist«, meinte Gitti, »er hätte die Geschichte mitanhören sollen und sich dabei von Herzen schämen.«

»Was ist das für eine Geschichte?« drängte Jette. »Warum soll sich Onkel Christoph schämen?«

»Wißt ihr noch ...«, Gitti wandte sich an Fränzchen und mich, »wie er Herrn Mangold um die Pumpe gejagt hat?«

Wir kicherten, wir prusteten. Ja, wir hatten es gesehen von unseren Fenstern aus, denn Hannibal hatte lautstark gekollert und der Kirchengemeinderat ebenso laut geschrien, und keinem Menschen im Pfarrhaus war es verborgen geblieben.

»Danach wurde ein Zwinger gebaut, und Hannibal kam hinein und wurde noch viel, viel bösartiger. Du kannst es dir nicht vorstellen, Jettchen. Wenn man die Tür aufmachte, dann schoß er heraus wie eine Rakete und griff an, alle, sogar Else! Als Kind hatte ich immer Hunger ...«, Gitti steckte ein Pfefferminzbonbon in den Mund, »und darum ging ich in die Speisekammer, so oft dies möglich war. Else ließ mich auch hinein, denn unten im Regal lagen allerhand Sachen, die man holen oder bringen konnte: Zeitungen, Schnüre, Kartons ...«

»Ja«, wir nickten.

»Aber wenn ich rauskam, dann warf sie mir einen ihrer Röntgenblicke zu. Sie sah einfach alles, sie merkte, daß mein Mund voll war, auch wenn ich ihn fest geschlossen hielt; sie roch es, wenn ich was gefuttert hatte, es war aussichtslos.«

»Warum durfte man bei euch nichts essen?« fragte Jette. »Meine Mutter ist froh, wenn mir was schmeckt!«

»Wir hatten nicht viel. Wir mußten einteilen. Schon mal was von Nachkriegszeit gehört, Jette?«

»Klar, Tante Amei! Ehrlich, du brauchst kein Wort mehr drüber zu sagen. Floh nervt mich unheimlich mit seinem ewigen: ›Wenn wir das früher gehabt hätten, dann hätten wir Gott auf den Knien gedankt‹ und so. Ich weiß Bescheid. Erzähl weiter, Tante Gitti.«

»Irgendwann kam mir die rettende Idee. Ich legte alles, was ich in der Speisekammer erbeuten konnte, außen auf das Fensterbrett, machte das Fenster säuberlich und leise zu und verließ die Speisekammer mit leeren Taschen, leeren Händen und leerem Mund. Else konnte noch so durchbohrend gucken, es gab nichts zu entdecken. Nach einem Weilchen führte mich mein Weg auf den Hof. Ich holte vom Fenstersims, was da bereitlag, und es war eine schöne Zeit, bis Christoph mir auf die Schliche kam. Er hatte sich unglücklicherweise einen Sitzplatz im Apfelbaum vor dem Speisekammerfenster eingerichtet. Da muß er mich beobachtet haben. Jedenfalls schlug er eines Tages zu, und ich weiß bis heute nicht, warum. Ehrlich, ich kann's nicht verstehen, er ist doch sonst nicht so ...

Ich hatte mir einen Apfel und ein dickes Margarinebrot und eine saure Gurke auf das Fensterbrett gelegt, und ich glaub' auch noch ein Stückchen Streuselkuchen. Er hätte ja was davon abgekriegt, wenn er was gesagt hätte, aber nein, was macht er? Er legt sich bei Hannibals Zwinger auf die Lauer, und als ich ahnungslos aus der Küche komme und um die Ecke zur Speisekammer laufe, da läßt er ihn raus, rast vor ihm her zum Apfelbaum, klettert rauf und ist in Sicherheit. Hannibals ganzer Zorn richtete sich gegen mich. Ich stand erst starr vor Schreck und erklomm dann in Todesangst das Fensterbrett. Das böse Tier streckte den Hals und hüpfte in die Höhe, um meine Füße zu erwischen. Es kollerte das ganze Haus zusammen. Da saß ich denn in Angst und Schande und stopfte die guten Sachen in meinen Mund, damit sie verschwinden sollten und unsichtbar sein für alle, die nun herbeiströmten. Sogar Vati kam und sah mich traurig an, die ich mit dicken Hamsterbacken, ein Stück Gurke noch zwischen den Lippen, kaute und schluckte und schließlich vor übergroßer Peinlichkeit zu weinen begann. Mir ist der Appetit vergangen, das kann ich euch versichern!«

»Na, so ein Giftzwerg!« bemerkte Jette und schaute hinüber zu Onkel Christoph, der gerade wieder Bewunderung heischend in die Runde blickte. Es wurde ihm Lob zuteil, man klatschte sogar. Dann blieb sein Blick an den drei Schwestern Gitti, Fränzchen und Amei hängen, und an der lieben Nichte Henriette. Von diesen vieren strömte ihm eine solche Kühle und Verachtung entgegen, daß er den Schläger schulterte und näher trat, um zu erkunden, was ihre Gemüter erregt und sie gegen ihn eingenommen hatte.

»Na, ihr Hübschen, wie geht's uns denn?«

»Schlecht geht's uns!« antwortete Gitti.

»Petzer!« Henriette schoß ihm einen ihrer Eisblikke zwischen die Augen, wandte sich um und stakste davon.

»Gitti hat uns an deine Heldentat erinnert. Damals, als du den Hannibal auf sie gehetzt hast ...«

»Ich hab' ihn nicht gehetzt.«

»Warum hast du ihn dann rausgelassen?«

»Himmel, laßt doch die alten Geschichten ruhn!«

»Warum?« Wie Rachegöttinnen standen seine drei Schwestern vor ihm und rückten drohend näher, so daß es Christoph geraten schien, einen raschen Abgang zu nehmen. Zum zweiten Mal an diesem Tag ging er rückwärts und tat wiederum nicht klug daran, denn der Wubbel hatte sich leise herangeschlichen, stand nun hinter ihm und wollte gerade »Buh« schreien, um den guten Onkel zu erschrecken, da trat ihm dieser auf das Füßchen. Aus dem dumpfen »Buh!« wurde hierauf ein schrilles «Auh!!«, und jedermann strömte herbei, um zu erkunden, was schlimmes dem armen Kind widerfahren.

»Mußt du ihm unbedingt auf den Fuß treten?« fuhr Vater Stefan auf seinen Bruder los. »Hat er nicht heute schon genug mitgemacht?«

»Natürlich muß ich ihm auf den Fuß treten!« schnauzte Christoph zurück. »Ich lieg' schon den ganzen Tag auf der Lauer! Jetzt ist es mir endlich gelungen! Was meinst du, wie glücklich ich bin?«

Gabi zog ihren brüllenden Sprößling zwischen den streitenden Brüdern hervor, hob ihn hoch und wiegte ihn liebevoll in den Armen.

»Ach, mein armes Wubbelchen! Wo tut's weh?«

Da erinnerte sich der Knabe daran, daß er schon

seit geraumer Zeit Bauchweh hatte. Er nahm die Gelegenheit dankbar wahr, auch diesen Schmerz unter die Leute zu bringen, ließ sein Fingerchen zwischen Bauch und Fuß hin und her wandern und tat laut und jammernd kund, wie groß sein Schmerz und wie schlecht sein Befinden sei.

Christoph und Stefan aber maßen sich mit zornigen Blicken. Dann zeigte Christoph auf uns drei.

»Sie buddeln Leichen aus – sie wollen mich hängen wegen Hannibal! Weil er Gitti damals in die Falle jagte, als sie auf Beute ging und wir die Mutprobe machten ... Weißt du noch?«

Stefans Gesicht klarte auf, die Zorneswolken verschwanden, und jungenhafte Schadenfreude breitete sich aus, von der Stirn bis hinab zum lachenden Mund. »Na klar, weiß ich noch! Ich stand doch am Fenster! Mann, das war vielleicht ein Schlag ins Kontor! Wie sie dir da zwischen die Beine rollte, die kleine Fettmamsell ...«

Stefan gluckste. Christoph kicherte hinter vorgehaltener Hand wie ein albernes Mädchen. Gitti dagegen schluckte schwer an der »kleinen Fettmamsell«, und ihr Gesicht wurde noch düsterer.

»Du hast also deine Finger auch mit drin gehabt, Stefan? Oh, pfui über dich! Von dir hätte ich es nicht gedacht!« Sie atmete schwer.

»Sag ihr, daß ich den Puter nicht auf sie gehetzt hab'. Los, Stefan, erzähl ihnen von der Mutprobe. Mir glauben sie's ja doch nicht!«

Christoph rückte näher zu Stefan. So standen die beiden in seltener Einigkeit, schauten sich an mit Verschwörerblick, Komplizen wie in Kindertagen, sobald einem von ihnen Gefahr drohte. Stefan schloß die Augen, um sich zu sammeln und die Geschichte aus grauer Frühzeit in die Gegenwart zurückzuholen, wahrheitsgetreu, ohne Übertreibung und Auslassung.

Wir anderen standen geduldig, denn störte man ihn bei diesen seinen Überlegungen, dann reagierte er sauer, das wußten wir alle, dann klappte er den Mund zu und sprach kein einzig Wörtlein mehr. Wir warteten also, bis er soweit war, Augen und Mund öffnete und in seiner bedächtig-ausführlichen Weise den Hergang der Geschichte zu schildern begann, und zwar aus der Sicht der beiden streitbaren Brüder.

»Wir hatten mal wieder Schwierigkeiten miteinander. Christoph befand sich im schlimmsten Stadium seiner Tarzanphase. Ihr habt nicht viel davon abgekriegt, ihr mußtet ihn nur ›Tarzan‹ nennen und hörtet ab und zu seinen Urschrei. Ich aber hatte ihn im Zimmer, und sein Siegesgeheul gellte mir in den Ohren von morgens bis abends. Er fand sich wunderbar, er war der Allergrößte ... Du brauchst gar nichts zu sagen, Christoph, denn es war so, und es ist mir schrecklich auf die Nerven gegangen. Darum schlug ich vor, wir sollten eine Mutprobe machen und unsere Kräfte messen. Hannibal bot sich als Gegner an, bösartig, schnell und gefährlich. Richtig mit ihm zu kämpfen, wagten wir nicht. Else hätte uns den Hals umgedreht, wenn ihm was passiert wäre. Also heckten wir einen anderen Plan aus. Einer von uns sollte oben am Fenster das Startsignal geben und die Zeit stoppen. Der andere unten die Zwingertüre aufschließen und vor Hannibal her zum Apfelbaum laufen, und zwar so langsam wie möglich, immer nur eine Schnabellänge von ihm entfernt. Ihr kennt Hannibal! Ihr wißt, wie schnell er rennen konnte und wie kräftig zuhacken! Es war eine schwierige Mutprobe. Ich hatte sie am Nachmittag vorher hinter mich gebracht, als Mutti Frauenstunde hielt und Else einkaufte, und zwar in der ausgezeichneten Zeit von zehn Sekunden ...«

»Neun Sekunden«, verbesserte Christoph, »du bist gerannt wie nicht gescheit, ich hab' doch gestoppt!«

»Zehn Sekunden!« beharrte Stefan. »Und ich bin keineswegs gerannt! Einmal hab' ich sogar seinen Schnabel am Bein gespürt! Bei dir waren es neun Sekunden!«

»Ja, weil Gitti dazwischenkam. Das hat Hannibal furchtbar gereizt. Er rannte nicht nur, er hüpfte und flog und streckte seinen Hals so weit vor wie noch nie. Ich kam fast nicht mehr auf den Baum.«

»Und dann ging er auf mich los!« rief Gitti mit vorwurfsvollem Blick.

»Kann ich was dafür? Sag selbst, Gitti! Aber wie du da an der glatten Wand hoch bist, das war zum Brüllen!«

»Für dich vielleicht«, schrie sie zornig, »für mich nicht! Ich schwebte in akuter Lebensgefahr! Wenn ich abgerutscht wäre, was meinst du, was er aus mir gemacht hätte?«

»Hackfleisch«, antwortete der Chor der Geschwister.

»Jawohl, das hätte er! Er war ja so wütend, so ganz und gar verblendet, daß er sogar auf Vati losging. Wißt ihr es nicht mehr?«

O doch, wir wußten es noch und verhüllten schaudernd das Haupt im Gedenken an jenen furchtbaren Augenblick, da Hannibal, unser Hausputer, den Schnabel nach Vaters schwarzen Hosen bleckte und dabei in einer Weise kollerte und schimpfte, die uns erbleichen ließ. Niemals hätten wir etwas dergleichen gewagt. Wir meinten sogar, die Erde müsse sich auftun ob solcher Widersetzlichkeit und das böse Tier verschlingen. Statt dessen trat Fränzchen vor, den großmächtigen Federhut über den Kopf gestülpt. Als Hannibal diesen sah, zog er den Schnabel ein, sträubte die Halskrause vor Entsetzen und raste dem rettenden Zwinger zu.

»Wißt ihr noch, was Vati damals gesagt hat?« Fränzchens Augen leuchteten. »Ich werd's nie vergessen. Er hat gesagt: ›Was für ein tapferes kleines Mädchen! Aber warum trägt es diesen schrecklichen Hut. Habt ihr nichts Besseres für das Kind.‹«

Wir lachten, und über all dem waren unsere Mienen milde geworden. Nur Gitti konnte sich schwer von dem Gedanken trennen, daß ihr damals Unrecht widerfahren und daß die bösen Brüder sie willentlich ins Verderben gelockt.

»Warum habt ihr mir hinterher nichts gesagt? Warum habt ihr mich in dem Glauben gelassen …«

»Menschenskind, du hast unsere Mutprobe verpatzt! Wir waren ganz schön sauer auf dich. Außerdem hatten wir mit Else einen Haufen Ärger.«

Gitti seufzte: »Ich auch, das könnt ihr mir glauben! Dieser widerliche Hannibal! Wißt ihr noch, wie wir ihn essen sollten, damals an Weihnachten?«

»Ah bah!« sämtliche Geschwister schüttelten sich beim Gedanken an den Weihnachtsbraten, der da auf festlich geschmückter Tafel stand.

Hannibal, in tödlichem Schweigen und einem Kranz grüner Petersilie, auf dem Rücken liegend, die knusprig braunen Schlegel anklagend gen Himmel gereckt, statt mit Gift und Galle, mit Äpfeln und Rosinen gefüllt – ein schrecklicher Anblick! Ein Festbraten, nach dem keiner von uns Verlangen trug. Vater, beim Tranchieren, die Augen schaudernd auf die Geflügelschere gerichtet, räusperte sich und hob an, der Familie den desolaten Zustand seines Magens ans Herz zu legen. Er tat dies so lange, bis Mutti ihre Hand beschwichtigend auf die seine legte und der Puter tranchiert war.

»Es ist ja recht, mein Lieber«, so sprach sie, »dein Magen kann das fette Fleisch nicht vertragen. Wir wissen es. Auch ich muß verzichten, so schmerzlich es mir ist, denn ich stehe am Rande einer Gallenkolik.« Sie zauberte ein trauriges Lächeln auf ihre Lippen und forderte dann die Tischrunde auf, sich nicht entmutigen zu lassen und freudig zuzulangen.

Die Platte mit dem zerlegten Satansbraten wurde in meine Arme gedrückt, und widerwillig schleppte ich sie davon.

Else, die ich zuerst ansteuerte, denn sie hatte schließlich Hannibal ins Haus gebracht, Else schob mich und die Platte abweisend von sich, wischte sich eine einsame Träne aus ihrem Auge und knurrte die sattsam bekannten Worte: »Geh ock los, weeßte!«

Stefan schließlich mit Ruhe und Bedacht, sprach aus, was jedermann dachte: »Er war schon ein Böser und hat uns gezwickt und im Hof rumgejagt, aber deswegen hätt' man ihn nicht gleich totmachen müssen.«

Doch hatte uns der lebende Hannibal monatelang zu ärgern und zu quälen vermocht, dem toten gelang es nur wenige Minuten, denn Hilfe nahte. Sie stand bereits vor der Tür, als ich den Braten um den Tisch schleppte, anbot, abgewiesen wurde und ihn schließlich zornig auf das Klavier knallte, indes mein Vater verzweifelt nach klugen Worten und hilfreichen Taten suchte, um dieser schwierigen Situation Herr zu werden.

Es klingelte. Zwei Soldaten, Spätheimkehrer, abgerissen, hungrig und verfroren, standen vor der Haustür. Sie hofften auf weihnachtlich gestimmte

Herzen, auf ein warmes Zimmer und ein gutes Essen. Dies alles wurde ihnen im Übermaß zuteil. Wir empfingen sie mit Herzlichkeit, geleiteten sie zu Tisch, stellten Hannibal in Reichweite und ließen ihren Gabeln und Messern, Fingern und Zähnen freie Bahn, bis die Schlacht geschlagen, der Hunger gestillt und Hannibal verschwunden war bis auf die sauber abgenagten Knochen.

Unsere Retter blieben den ganzen Tag, besuchten mit uns den Abendgottesdienst und verloren sich beim Schein der Kerzen selbzweit in Beates Madonnengesicht. Sie hoben diese ihre menschliche Verliebtheit jedoch auf eine höhere Ebene und beteuerten, sie könnten jetzt wieder an eine göttliche Liebe glauben, da sie wahrhaftig christlichen Menschen begegnet seien, welche bei Kartoffeln und Rotkraut gedarbt, um ihren Gästen den ganzen wundervollen Weihnachtsbraten zu überlassen. Vater senkte beschämt das Haupt und öffnete den Mund, um die Sache richtigzustellen. Mutti aber legte den Arm auf seine Schulter.

»Ist es nicht schön«, so sprach sie, »daß wir mit unseren kleinen Kräften etwas von der göttlichen Liebe weitergeben konnten?«

Da schwieg er still. Die Soldaten dagegen sagten, sie würden es ihrer Lebtag nicht vergessen, und wenn sie jetzt noch eine Bleibe für die Nacht fänden, dann wäre es des Guten fast zuviel.

Dies fände sie auch, murrte Else. Muttis Gesicht

strahlte weiterhin in weihnachtlicher Milde, nur ihre geröteten Ohren verrieten, daß sie Schwierigkeiten hatte mit der Erfüllung der Schrift, insbesondere mit dem Gebot des Apostels Petrus: »Seid gastfrei ohne Murren!« Sie befolgte zwar, was ihr als Pfarrfrau und Christin geboten war, ließ jedoch weibliche Klugheit walten, indem sie den beiden Nimmersatten ein Nachtlager im Gemeindehaus bereitete und so einen beträchtlichen Raum zwischen sie und ihre älteste Tochter legte. Dann telefonierte sie mit Florian.

In der Frühe des zweiten Weihnachtsfeiertages zog dieser die beiden Schlafenden von ihrer Ruhestatt, um sie zum Frühstück in sein Elternhaus zu geleiten. Ohne ihre verwirrten Blicke und Fragen zu beachten, setzte er sie dann nach reichlichem Mahl in Bewegung, dem Ziel ihrer Wanderung entgegen, welches, wie sie erzählt hatten, im Ruhrgebiet liegen mußte. Als Beate strahlend und schön am Frühstückstisch erschien, saß dort statt ihrer beiden Verehrer der liebe Florian, verkündete, daß er die zwei in Trab gesetzt, und blickte gar ungnädig drein, denn er vermeinte einen Schatten über das Gesicht seiner Freundin huschen zu sehen. Da trieb er Minnedienst seit Monaten, seit Jahren fast, scheute weder Zeit noch Mühe, ihr die Welt und seine Liebe zu Füßen zu legen, und was war der Dank? Kaum kamen irgendwelche Mannsleute daher, schon ließ sie sich bereitwillig von ihren Blicken fressen und lächelte auch noch dazu. Es kam zu einem Streit, an dem das ganze

Pfarrhaus lebhaften Anteil nahm und sich in zwei Heerlager spaltete, pro und contra Beate. Ich natürlich schlug mich auf des heimlich verehrten Florian Seite und tat ihm kund, wie gut ich seinen Zorn verstehen könne und wie schmerzlich ich ihn bedaure. Im stillen hoffte ich, er möge endlich seinen Irrtum einsehen und erkennen, daß er die falsche Schwester erwischt und ihm an meiner Seite ein tieferes Glück winken würde. Aber nachdem die ganze Familie in heftigen und unweihnachtlichen Streit geraten, nachdem Mutti schon bedrohlich weit an den Rand einer Gallenkolik geraten und Vater die traurigen Worte gesprochen: »Wie soll ich über Frieden predigen, wenn es bei uns zu Hause so zugeht?« – nach diesem allem versöhnten sich die beiden Liebenden plötzlich und ohne ersichtlichen Grund, stülpten Mützen auf ihre Köpfe und eilten davon, um in der Einsamkeit des winterlichen Waldes die Versöhnung zu feiern.

Ja, so war es damals zugegangen, und auch vor Florians innerem Auge mußte dies alles vorübergezogen sein, im Harz auf dämmrigem Minigolfplatz, denn er legte liebreich den Arm um sein Eheweib Beate, drückte sie an sich und sprach: »Du frierst ja, Liebes. Ich wärme dich.«

»Wo bleibt ihr denn?« rief Vera von den Bahnen herüber. »Beeilt euch, wir machen noch ein Spielchen!«

Michael schwang seinen Schläger und trottete eilig zur ersten Bahn zurück. Stefan und Christoph schlossen sich an, Arm in Arm. Florian tätschelte seiner Beate noch einmal die Wange und wollte sich auch von dannen schleichen. Ich aber hielt meinen Manfred eisern fest und stachelte Schwestern und Schwägerinnen zum Widerstand auf.

»Haltet sie fest! Laßt sie nicht mehr spielen!«

So schleiften wir unsere Ehehälften den Autos zu. Unsere Neuerwerbung, der Yogi, betätigte sich als Friedensengel. Er wand der spielwütigen Vera den Schläger aus der Hand und goß Öl auf die erregten Gemüter.

»Gehn wir, Leute!« sprach er. »Sonst sind sie sauer. Ich hab' Hunger wie 'n Wolf.«

Klaus-Peter saß wieder hinten bei uns im Auto zwischen den beiden Schwestern. Seine Augen leuchteten.

»Ich bin Zweiter geworden!« sagte er erst zu Gitti hinüber und dann zu Fränzchen, aber sie hörten seine Worte nicht, denn ihre Gedanken weilten noch in der Vergangenheit.

»Menschenskinder, da hab' ich seit Jahren einen Zorn auf ihn und denk', er hat mich reinlegen wollen, und dabei machen die bloß eine Mutprobe ...«

Gitti sprach es zu sich selbst und wackelte dabei mit dem Kopf, als könne sie das Leben nicht mehr verstehen.

Fränzchen spann das Garn weiter: »Jeder von uns ist seine eigenen Wege gegangen. Ich hab' meinen Laden gehabt und du deine Speisekammer. Die beiden machten ihre Mutprobe, und Amei spielte Theater. Keiner hat gemerkt, wie er den andern auf die Füße getreten ist ...«

»Amei, ich bin Zweiter geworden!« Klaus-Peter wandte sich nun an mich. Sein Herz war voll und sein Mund floß über vor Glückseligkeit.

Aber ich befand mich nicht in seinen Breiten. Ich geisterte mit den Schwestern durch das Elternhaus. Darum verstand ich nicht, was der Schwager mit seinen Worten meinte, und zog einen Satz heraus, der immer paßte und jeden gleichermaßen verärgerte, an den er gerichtet. »Das ist dein Problem!«

Klaus-Peter lehnte sich zurück und ließ durch Räuspern spüren, daß diese meine Antwort ihn nicht befriedigt hatte. Es drängte ihn aber sehr, mitzuteilen, was Großartiges er geleistet, und endlich das erhoffte Echo zu vernehmen, darum wandte er sich an Manfred. Mit diesem aber war er an den Falschen geraten, denn der befand sich in derselben Lage, floß auch über vor Stolz und dem Verlangen, die eigenen Taten zu preisen.

Als nun Klaus-Peter sprach: »Manfred, ich bin Zweiter geworden!« Da antwortete der: »Und ich Dritter! Aber ich habe es zum ersten Mal gespielt. Stell dir vor. Und schon Dritter. Irgendwie bin ich begabt dafür ...«

Da klappte Klaus-Peter den Mund zu, endgültig. Nur ein gelegentlicher Räusperer zeigte an, wie groß seine Enttäuschung war.

Auf dem Parkplatz nahm Florian Andreas und Mathias beiseite und führte mit ihnen ein Gespräch unter Männern.

»Hört mal, ihr beiden, kann sich der Yogi in eurem Zimmer umziehen und waschen?«

»Freilich, Onkel Florian.«

»Könnte er unter Umständen, also ich meine, wenn wir kein Zimmer mehr bekommen, bei euch schlafen?«

»Na klar. Im Gräbele zwische ons. No hat jeder was von em.«

»Nein, so war's nicht gemeint. Er hat ja einen Schlafsack. Er kann auf dem Boden liegen.«

»Prima, Onkel Florian!« Die beiden strahlten vor Begeisterung.

»Gut, ich verlasse mich auf euch. Ihr werdet das schon gescheit anstellen.« Damit verschwand er im Hotel.

Andreas und Mathias aber warteten auf den Yogi, um ihn mit diplomatischem Geschick in ihr Zimmer zu locken.

»Du, Yogi, bei uns kannsch dich wasche.«

»Wieso waschen?«

»Ja also, i mein, so vor 'm Esse, da wäscht mer sich doch manchmal d' Händ. Ehrlich, i find's au blöd, aber weisch, Yogi, des möget se halt gern, die alte ...« Mathias kam ins Stottern.

Der Yogi lachte gutmütig.

»Okay! Ich kann mir gut die Hände waschen, das macht mir weiter nichts aus. Ich tu's dann bei der Jette, weil ich jetzt ihren Rekorder reparier' ...«

»Du, Yogi«, Andreas Stimme klang bekümmert, »kannsch net erscht zu uns komme? Weisch, i hab da au was Kaputtes, und i hab mi scho so gfreut und dacht, du hilfsch uns ...«

»Okay. Keine Sorge. Was ist denn kaputt?«

Andreas druckste. Mathias fiel etwas ein.

»Sei Nachttischlampe tut net.«

»Mann, was braucht er eine Nachttischlampe?«

»Er hat Angscht ...«

Andreas erhob zornigen Protest, aber der Yogi legte ihm freundlich den Arm um die Schulter.

»Mann, das ist doch kein Beinbruch. Ich hab' früher auch Angst gehabt, als ich so klein war ...« Andreas schluckte und sandte einen wütenden Blick zu seinem Bruder, während der Yogi weiterhin beruhigende Worte sprach: »Wenn ich die Lampe nicht hinkrieg', dann schlaf' ich heute nacht bei euch. Okay?«

»Okay!« Mathias atmete erleichtert auf. Andreas schnaufte kurz und ärgerlich.

«Alles in Ordnung?« Florian erwartete sie im Hoteleingang.

Die beiden nickten. Der eine stolz ob seiner Klugheit, der andere zornig ob seiner Schande.

Wir begaben uns in unsere Zimmer und nahmen Waschungen vor. Mitten in meinen diesbezüglichen Bemühungen erlosch die ohnehin schon schwache Beleuchtung.

»Manfred, das Licht ist ausgegangen.«

»Das hab' ich auch gemerkt«, knurrte er aus der Dunkelheit, »dieses vergammelte Hotel, vermutlich hat's die Sicherung rausgehauen.«

Im Gang versammelten sich erschreckte Familienmitglieder.

»Habt ihr auch kein Licht? Irgendwo muß ein Kurzer sein.«

Andreas, Mathias und Yogi saßen gleichfalls im Dunkeln.

»Jetzt hab' ich das doch nicht hingekriegt mit der Lampe«, sagte der Yogi. »Keine Sorge, Mann, ich hol' mein Zeug und schlaf' bei euch!«

Andreas und Mathias verharrten noch immer in schreckhafter Erstarrung.

»Mei lieber Scholli, hat des knallt!« stammelte schließlich Mathias.

»Und stinke tut's wie bei 'nem Brand.« Andreas stieß dem Yogi einen belehrenden Zeigefinger zwischen die Rippen. »Weisch, was i glaub? Mir hättet den Stecker rausziehe müsse, bevor du da an der Lamp rumschraubsch. Ehrlich, Yogi, des war vielleicht gefährlich, und drum isch des Licht ausgange!«

Der Yogi schlug sich mit der flachen Hand vor die Stirn.

»Mann, das hab' ich total vergessen!«

Er kroch unter das Bett und zerrte so lange an dem Kabel, bis der Stecker aus der Wand fuhr.

»So, jetzt ist alles okay! O verdammt!« Er war zu früh aufgetaucht, und sein Kopf hatte einen schmerzhaften Stoß gegen die Bettkante hinnehmen müssen. Aber der Yogi gehörte nicht zu den wehleidigen Geschöpfen dieser Erde, er war hart im Nehmen, und außerdem rief ihn die Pflicht. Also krabbelte er stöhnend durch die Dunkelheit der Tür zu.

»Den Rekorder von der Jette muß ich auch noch in Ordnung bringen. Bis nachher!«

»Du hasch dir doch d' Händ wasche wolle!« rief ihm Andreas hinterher.

Aber der Yogi war schon auf dem Weg zu seinem nächsten Opfer. Draußen trat er in den Lichtkegel von Michaels Taschenlampe. Er war froh, Licht und einen Menschen zu sehen, den er nach dem Weg fragen konnte, was er denn auch unverzüglich tat: »Wo schläft die Jette?«

Bei Michael aber war er mit dieser Frage an den Falschen gekommen, denn dieser Onkel hielt auf Zucht und Anstand und huldigte der Meinung, daß ein junger Mann im Zimmer einer jungen Dame rein gar nichts zu suchen habe. Genau dies teilte er dem Yogi mit. Doch bevor er weitere Unfreundlichkeiten ausstoßen konnte und sein Herz erleichtern, trat Henriette aus der Dunkelheit des Ganges, faßte den

Yogi liebreich an der Hand und zog ihn hinter sich her ihrem Zimmer zu.

Michael ließ den Lichtkegel noch ein Weilchen auf der Tür ruhen, hinter der die beiden verschwunden, schüttelte ausgiebig den Kopf über die Verderbnis der Jugend und die Frechheit, mit der sie dies vor aller Welt bekundete, seufzte, tappte die Treppe hinunter und kehrte mit einem Hotelangestellten wieder. Der machte sich am Sicherungskasten zu schaffen, und alsbald flammte das Licht wieder auf.

Nachdem der Yogi sein Zerstörungswerk vollendet und das Zimmer verlassen hatte, nutzten die beiden Brüder nicht etwa die Zeit, um ihre Hände zu waschen, nein, sie verfielen in heftige Zwistigkeiten und vergaßen darüber Zeit und Essen.

Während sie oben balgten, erschienen die Familienmitglieder nach und nach unten im Restaurant, sauber gewaschen und frisch gewandet, und alle erlitten den gleichen Schock. An seinem Ecktisch saß der Harztiger in gewohnter Frische und Eleganz. Jedermann hatte ihn längst in weiter Ferne gewähnt.

»Es ist nicht zu fassen!« murmelte Michael. »Der Bursche hat vielleicht Nerven!«

Fränzchen trat ein, flankiert von Yogi und Jette. Sie stutzte, rang nach Luft und ging dann kurz entschlossen zu ihrem Verflossenen hinüber.

»Na, so was! Bist du noch da?«

Es war dies eine Frage, die sich eigentlich erübrigte, denn da saß er ja für jeden sichtbar, erhob sich jetzt und quittierte ihre Worte mit amüsiertem Lächeln und der Gegenfrage: »Siehst du nicht mehr gut, liebe Franziska?«

Indes sie schluckte und eine Wolke von Peinlichkeit in der Luft hing, wanderten Yogis Augen verwundert vom hübschen Fränzchen zum eleganten Harztiger.

Fränzchen präsentierte sich diesmal im rassigen Jugoslawen-Look. Im schwingenden schwarzen Rock steckte eine reichbestickte Bluse. Durch die braune Haarkrone wanden sich rote Bänder.

Der Harztiger hatte vom distinguierten Grau zum sportlichen Blau hinübergewechselt, stand da in blauen Hosen und blauem Rollkragenpullover und sah netter aus, als uns lieb war. Seine Augen ruhten auf Fränzchens Bluse. Meine auch.

Diese Bluse hatte Fränzchen von ihrem ersten selbstverdienten Geld gekauft, hatte sie aber vor den Augen der Familie sorgfältig verborgen gehalten, bis zu dem Abend eines Gemeindefestes. Da hielt sie es für angebracht, das gute Stück unter die Leute zu bringen. Wir warteten bereits vor der Tür des Gemeindehauses, um als geballte Pfarrhausmacht in das Fest hineinzustoßen, da kam sie hinterhergeschnauft im Schmuck der neuen Bluse. Nach kurzer Musterung und tiefem Seufzer zog Mutti die Stola von den eigenen Schultern, um sie über die der Tochter zu breiten. Als Fränzchen aufmucken wollte und die ungeliebte Hülle von sich streifen, traf sie ein scharfer mütterlicher Blick und die Worte: »Du hast ihn wieder mit Sicherheitsnadeln zugesteckt! Jedes Gemeindemitglied kann es sehen! Es ist eine Schande!«

Diese Bluse, dünn im Stoff und an den Ärmeln verschwenderisch mit Stickerei ausgestattet, bot an Vorder- und Rückenteil einen beklagenswert freien Durchblick. Doch schon am nächsten Tag wurde diesem Zustand ein Ende bereitet, denn als Fränzchen am Morgen das Haus verließ, holte Mutti die Bluse, begab sich an den Nähtisch und nutzte die Zeit. Sie zauberte prachtvolles Rankenwerk auf das durchsichtige Ärgernis, und als sie es ihrer Tochter wieder in die Arme legte, da blieb dieser beinahe das Herz stehen vor Entzücken oder Entsetzen, denn die Bluse war zu einem einzigen Blütenmeer geworden. Außer phantastischen Stickgewächsen gab es nichts mehr zu entdecken. Wer nun sein Auge auf Fränzchen und ihre Bluse warf, der konnte es reinen Herzens tun und mit unverhülltem Wohlgefallen. So auch der Harztiger.

Der Yogi indes hatte kein Auge für weibliche Kleidungsstücke, sonst hätte Jette mit ihrem unförmigen Rollkragenpullover nicht eben günstig abgeschnitten. Nein, der Yogi war anderweitig beschäftigt, er dachte. Nachdem er dies eine Zeitlang getan, gelangte er zu der Erkenntnis, daß die Tante an seiner Seite und der Fremdling in Blau ein hübsches Paar ergeben würden und daß möglicherweise schon zarte Bande zwischen den beiden geknüpft waren.

»Was, ihr kennt euch?« rief er. »Na, das ist ein Hammer! Warum setzt er sich nicht an unseren Tisch? Ehrlich, Mann, die freuen sich!«

Jette versuchte, ihn durch Augenzwinkern, Stöße und Tritte zum Schweigen zu bringen. Aber der Yogi verstand dies alles nur als Ermunterung, ereiferte sich immer mehr und machte schließlich Anstalten, des Harztigers Hand zu ergreifen, um ihn in Fränzchens Arme zu zwingen. In seine Bemühungen hinein klang von der Tür her ein Schrei. Kein Wort, der menschlichen Sprache entnommen, nein, ein Laut überströmender Freude, überquellenden Glücks. Hinter den Schallwellen her stürmte Mathias, strahlenden Auges und lachenden Mundes. Er warf sich dem Porschefahrer nicht an den Hals und nicht zu Füßen. Er vollzog vielmehr eine Vollbremsung auf beiden Sohlen, rutschte ein Stück und kam kurz vor der Pfeife zum Stillstand.

»Fahrn mir?!« stieß er hervor.

»Fahrn wir!« antwortete der Harztiger, legte die Pfeife in den Aschenbecher und den Arm auf Mathias' Schulter und ging mit ihm der Tür zu – mit ihm, der wieder auf Wolken schwebte, der keinen Blick zurückwarf und keinen zur Seite, der Vater und Mutter dahinten ließ und vorwärts strebte, dem Porsche zu, dem heißgeliebten. Kurz darauf hörte man diesen aufheulen, den Kies spritzen, weg waren sie.

Jette nützte die Zeit, den Yogi aufzuklären. Sie tat es in hohem Flüsterton.

»Den brauchst du nicht noch anzuschleifen!« zischte sie. »Der ist schon scharf genug auf Tante Fränzchen! Ein ganz mieser Typ ist das, ein ganz mieser ...«

»Halt mal die Luft an, Jettchen!« Vater Florian unterbrach die Tirade der Tochter. »So mies ist er nun auch wieder nicht.«

»Ich finde es aller Ehren wert, daß er sein Versprechen hält und mit Mathias Auto fährt!« sprach Manfred mit Nachdruck.

»Wo Fränzchen doch so widerlich zu ihm war!« fügte ich hinzu, denn mein Herz schlug warm für den Harztiger, seitdem ich den Jubelschrei meines Sohnes vernommen.

»Ich denk', ich hör' nicht recht!« Fränzchen keuchte vor Entrüstung. »Erst macht ihr ihn stinkig und madig, und jetzt hackt ihr auf mir rum ...«

»Kein Mensch hackt auf dir rum«, sagte Beate, »du mußt nicht alles dramatisieren. Es ist nur leider so und läßt sich nicht bestreiten, daß du recht unfreundlich zu ihm warst. Dabei ist er im Grunde ein netter Mensch.«

»Und er sieht fabelhaft aus, das muß ihm der Neid lassen!« Nachdem Gitti diese Feststellung gemacht, ließ Klaus-Peter einen dumpfen Räusperer über die Tischrunde grollen und schickte die Worte hinterher: »Nur leider ist er schon recht alt!«

Fränzchen saß mit offenem Mund, die Bänder in ihrer Haarkrone bebten.

»Was seid ihr bloß für Menschen?« stieß sie endlich hervor. »Einmal sagt ihr so und einmal so, wie es euch grad in den Kram paßt. Ich lass' mich mit ihm ein, da ist er ein Lustmolch! Ich lass' ihn sausen, da ist er der reinste Engel! Wißt ihr überhaupt, wie er euch genannt hat? Wildgewordene Brüllaffen!!«

Diese beiden Worte posaunte sie so lautstark in den Saal hinaus, daß alle Gäste aufhorchten und sich besorgt fragten, wer da wohl gemeint sein möge.

»Man sollte es nicht so verbissen sehen«, bemerkte Michael. »Diese wildgewordenen Brüllaffen waren ein Ausrutscher, aber, meine Lieben, auch wir lassen uns ab und zu hinreißen, Worte zu sprechen, deren wir uns schämen müssen. – Nachdem Fränzchen nun endlich zur Vernunft gekommen und sich von ihm getrennt hat, möchte ich das Wort Lustmolch in diesem Zusammenhang nicht mehr hören. Verstanden, Andreas? Verstanden, Wubbel?«

Andreas traute seinen Ohren nicht. Wie? Hatte der Onkel ihn gemeint? Ihn, der dieses überaus dumme Wort nie in den Mund genommen, im Gegensatz zu einigen der Tanten und Onkels, die da saßen mit unschuldigen Gesichtern. Die zweite Kränkung an diesem Abend! Andreas biß die Zähne zusammen und legte die Gabel nieder. Der Appetit war ihm vergangen, zu schwer lag der zwiefache Ärger in seinem Magen.

Dieser Mathias! Einfach vor dem Yogi zu sagen, daß er, Andreas, Angst hätte. Solch gemeine Lüge!

Noch nie hatte er Angst gehabt, und schon gar nicht im Dunkeln. Sein Zimmer war oben im Speicher. Ganz alleine schlief er da. Und wenn er nachts mal raus mußte, dann machte er nicht mal das Licht an. Mathias, ja, der hatte Angst, und wie! Wenn Vati und Mutti abends weggingen, dann mußte er, Andreas, unten schlafen und den kleinen Bruder beschützen. Nun stand er vor dem Yogi da wie der letzte Angsthase. Gut, er hatte dem Mathias vorhin im Zimmer seine Meinung gesagt, aber sein Zorn war keinesfalls abgekühlt, im Gegenteil, neu war er aufgeflammt, als dieser Bursche auch noch mit dem Porsche fahren durfte. Ihn, Andreas, hatte man natürlich nicht gefragt, obgleich er auch gerne in einem Porsche gesessen hätte und sich den Motor angesehen. Aber so war es immer. Und dann noch Onkel Michael und wie er ihn behandelte! War er ein Kind?

Bei diesem bitteren Gedanken angelangt und düster gen Boden blickend, entdeckte Andreas den kleinen Wubbel, der auf allen vieren um die Stühle kroch und offenbar den Ausgang gewinnen wollte. Andreas ließ sich vom Stuhl auf den Boden gleiten und fing den Wubbel in seinen Armen auf.

»Wo willsch na?«

»Nicht ins Bett!« antwortete der Wubbel wahrheitsgemäß.

»Pfui Teufel, was isch denn des an deiner Hand?«

»Tomatesoß!« sagte der Wubbel kläglich.

»Komm waschen!«

Andreas packte den Kleinen am Schlafittich, denn diese Soßenhand war ihm doch zu eklig, und kroch mit ihm der Tür zu.

»Wollt ihr beide auch mal mitfahren?«

Zwei lange blaue Hosenbeine ragten vor Andreas und Wubbel in die Höhe und versperrten ihnen den Fluchtweg. Erst verharrten sie schweigend mit gesenktem Kopf, betrachteten die Schuhe des Harztigers und bedachten die Möglichkeit, daß diese Einladung ihnen gegolten. Dann hob Andreas den Blick, ließ ihn hinaufgleiten an den blauen Hosen und dem blauen Pullover bis zum Gesicht des Harztigers, blieb dort hängen, erst mißtrauisch und prüfend, dann aber dankbar und freudevoll. Während er sich aufrichtete und den Wubbel mit hochzog nickte sein Kopf heftige Zustimmung.

»Wir sind gleich wieder da!« sagte der Harztiger zu der Tischrunde hinüber.

»Aber der Wubbel ...«, rief Gabi.

»Keine Sorge, ihm passiert nichts!« Der Harztiger packte Wubbels Händchen, ließ es aber sogleich wieder fahren, schüttelte sich und betrachtete die eigene Pranke voll Schreck und Grausen.

»Des isch bloß Tomatesoß«, erklärte Andreas, »mir wolltet uns grad d' Händ wasche.«

Das taten sie nun zu dritt, und deshalb dauerte es ein Weilchen, bis wir drinnen den Porsche aufheulen hörten und Gabi um ihren Wubbel zu zittern begann.

»Brauchsch kei Angscht habe, Tante Gabi«, beruhigte Mathias sie, »der fährt wie 'n Rennfahrer. Ehrlich, der schneidet jede Kurv!«

Gabi seufzte, und Mathias fiel über sein Essen her.

Der Wubbel aber, auf Andreas' Schoß sitzend und fest von ihm umklammert, hielt während der Fahrt den Zeitpunkt für gekommen, endlich Gewißheit zu erlangen über die wahre Beschaffenheit dieses rätselhaften Menschen. Er fragte also höflich an, ob der Mann ein Räuber sei. Der Harztiger, erst erstaunt, faßte sich bald und antwortete, nein, zum richtigen Räuber habe er es noch nicht gebracht, obgleich er manchmal gerne einer wäre, der Wubbel könne es ihm ruhig glauben.

Der Wubbel nickte und glaubte es. Nach einer Weile erhob er noch einmal das Stimmchen und erkundigte sich, ob der Mann eine Maus sein eigen nenne.

Auch hier mußte der Harztiger verneinen, versprach jedoch, sofern er je einer habhaft werden sollte, sie dem Wubbel unverzüglich zu übersenden.

»Sie wohnen in Löchern«, erklärte Wubbel, »und wenn man ihnen Täse hinlegt, tommen sie raus, weil sie riechen ihn. Dann tann man sie danz leicht triegen!«

Der Harztiger bedankte sich für den wertvollen Hinweis und versprach, ihn zu beherzigen.

Hierauf versank der Wubbel in friedlichen Schlummer und erwachte erst, als die Mami ihn aus dem Auto riß und so fest an sich drückte, daß er keine Luft mehr bekam.

»I verstick, i verstick!« schrie er, und dann zu dem Harztiger hinüber: »Verdiß nich die Mäuse!«

Der Harztiger lachte. »Ei wo werd' ich denn. Du kriegst alle, die mir über den Weg laufen.«

Da war der Wubbel zufrieden und glücklich. Er legte sein Köpfchen auf Mamis Schulter und ließ sich ins Bett tragen.

Andreas aber durfte den Motor besichtigen und Fragen stellen. Er fand in dem Harztiger einen so geduldigen Lehrmeister, daß er beschloß, ihn später in die Technik des Glockenspiels einzuweihen.

Dazu kam es jedoch nicht mehr, denn als die beiden wieder ins Restaurant traten, da war des Harztigers Nähe so gesucht, daß Andreas wieder einmal abgedrängt wurde von den Erwachsenen. Es herrschte eitel Liebe und Freundlichkeit. Die Familie rückte zusammen. Michael höchstpersönlich trug einen Stuhl herbei, Mathias holte die Pfeife, Manfred bot Tabak an aus seinen Beständen.

Fränzchen sah dies alles mit Verdruß und wollte sich der neuen Situation nicht widerspruchslos hingeben. Sie entfernte sich rockwedelnd aus des Harztigers Nähe, plazierte sich aber so geschickt, daß sein Auge notgedrungen auf ihre Blumenwiese fallen mußte, sobald er den Kopf hob. Dies tat er denn auch mit Beharrlichkeit und mußte dabei den Anblick des Yogi hinnehmen.

»Sie haben eine Neuanschaffung«, stellte er fest.

»Wir haben ihn in der Kaiserpfalz kennen- und liebengelernt«, antwortete Christoph, »Jette, das gute Kind, hat ihn uns zugeführt.«

Der Harztiger musterte Henriette, als wolle er ergründen, was, um alles in der Welt, einen jungen Mann an ihr faszinieren könne. Henriette ließ unverzüglich den Haarschleier vors Gesicht fallen. Diese Erwachsenen! Da gab sie sich die größte Mühe, ihnen verständnisvoll zu begegnen, aber, weiß Gott, sie machten es ihr nicht leicht. Schon Onkel Christophs Bemerkung über »Jette, das gute Kind«, hatte sie hart getroffen, denn aus des Onkels Stimme troff Ironie, und diese konnte Henriette nicht leiden. Dazu der abschätzende Blick jenes Menschen, welcher sich mit Hilfe eines protzigen Autos und heimtückischer Kinderfreundlichkeit in die Familie eingeschlichen hatte. Jette legte den Arm um die einzig fühlende Brust in diesem Kreis, nämlich um Yogi. Der hob gerade den Kopf, denn der Harztiger hatte eine Frage an ihn gerichtet.

»Und Sie sind freiwillig mitgekommen?« So hatte er gefragt und damit die Familie wieder einmal vor den Kopf gestoßen, denn legten seine Worte nicht die Vermutung nahe, wir hätten uns dieses struppigen Jünglings bemächtigt und ihn gekidnappt? Die Tat der Selbstverleugnung und Nächstenliebe, da trat er sie in den Staub, und zwar mit genüßlichem Lächeln.

»Na klar bin ich freiwillig mitgekommen! Mann, mir geht's gut hier!«

Mit diesem klaren Bekenntnis rettete der Yogi unsere Ehre und die Situation, stand auf und zog sich die Parka aus, denn es war ihm warm geworden.

Wie Jette, so trug auch er einen schlubbelig-schlampigen Rollkragenpullover von undefinierbarer Farbe. Wahrhaftig, sie glichen einander, nicht nur in der Verpackung, nein, auch in den flapsigen Bewegungen und in der geduckten Verteidigungshaltung gegenüber der Außenwelt.

Der Harztiger ließ nicht ab, sein Interesse zu bekunden.

»Und Sie reisen so in der Welt umher?«

»Ich trampe.« Yogis Mitteilungsdrang war offenbar nur schwach entwickelt. Außerdem tat er nicht gern zwei Dinge auf einmal. Jetzt gerade aß er, und war er fertig damit, dann würde er sich unterhalten. Alles zu seiner Zeit.

Inzwischen waren sich am anderen Ende des Tisches Andreas und Mathias in die Haare geraten. In Andreas' Brust schwelte noch immer dumpfer Groll über die Schmach, die ihm der Bruder angetan. Mathias dagegen trug schwer an der Tatsache, daß Andreas den Motor des Porsche hatte besichtigen dürfen. Dauernd rieb er ihm diese Bevorzugung unter die Nase und redete von Automotoren, obgleich er nicht das geringste davon verstand. Jeder haderte im stillen, daß er mit einem solchen Bruder geschlagen.

Als der Zorn zu mächtig geworden, um länger im Verborgenen zu blühen, ergriff Mathias die Colaflasche, welche Andreas gehörte, und machte Anstalten, sich daraus zu bedienen. Er kam jedoch zu keinem Schluck, denn Andreas riß ihm die Flasche aus den Händen und beglückte den Bruder statt ihrer mit einer Ohrfeige. Da schlug auch Mathias herzhaft zu.

»Benehmt euch, Pfarrerskinder, elendigliche!« rief Christoph.

»Das ist ein Hammer!« Der Yogi ließ den Löffel fallen. »Pfarrerskinder, stimmt das?«

»Und wie!« Florians Arme fuhren weitausladend über den Familientisch hin.

»Predigende Bewegungen« nannten wir solche Gesten. Mir waren sie schon als Kind verhaßt. Ach, wie zitterte mein Herz, wenn Vater oben auf der Kanzel predigende Bewegungen vollführte, wenn seine weiten Talarärmel dabei über die Kanzelbrüstung strichen, die Papiere dort in Aufruhr versetzten und schließlich gar hinunterstreiften, zum Vergnügen der Gemeindejugend und zum Entsetzen der Pfarrkinder. Auch bei Manfred hatte ich schon ähnliches miterleben müssen. Deshalb legte ich die Stirn in finstere Falten, als nun der sportliche Schwager predigende Bewegungen über dem Abendbrottisch vollführte. Florian dagegen strahlte vor Stolz, als hätte er eine Sammlung kostbarer Schmuckstücke anzubieten.

»Lauter Pfarrerskinder«, tönte er, »wohin das Auge blickt. Hier unser Jettchen. Da drüben die beiden Kampfhähne. Oben im Bett der kleine Wubbel. Dazu sieben Exemplare der reiferen Jugend, sozusagen der ›harte Kern‹ der Familie ...«

Diese letzte Bemerkung fand er offenbar ungeheuer witzig, denn er lachte schallend, bis er merkte, daß niemand sonst seine Fröhlichkeit teilte. Also klappte er den Mund zu und ließ dafür den Zeigefinger wandern, um die Schmuckstücke einzeln vorzuführen.

Er deutete auf Michaels Bäuchlein, malte ein Herz in Beates Richtung, strich über mich hin, »was guckst du denn so finster, geliebte Schwägerin«, fuhr weiter zu Stefan und Christoph, die beide nicht aufschauten, denn sie hatten auf dem Tischtuch zwischen sich rote Flecken entdeckt, vermutlich von Tomatensoße.

Christoph sagte gerade: »Ihr solltet dem Wubbel endlich beibringen, daß er nicht mit den Fingern ins Essen greifen darf. Dazu hat man Löffel und Gabel. Schließlich ist er drei Jahre alt!«

»Kümmer dich um deine Angelegenheiten!« knurrte Stefan, hob den Kopf und sah Florians Finger auf sich gerichtet. Er meinte, auch der Schwager wolle seine Kindererziehung rügen, und reagierte ausgesprochen sauer.

»Mein Wubbel kann essen, wie er will, verstanden!« bellte er zu Florian hinüber und unterstrich seine Meinung durch einen energischen Faustschlag auf den Tisch. Florian geriet in Verwirrung, wußte er doch nicht, was er mit dieser Bemerkung des sonst so ruhigen Schwagers anfangen sollte. Er ließ sich aber auf nichts ein, zeigte vielmehr auf Gittis blondes Haupt und blieb schließlich mit dem Finger über Fränzchens Haarkrone hängen, in der sich schon der Blick des Harztigers verfangen hatte.

»Lauter Pfarrerskinder!« Damit beendete Florian seine Vorstellung.

»Ich werd' verrückt!« Der Yogi lehnte sich zurück. Wahrhaftig, er lachte, daß die Barthaare zitterten. »Mann, da hab' ich aber einen Riecher gehabt!«

»Hast du was dagegen?« Jettes Stimme klang spitz und verletzt, zu oft schon hatte ihr der Beruf des Vaters Ärger bereitet. Sätze wie: »Ja, schämst du dich denn nicht, als Pfarrerstochter ...« oder »Was, dein Vater ist Pfarrer?! Das ist ja zum Piepen ...« Solche Sätze gellten ihr in den Ohren, und also reagierte sie mit Schärfe auf Yogis Heiterkeitsausbruch. »Was gibt's da zu lachen? Blöder Kerl!«

Der Yogi verstummte und riß die Augen auf, um zu erkennen, welch böser Geist in seine Freundin gefahren, daß sie ihn anfunkelte und anzischte, als sei er der Teufel höchstpersönlich.

»Mann, Jette, ich bin doch auch eines, ein Pfarrerskind!«

Da wurde ihr Blick wieder milde und ihre Stimme voll Wärme und Freundlichkeit.

»Ach, du Armer!« sagte sie.

Kaum hatte Florian vernommen, wessen Kind seine Tochter da aufgegabelt, da überkam ihn Mitleid. Er gedachte des Amtsbruders, der diesen hoffnungsvollen Sprößling gezeugt.

»Yogi, weiß dein Vater, wo du bist?«

»Na ja, so ungefähr ...«

»Wie wär's mit einem Anruf?«

»Mann, das wär' 'ne Idee!« Der Yogi schien nicht sonderlich begeistert, Jette auch nicht.

»Laß ihn doch in Ruhe, Floh!« rief sie. «Was mischst du dich ein! Sie wer'n ihn anmeckern. Ich weiß doch Bescheid!«

Aber da war Florian schon draußen, und Yogi trabte mißmutig hinterher.

Der Harztiger riß den Blick von der Blumenwiese und machte sich an seiner Pfeife zu schaffen.

»Wo wird er nächtigen?«

»Bei uns«, sagte Andreas, »im Schlafsack.«

»Hm«, machte der Harztiger und stieß eine schwarze Rauchwolke aus, »ich fürchte, das wird Schwierigkeiten geben.«

Florian kehrte zurück.

»Er telefoniert«, meldete er, »und es gibt Schwierigkeiten mit der Übernachtung. Die Zimmer sind belegt. Sie wollen nicht, daß er bei den Kindern schläft. Mir scheint, sie haben was gegen uns ...«

»Wen wollte das verwundern«, sagte der Harztiger zu seiner Pfeife. Ich hörte diese Worte wohl und dachte, daß auch der Harztiger gut daran täte, seine Zunge im Zaum zu halten, besonders, wenn er so genau ins Schwarze getroffen hatte wie gerade jetzt. Zum Glück hatten die anderen Familienmitglieder nicht vernommen, was er der Pfeife anvertraut, denn Henriette hatte zu maulen angefangen und ihren Vater zu kritisieren.

»Niemand hätt' was gemerkt. Aber du mußt alles ausposaunen. Ehrlich, Floh, du kannst einen nerven.«

Nun latschte der Yogi wieder herein mit hängenden Schultern und umdüstertem Blick, ein Bild des Jammers.

»Am Montag ist Penne! Mann, das hab' ich total vergessen!«

Er ließ sich auf einen Stuhl fallen und seufzte schwer.

»Hab' ich's nicht gesagt?« klagte Jette. «Hab' ich's nicht gewußt, daß sie Terror machen!«

Sie verstummte, überwältigt von Schmerz, und auch die Familie saß schweigend. Nur der Harztiger schickte unbekümmert Rauchkringel hinüber zur Blumenwiese und schien vom Schicksal des jungen Paares nicht sonderlich betroffen.

»Wo wohnen Sie, Yogi?« fragte er zwischen zwei Rauchkringeln.

»Och, nicht weit, bei Frankfurt ...«

»Ich fahre morgen über Frankfurt.«

Kaum hatte der Yogi diese Mitteilung vernommen, so richtete er sich freudig auf. Er fragte nicht, ob es dem Harztiger vielleicht genehm sei, ihn ein

Stück Weges mitzunehmen, nein, er nahm dies als gegeben an.

»Mann, das ist ein Hammer!« rief er. »Dann geht ja alles in Ordnung!«

Ach, wie kam es Florian so schwer an, seine Tochter mit erneuten Unkenrufen zu verärgern.

»Es klappt nicht mit der Übernachtung, Yogi. Ich muß dich in eine Jugendherberge bringen.«

»Wieso, ich hab' doch meinen Schlafsack.«

»Es geht nun mal nicht, hier im Hotel.«

Wieder sank der Yogi in sich zusammen. Der Harztiger aber erhob sich, murmelte eine Entschuldigung und verschwand nach draußen. Er kehrte zurück, noch bevor sich der Yogi von diesem zweiten Schicksalsschlag erholt, und spielte wiederum die Rolle, welche Florian so gern übernommen hätte, nämlich die des gütigen väterlichen Freundes.

»Alles in Ordnung«, sagte er. »Wenn du damit einverstanden bist, für eine Nacht mein Neffe zu sein, Yogi, dann kannst du dich bei mir häuslich niederlassen.«

Er richtete einen bekümmerten Blick auf Yogis strubbelige Haare und seine wenig ansprechende Kleidung, schaute dann hinüber zu Fränzchens Haarkrone und der Blumenwiese darunter, seufzte und fuhr fort: »In meinem Zimmer ist noch ein Bett frei.«

»Okay, Onkel, du bist Spitze!« Vor übergroßer Dankbarkeit machte der Yogi sogar Anstalten, die

Hand des Harztigers zu ergreifen, aber der konnte keine entbehren, denn er war dabei, die Pfeife wieder in Brand zu setzen. Die Lobpreisungen der Familie allerdings mußte er über sich ergehen lassen. Schließlich aber seufzte er und bat darum, es nun genug sein zu lassen und sich einem anderen Objekt zuzuwenden.

Ob er vielleicht Skat mitspielen wolle, fragte Manfred. Schwager Michael und er würden gerne ein Spielchen machen, es fehle ihnen jedoch ein dritter Mann. Er bedaure unendlich, antwortete der Harztiger, aber er habe seit ewigen Zeiten nicht mehr Skat gespielt und müsse deshalb befürchten, ein rechtes Ärgernis für seine Mitspieler zu werden. Deshalb wolle er lieber verzichten. Man solle sich aber um ihn keine Sorgen machen. Er würde gemütlich sein Pfeifchen schmauchen und sich dann zur Ruhe begeben.

Du alter Heuchler! so dachte ich in meines Herzens Sinn, vonwegen unendlich bedauern und in Gemütlichkeit dein Pfeifchen schmauchen! Andere Gedanken hast du im Kopf! Auf der Balz befindest du dich, mein Guter!

»Wenn ihr einen dritten Mann braucht, ich bin dabei!« rief Florian zu Manfred und Michael hinüber. Seufzend nahmen beide diese Mitteilung zur Kenntnis.

Ich lehnte mich über den Tisch, bestrebt, eine gepflegte Unterhaltung in Gang zu bringen.

»Kann man eigentlich«, so fragte ich, »nur Kringel

aus dem Rauch formen, sind nicht auch andere Symbole möglich?«

Was für Symbole mir da vorschwebten, fragte der Harztiger zurück.

»Herzen«, antwortete ich, »Herzen würden besser passen.«

»Im Nebenzimmer gibt es Folklore«, meldete Michael, »uraltes Brauchtum. Eine Trachtengruppe singt und tanzt. Wäre das nicht ein guter Abschluß? Dann kriegt ihr auch noch was mit von der Kultur des Harzes. Auf, Leute, kommt, es wird sicher ein Erlebnis.«

Stolz und glücklich, daß er wiederum eine Attraktion zu bieten hatte, duldete Michael keinen Widerspruch und schob uns vor sich her in das Nebenzimmer hinein. Dort war es kühl und nur mäßig besetzt. Die Trachtengruppe bemerkte mit Befriedigung, wie unsere Familie die Plätze füllte.

Ich liebe folkloristische Darbietungen. Sobald wir in einem Urlaubsort ankommen, durchforste ich Zeitungen und Prospekte, um alles aufzustöbern, was an Folklore geboten wird.

Manfred teilte meine Liebe nicht, aber er begleitet mich trotzdem, erträgt Jodler, Schuhplattler und Akkordeonklänge in Geduld. Er weiß, daß diese Freundlichkeit hinterher reiche Früchte zeitigt. Nur Zithermusik kann er schwer ertragen, und gerade diese gab es hier in erschreckender Fülle. Er saß hinter mir, und ich hörte ihn seufzen.

Die Gruppe nannte sich »Harzer Roller«, und hatte ich vorher gedacht, daß es sich bei Harzer Rollern um Käse handeln würde oder Kanarienvögel, so wurde ich jetzt eines besseren belehrt, denn diese »Harzer Roller« zitherten und jodelten, daß es nur so eine Lust war, hüpften auch und sprangen oder schritten in Kapuzen einher, um den Steigertanz zu stampfen. Ich genoß ihre Darbietungen mit entzücktem Grausen, bis ich bemerken mußte, daß mein Weinglas leer, mein Durst aber noch nicht gestillt war. Also drehte ich mich um zu Manfred oder irgendwelchen spendenbereiten Brüdern, damit mein Weinglas gefüllt werde und mein Genuß vollkommen sei. Aber wohin ich auch blickte und das Dämmerlicht im Saal zu durchdringen suchte, da war kein Manfred weit und breit, kein Bruder und keine Schwester. Ich saß allein bei Zitherspiel und Volksgesang. Diese Kunstbanausen! Diese Verräter! Ließen mich hier bei den »Harzer Rollern« und machten draußen vielleicht die tollsten Sachen. Ich tappte hinaus, hinein ins Restaurant. Natürlich, da waren sie alle versammelt und spielten. Andreas und Mathias beugten die Köpfe über ein Halmabrett. Ich stürzte mich auf sie.

»Das find' ich aber nicht nett von euch, daß ihr so einfach verschwindet.«

»O Mutti«, Andreas schaute auf, schuldbewußt und reuevoll, »ehrlich, i hab's nimmer ausghalte, des Jodeln und Singen und all des, und i wollt di net schtöre ...«

»I au net«, rief Mathias, »drum sin mir ganz leis

naus, da waret die andre aber alle scho weg. Nur der Vati isch no drin ghockt ...«

Ich schickte meine Blicke suchend durch den Raum. Da saß Manfred am Ecktisch und spielte Skat mit Florian und Michael.

»Da sitzt er doch!«

»Freilich, se hen en rausgholt, weil se doch en dritte Mann braucht hen. Komm, Mutti, sei net sauer.« Andreas wandte sich liebreich zu mir, fuhr aber sogleich wieder herum, um sich auf Mathias zu stürzen, der mit den Halmafiguren manipulierte. »Des gibt's fei net. I laß mi net bscheiße. Du hasch weitergschobe, i hab's gsehe ...«

Christoph am Nebentisch hob den Kopf vom Schachbrett.

»Ruhe, ihr Strolche!«

»Schach!« sprach Stefan, und Christophs Kopf senkte sich wieder.

»Hock di na, Mutti«, Mathias zog mich neben sich auf die Bank, »nachher kannsch mitschpiele, aber jetzt no net, mir sin no net fertig. Gell, des verschtehsch.«

»Darfsch von meim Cola trinke«, Andreas schob mir sein Glas zu, dann starrten beide wieder auf das Halmabrett, ängstlich bemüht, dem anderen Ärgernis zu bereiten und Wege zu verbauen.

Drüben am Fenstertisch saßen Jette und Yogi. Der Yogi legte gerade den Kassettenrekorder aus den Händen. Offenbar war es ihm endlich gelungen, auch diesem den Todesstoß zu versetzen. Nachdem er so alles erledigt hatte, was man zum Reparieren in seine Hand gegeben, griff er zur Gitarre und zog sich mit Jette auf die Fensterbank zurück. Von dort aus versorgten sie das Restaurant mit Musik, wobei auch die wohlbekannten Melodien der Beatles nicht fehlten. Einige der Geschwister, das sah und hörte ich wohl, brummten und summten mit. Ich konnte eine Träne der Rührung nur schwer zurückhalten, als sich der liebe Junge an ›All you need is love‹ versuchte.

Zuerst Widerwillen, dann Rührung. Es erging mir jetzt mit den Beatles wie damals, vor vielen Jahren, mit Tante Malwinchens roter Grütze.

Beate und ich pflegten die Sommerferien in Kolberg bei Tante Malwinchen zu verbringen, und immer wenn wir das taten, baute sie diese verhaßte Süßspeise vor uns auf, mittags, und falls etwas übrig blieb, auch noch abends.

»Ja, ist es denn die Möchlichkeit?« So rief sie und rang die Hände, wenn wir die Hälse streckten vor Abscheu. »Ja, jibt es denn so was auf Jottes Erdboden, Kinder, die kejne rote Jrütze mejen?« Sie rollte die Augen und die R, denn sie stammte aus dem Baltikum. »Auf mejnen Knien mechte ich Jott danken, wenn es mir noch verjönnt wäre, rote Jrütze zu essen. Ihr wißt ja nicht, was jut ist! Aber, ich wer' euch lehren! Ihr kricht sie so lange, bis ihr sie jerne eßt!«

Sie hielt ihre Drohung. Kochte für uns rote Grütze, die sie nicht essen durfte, weil sie zuckerkrank war, schaute gierig auf unsere Grützeteller und aß dabei Brot mit Leberwurst und polnische Gurken, lauter Leckerbissen, bei deren Anblick uns das Wasser im Mund zusammenlief vor Appetit.

Nach den dritten Kolbergferien voll ungetrübter Badefreuden, vergällt allein durch Tante Malwinchens Rote-Grütze-Tick, beschlossen Beate und ich, Entscheidendes zu unternehmen, auch wenn wir dabei auf der Strecke bleiben sollten.

Als die Tante im nächsten Sommer die rote Köstlichkeit vor uns auf den Tisch stellte und die Kanne mit Vanillesoße daneben, klatschten wir in die Hände, riefen: »Herr-rr-lich! Herr-rr-lich!« Und rollten dabei die R so, wie wir es von der Tante gelernt hatten. Dann hoben wir die Löffel und ließen sie nicht sinken, bis die rote Grütze verschwunden und uns so bitterlich schlecht war, daß wir den Tisch eilends verlassen mußten.

»Nejn, es ist nicht zum Jlauben!« rief die Tante hinter uns her. »Jetzt frrressen sie die jute Jrütze im Unverstand! Nejn, ihr bejden, jetzt ist Schluß, jetzt kricht ihr kejne mehr! Ihr werdt jefällichst essen, was ich och esse!«

Seit der Zeit durften wir polnische Gurken essen und Leberwurst und Brot.

Aber die rote Grütze fehlte uns. Sie gehörte zu Kolberg wie das spitzgiebelige Haus am Haberlingsplatz, in dem die Tante wohnte. Wie Nettelbeck und

Gneisenau, zu deren Denkmal sie uns immer wieder schleppte, damit wir die beiden Helden in Ehrfurcht betrachten, ihre Geschichte vernehmen und gleich ihnen dem Vaterland dienen sollten.

»Ihr müßt die Hejmatscholle lieben«, so rief die Tante, »jejen die Fejnde kämpfen und tapfer sejn!«

Wir versprachen, daß wir dies tun wollten, und warfen Strandkörbe um, wann immer sich die Gelegenheit bot. Dieser Dienst am Vaterland erforderte große Tapferkeit, denn Strandwächter Bierlich, klein, dick, aber sehr behende, lauerte hinter Dünen und Sandburgen, und ihm zu entkommen, hätte selbst Nettelbeck und Gneisenau größte Schwierigkeiten bereitet. War man in des Feindes Fänge geraten, so erging es einem schlecht, und man mußte schleunigst ins kühle Meer waten, um seine Wunden zu kühlen.

Einmal hatte ihn Beate in die Arme der Tante gejagt. Tante Malwinchen stand im Eingang der Sandburg und machte Atemübungen, denn davon hielt sie viel. Sie schleuderte die Arme weit zurück, schloß die Augen und atmete tief ein, »um die jesunde Meeresluft ejnzusaujen«. Da raste Beate daher, und dicht hinter ihr Strandwächter Bierlich, zornrot und schnaufend. Kurz vor der Sandburg warf sich Beate zur Seite. Strandwächter Bierlich aber schoß weiter und landete in den ausgebreiteten Armen der Tante. Sie ruderte heftig, um wieder ins Gleichgewicht zu kommen, schob dann den Verdutzten von sich und sprach die Worte: »Juten Morjen, Herr Bierlich! Wohin des Wejes?«

»Was isch denn, Mutti?« Mathias schaute zu mir hinüber, in seinem Blick standen Tadel und Befremden.

»Mer lacht doch net so allei für sich ...«

»Ich hab' bloß an was denken müssen ...«

»Trotzdem! Des sieht arg komisch aus!«

»Hast du Tante Beate gesehen?«

Mathias mußte wieder den Kopf schütteln über seine vertrottelte Mutter.

»Mensch, die sitzt doch grad vor dir!«

Beate spielte Canasta mit Gitti und Klaus-Peter. Ihr Blick war umdüstert, ihre Hand zur Faust geballt. Im Gegensatz zum ersten Abend bildeten nämlich Gitti und ihr Löwenbändiger heute eine unheilige Allianz, verständigten sich ohne jegliches Schamgefühl durch Wort und Blick, zeigten sich gar in aller Offenheit ihre Karten und bereiteten somit ihrer Gegenspielerin heftigen Verdruß. Jetzt schaute Beate mitleidheischend gen Himmel und, da ihr von dort keine Hilfe kam, rundherum in die Gegend, bis sie schließlich in mein Blickfeld geriet und ich flüstern konnte: »Weißt du noch, damals in Kolberg?«

Da verklärte sich ihr Gesicht.

»Rote Grütze!« hauchte sie. »Nettelbeck und Gneisenau, Strandwächter Bierlich, Kläus-chen ...«

Diesen letzten Namen brachte sie mit solchem Schmelz über die Lippen, daß ich froh war, Florian in weiter Ferne, nämlich am Skattisch, zu wissen. Beate aber, gestärkt durch die Erinnerung an schöne Zeiten und mancherlei Dienst am Vaterland, warf ihre Karten auf den Tisch, zischte: »Oh, rutscht mir doch den Buckel runter!«, stand auf, nickte mir zu: »Ich hab' ein Rezept für polnische Gurken!« und verschwand.

Florian entging der plötzliche Abgang seiner Gattin, denn er hielt gerade eine seiner gefürchteten »Leichenreden«.

»Hättest du Trümpfe gezogen ... Wärst du mit Karo rausgekommen ... Hättest du nicht übernommen ...« So etwa pflegten diese Reden anzufangen, dann den ganzen Spielverlauf in aller Breite zu rekonstruieren und mit dem Aufruf zu mehr Mühewaltung und Konzentration zu enden. Beide Partner hingen zappelnd an ihrem ohnehin äußerst dünnen Geduldsfaden. Es konnte sich nur um Sekunden handeln, bis dieser reißen und sie dem lieben Florian unmißverständlich klarmachen würden, daß seine Predigten vielleicht am Sonntag auf der Kanzel, nicht aber hier am Skattisch geschätzt und vonnöten wären. Siehe da, sie waren bereits an diesem Punkt angelangt.

Michael schnaufte und stieß einige heftige Worte hervor. Manfred nickte Zustimmung. Florian verstummte und kniff ärgerlich die Lippen zusammen. Es sprach aber für sein besonders stark entwickeltes Beharrungsvermögen, daß er bald wieder in den alten Predigtton verfiel und den beiden nachwies, welchen Fehler sie an welcher Stelle gemacht hätten.

Mein Blick wanderte weiter.

Fränzchen und der Harztiger saßen noch immer schweigend und getrennt. Aber ich sah, wie ihre Blicke sich kreuzten, vereinten und wieder zurückzogen. Bald würde das alte Band aufs neue geknüpft sein, fester als vorher, und diesmal wachte kein eifersüchtiges Bruderauge über die kleine Schwester. Nur ich auf meinem Beobachtungsposten spürte, was sich anbahnte, fühlte ein bißchen Elektrizität auch zu mir herüberzucken und gedachte wehmütig der Zeiten, da Manfred mich noch geliebt und bei mir ausgeharrt, trotz Zitherspiel und Jodellärm.

Jetzt klopfte der Harztiger die Pfeife aus, schaute angestrengt hinein, klopfte wieder und beugte sich dann über den Tisch zum schweigsamen Fränzchen hinüber. Ich spitzte die Ohren, um wenigstens etwas vom Liebesgeflüster zu erhaschen. O Himmel, dieser Harztiger war wirklich ein selten ungeschickter Mensch. Anstatt die Schönheit ihrer Bluse zu rühmen oder einen anderen ihrer Vorteile lobend zu erwähnen, fragte er, ob Franziska ihm vielleicht mit einer Sicherheitsnadel aushelfen könne, er brauche etwas zum Auskratzen seiner Pfeife. Wie nicht anders zu erwarten, so fuhr Fränzchen in die Höhe, sagte, sie habe natürlich keine und sie wisse nicht, wie er darauf komme, daß sie eine haben könne. Der Harztiger, anstatt von dem leidigen Thema abzulassen und das Wort »Sicherheitsnadel« nicht mehr in den Mund zu nehmen, fing an zu beteuern, er fände, es sei keine Schande, Sicherheitsnadeln mit sich zu führen, im Gegenteil, es sei ein Zeichen kluger Vorsorge, das wüßte er von seiner Mutter und Großmutter ... Er hätte vermutlich noch alle möglichen Respektspersonen ins Feld geführt, nur um seiner Frage die Spitze zu nehmen, wäre ihm Fränzchen nicht ins Wort gefallen. Ob ihm mit einer Haarnadel gedient sei, wollte sie wissen, solche nämlich habe sie in Hülle und Fülle.

»Ja, ach ja«, rief der Harztiger in großer Dankbarkeit, »eine Haarnadel ist genau das richtige.«

Fränzchen hierauf nestelte an ihrer Haarkrone, zog eine Nadel heraus und hielt sie über den Tisch. Der Harztiger griff zu, nahm nicht nur die Nadel, sondern die ganze Hand, und so saßen sie denn, vergaßen Zeit und Raum, und boten wenig Sehenswertes für den sensationslüsternen Beobachter. Ich jedenfalls zog meinc Blicke von ihnen, um nach Besserem Ausschau zu halten. Dabei fiel ich fast in Manfreds aufgesperrten Rachen. Das große Gähnen war über ihn gekommen, denn da saß Florian und hielt eine Leichenrede von unabsehbarer Länge.

Manfred, als er meinen Blick sah, klappte eilends den Mund zu, lächelte schief und machte eine Kopfbewegung zur Tür hin. Gehn wir? hieß das. Ich nickte, stand auf, und so verließen wir den Schauplatz des Geschehens.

»Heut abend hast du mich aber arg allein gelassen«, sagte ich draußen und fügte den altvertrauten Satz hinzu: »Ich glaube, du liebst mich nicht mehr!«

»Da glaubst du falsch«, sagte er, »komm, laß dich bekehren.«

Mathias behauptete am nächsten Morgen, Gitti hätte diesen Abend mit ›Schlof wohl, do Hömmölsknöblein do‹ beschlossen, Yogi hätte Gitarre dazu gespielt und Klaus-Peter die zweite Stimme gesungen.

Manfred und ich jedoch hatten nichts dergleichen vernommen.

Zwei verliebte Jüngferlein und Nikolaustag im Mai

Beim ersten Morgenschimmer gelang es dem Wubbel, unbemerkt aus dem Bettchen zu krabbeln und vorbei an der elterlichen Schlafstatt zur Tür zu kriechen. Bevor er an das schwere Werk ging, diese leise zu öffnen, warf er noch einen Blick zurück. Die Mami hatte sich ganz unter der Decke verkrochen, vom Papi guckten nur ein paar Haare raus und die Nasenspitze. Nein, der Wubbel brauchte sich keine Sorge zu machen, sie würden nichts merken, und wenn die Tür auch noch so großen Krach machte. Glücklich auf dem Flur angelangt, beschloß er, erst einmal zur Jette zu gehen. Vielleicht war Tante Fränzchen wieder weg, und er durfte es Onkel Michael melden und hinterher alle aus den Betten schmeißen wie gestern. Voller Vorfreude hängte er sich an die Türklinke zum Zimmer der beiden Tanten, schlüpfte durch den Spalt und mußte eine bittere Enttäuschung erleben. Tante Fränzchen war keineswegs weg, nein, sie saß im Bett und schrieb. So ein Pech! Der Wubbel öffnete das Mäulchen, um wenigstens sein morgendliches Indianergeheul anzustimmen, da legte die Tante den Finger auf den Mund und winkte ihm, liebreich lächelnd, näherzutreten.

»Kannst du was für mich erledigen, Wubbelchen? Was ganz Tolles?«

Ja, der Wubbel nickte eifrig, ja, das konnte er. Und dann wisperte ihm die Tante ins Ohr, welch große und gefährliche Heldentat er vollbringen solle und daß kein anderer dies tun könne, nur er allein, und sie fragte ihn, ob er sich trauen würde.

Wieder nickte der Wubbel. Sprechen konnte er nicht mehr, zu schwer lastete die Verantwortung auf ihm.

»Ich verlasse mich auf dich«, sagte die Tante und blickte ihm fest in die Augen. Da biß der Wubbel die Zähne zusammen und machte sich unverzüglich an die Arbeit.

Er schlich zum Schlafgemach des Harztigers, wo dieser im Verein mit »seinem Neffen« gar schrecklich schnarchte, kroch hinein, indes sein Herzchen so laut bumberte, daß er meinte, alle würden es hören, sogar der Papi und die Mami, und das war nun wieder ein kleiner Trost, stahl den grauen Wildlederschuh, der da vor dem Bett stand, und brachte ihn der Tante.

»Was willsch'en mit dem machen?« fragte er, als sein Stimmchen wieder einigermaßen funktionierte.

»Was reintun, Herzchen!« antwortete die Tante in ungewohnter Milde. Der Kleine spitzte die Ohren. Eine Erinnerung tauchte auf, an einen schönen Morgen, wie er da ganz unverhofft in seinem Schuhchen Nüsse gefunden und Rosinen und Schokolade.

»Is heut vülleich Nitolaustach?!«

»Ach nein, du Dummchen! Kein Nikolaustag!«

Fränzchen seufzte. »Heute ist ein ganz trauriger Tag, denn wir müssen wieder heimfahren.«

Sie drückte den grauen Schuh an ihr Herz und steckte dann ein Päckchen hinein. In diesem Päckchen befand sich ein Taschentuch, welches die ganze Nacht an ihrem Busen geruht, ein Brief und eine Sicherheitsnadel, nicht zugesteckt, um so symbolhaft anzudeuten, was auch im Brief geschrieben stand, daß nämlich Fränzchens Arme offenstünden für den Geliebten.

»Wubbel will Sotolate!« rief der Kleine vorwurfsvoll, der anderes in diesem Päckchen vermutete.

»Schrei doch nicht so!« Jette lugte unter der Decke hervor und wollte ihren Augen nicht trauen, denn da saß Tante Fränzchen im Bett und hatte einen Schuh im Arm und eine Träne im Auge, derweil der Wubbel im Schlafanzug neben ihr kauerte und erwartungsvoll erst unter ihr Kopfkissen und dann in die Nachttischschublade schaute.

»Was ist das für ein Schuh?«

Früher hätte Fränzchen mit einem scharfen: »Das geht dich gar nichts an!« geantwortet. Heute aber, von Liebe und Trennungsschmerz geläutert, ließ sie nur das Corpus delicti unter der Bettdecke verschwinden, warf einen unschuldsvollen Blick zu Jette hinüber und fragte sanft: »Von welchem Schuh bitte sprichst du?«

Der Wubbel, nachdem er im Bett der einen Tante nichts gefunden, krabbelte unverzüglich in das der anderen, suchte dort emsig weiter und erklärte dabei, was es mit diesem Schuh auf sich habe, daß er ihn nämlich aus dem Zimmer des Mannes geholt, der kein Räuber sei und der ihm morgen oder übermorgen viele, viele Mäuse schicken wolle.

Jette richtete sich auf, um einen besseren Überblick zu gewinnen.

»Hast du was reingetan in den Schuh?«

Jetzt verlor Fränzchen doch etwas an Abgeklärtheit. »Warum denn nicht?« stieß sie hervor. »Man wird doch noch ein Späßchen machen dürfen!«

»Was denn, was hast du denn reingetan?«

»Das geht dich ...«, begann Fränzchen nach alter Manier, doch dann bremste sie ab, besann sich eines besseren und sprach: »Einen Brief!«

»Un Sotolate!« rief der Wubbel und machte ganz sehnsüchtige Augen.

Henriette ließ sich zurückfallen und zog die Decke über die Ohren. Sie gedachte des Yogi und ihrer Seelenverwandtschaft und wie das Leben so traurig sei und die Tante so blöd. In tiefem Weltschmerz und in Menschenverachtung schubste sie den Wubbel aus dem Bett. Der nahm Stoß und Fall klaglos hin, denn diese Jette war offenbar krank. Wie konnte sie sich sonst von ganz alleine wieder schlafen legen? Er, der Wubbel, kannte nichts Schlimmeres als Schlafen-Müssen und nichts Schöneres als Aufstehn-Dürfen. Draußen passierten die tollsten Sachen und im Bett überhaupt nichts.

In sein Kopfschütteln hinein flüsterte Tante Fränzchen: »Hier, Wubbel, bring ihn wieder rüber! Stell ihn vor's Bett! Aber leise, leise.«

Er nahm den Schuh in Empfang, allerdings nicht ohne die Tante traurig anzublicken, denn ein kleines Stückchen Schokolade hätte er wohl erwarten dürfen nach allem, was er bisher getan. Aber die Tante hatte keinen Gedanken übrig für kleine Jungens und für das, was ihnen Freude machte. Die Tante dachte an ganz andere Sachen, das hatte der Wubbel schon längst gemerkt, und es mißfiel ihm sehr! Ärgerlich trottete er zur Tür.

»Willst en Kaugummi?« klang es dumpf unter Jettes Bettdecke hervor.

Und wie er wollte! Schon stand er da und streckte die Hand aus. Jette legte einen Kaugummi hinein und wisperte, genau wie vorhin Tante Fränzchen: »Bringst du mir 'nen Schuh vom Yogi?«

Er brachte den einen Schuh hin und holte den anderen her, obwohl er sich sehr wundern mußte über die seltsamen Wünsche dieser Tanten.

Yogis ausgelatschter Riesenstiefel war viel schwerer zu tragen als der andere Schuh. Der Wubbel mußte ordentlich schnaufen, als er ihn über den Gang schleifte, und dann kam auch noch Tante Gitti daher und verstellte ihm den Weg.

»Woher hast du den Knobelbecher? Darfst du den einfach wegnehmen? Wer hat das erlaubt?«

Aber der Wubbel hatte keine Zeit für lange Erklärungen. Er murmelte etwas von «Nitolaustach« und »Sotolate«, drückte sich an der Tante vorbei und verschwand im Zimmer der beiden verliebten Jüngferlein.

Nun saß zur Abwechslung Jette im Bett und schrieb mit Mühe und einem abgeknabberten Bleistift den ersten Liebesbrief ihres Lebens. Als sie das Werk vollendet hatte, nahm sie das Silberkettchen vom Hals, das dort seit ihrer Konfirmation gehangen. Das Kettchen mit dem Medaillon daran und dem Bild ihres Vaters. Ach, die Zeit war längst entschwunden, da er noch der einzige Mann gewesen, dem ihr Herz gehörte. Sie schnipste sein Bild aus dem Medaillon. In Uniform stand er da, die Haare kurz geschnitten, die Stiefel blank, stramm und schneidig. Hatte sie jemals so etwas gemocht? Vor Jettes innerem Auge erstand der Yogi, langmähnig, schlampig, schmuddelig. Wie er auf der Gitarre klimperte, wie er seines Weges latschte, wie er den Arm um sie legte ... Jettes Wangen brannten heiß vor Liebe. Achtlos ließ sie das Bild des Vaters auf den Boden flattern. Dann schaute sie an sich herunter, wühlte im Täschchen und in der Schublade, aber sie fand rein gar nichts, was sie als Zeichen ihrer Liebe hätte in das Medaillon legen können.

»Eine Locke«, schlug die erfahrene Tante vor, »eine Locke macht sich immer gut.«

»Haare hat der Yogi genug!« Auch verliebt blieb Jette ein vernünftiges Mädchen.

»Dann ein Bild von dir. Ein Foto.«

Woher sollte Jette ein Foto nehmen? Schon das eigene Spiegelbild war ihr verhaßt. Nein, sie trug keine Eigenfotos mit sich herum. Aber die Mutter! Ganze Stapel von Jettebildern befanden sich in ihrer Handtasche. Bilder, vom Augenblick ihrer Geburt an. Zu Jettes tiefster Beschämung zeigte Mutter Beate diese Bilder überall herum.

Henriette hüpfte aus dem Bett und stürmte barfuß und in Großvaters vergilbtem Nachtgewand hinüber in das Schlafgemach ihrer Eltern. Der Wubbel fußelte eilig hinterher.

Florian stand vor dem Spiegel und rasierte sich. Er tat dies noch auf altertümlich schlichte Weise mittels Seifenschaum und Rasiermesser. Mit diesem Messer fügte er sich eine beachtliche Schramme zu, als seine Tochter ohne anzuklopfen ins Zimmer stürmte, die Handtasche der Mutter ergriff, aufknipste und über dem Bett ausleerte.

Beate, welche noch schlummernd im Bett gelegen, fuhr hoch und warf sich über ihre Kostbarkeiten: das silberne Puderdöschen, das teure Parfüm, Lippenstift und Spitzentüchlein. Was von all diesem wollte die Tochter haben? Die aber grabschte nur nach der Ausweistasche, zog einen Packen Bilder hervor, sagte: »Jetzt hab dich doch nicht so, du kriegst sie ja wieder!« und trat den Rückzug an.

Der Wubbel schlich gebückt hinterher, denn er hatte einen beglückenden Fischzug getan, hatte unter den heruntergerutschten Sachen ein Täfelchen Schokolade gefunden und ein Hustenbonbon von der Sorte, die er besonders liebte. Zum Dank und weil er ihn nicht mehr gebrauchen konnte, hinterließ er seinen ausgelaugten Kaugummi, den er in Tante Beates Pantoffel spuckte, als freudige Überraschung beim Aufstehen.

Jette sah ihren Vater vor dem Spiegel stehen, weißen Schaum im Gesicht, ein rotes Rinnsal am Kinn.

Wie gerne hatte sie früher zugeschaut, wenn er sich einseifte, Grimassen schnitt und sich den Bart abschabte. Wie hatte sie gejubelt, wenn er ein Flöckchen Schaum auf ihre Nase tupfte ... Früher, in grauer Vorzeit, als sie noch ein ganz, ganz kleines Mädchen gewesen ... Henriette wandte sich ab, riß die Tür auf und verschwand so schnell wie sie gekommen.

Wieder im Jungfernzimmer angelangt, kroch der Wubbel unverzüglich in Tante Fränzchens warmes Bett und zog die Decke über sich. Hier, in sicherer Höhle, packte er die Schokoladentafel aus und stapelte sorgsam Stück für Stück in seinen Backentaschen.

Jette hatte die Fotos auf dem Boden ausgebreitet, kniete davor und betrachtete sie mit Widerwillen. Keines schien geeignet, den Yogi zu beglücken und auf seinem Busen zu ruhn.

»Das hier!« Fränzchen tippte mit dem großen Zeh auf ein Foto, welches Jette in frühem Stadium zeigte, mit nachdenklichem Blick auf dem Töpfchen thronend.

Schon krümmte Jette die Finger, um der Tante kräftig ins Bein zu kneifen, da fügte diese hinzu: »Nur den Kopf! Nicht den Topf!«

Mit einer Nagelschere entfernte Jette alles, was ihr genierlich schien, und siehe da, ins Medaillon gedrückt, wirkte das Kinderköpfchen so engelgleich, so süß und rein, daß selbst dem verstocktesten Betrachter eine Träne der Rührung ins Auge treten mußte.

Auch Jette seufzte, packte dann Kettchen und Medaillon in den Liebesbrief, versenkte das ganze in den Tiefen des Riesenstiefels und scheuchte den Wubbel aus seiner Höhle.

»Schnell, bring ihn zurück!«

Der Wubbel, mit aufgeblähten Hamsterbacken, schleifte das Monstrum wieder über den Gang, legte es vor Yogis Bett nieder und nahm dafür die Gitarre mit. Der Lärm, den er draußen mit ihrer Hilfe vollführte, weckte auch den letzten Schläfer.

Der Harztiger, aus süßen Träumen aufgeschreckt, erwachte schnell zu rauher Wirklichkeit, als er mit dem großen Zeh in die Sicherheitsnadel fuhr. Schimpfend zog er den verletzten Fuß wieder unter die Decke, angelte sich den Schuh und holte heraus, was da von liebender Hand für ihn bereitet war.

Der Yogi dagegen, abgehärtet und hornhautbewehrt durch Trampen und Wandern, merkte nichts von der Freude, die in seinem Stiefel schlummerte. Er fühlte nur eine leichte Unebenheit unter dem Fußballen und meinte, sie könnte von seinem faltenschlagenden Socken stammen. Dieser Zustand dauerte so lange an, bis draußen auf dem Gang der Wubbel die Gitarre an die Wand donnerte. Da endlich packte den sanften Yogi der Zorn, er stürmte hinaus, um seine Gitarre zu retten.

»Gib sie her! Menschenskind, du machst sie mir noch hin!«

Der Wubbel gab die Gitarre jedoch nicht aus den Händen, sondern ließ sich mit ihr ins Zimmer schleifen, wo der Harztiger auf dem Bettrand hockte, seine Nase abwechselnd in Fränzchens Taschentuch und in ihren Brief steckte und von den Ereignissen um sich her auch nicht das geringste wahrnahm.

»Wubbel will Sotolate!« sagte der Kleine zum Yogi, und aus der Festigkeit in seinem Stimmchen war zu entnehmen, daß er nicht gewillt war, die Gitarre ohne Belohnung herauszugeben.

»Ich hab' keine Schokolade!« knurrte der Yogi.

»Doch, du hast«, rief der Wubbel, »in dein Suh!«

Diese Worte wiederholte er so lange, bis der Yogi schließlich nachgab und seinen Stiefel auszog. Er kramte darin, fand etwas, sank auf den Bettrand, entfaltete den Brief, drückte das Medaillon ans Herz und vergaß den Wubbel. Der unterzog den Stiefel noch einmal einer sorgfältigen Prüfung, fand aber nichts darin, was ihn hätte erfreuen können, und trottete maulend aus dem Zimmer.

Jette dagegen fühlte einen Fremdkörper in ihrem Pantoffel. Sie zog den Fuß heraus, und siehe, zwischen dem zweiten und dritten Zeh steckte das Soldatenbildchen ihres Vaters. Sie warf es zu den Kinderbildern, nahm den Packen und begab sich abermals ins elterliche Kämmerlein. Dort war Vater Florian eben bei der 48. Kniebeuge angelangt und Mutter Beate beim Zähneputzen. Beide verharrten in ihrer Bewegung, als die Tochter hereinbrauste und peinlich berührt auf den kniegebeugten Vater starrte und auf die zähneputzende Mutter, welche ihre Blöße nur spärlich mit der Pyjamajacke des Vaters bedeckte.

»Hast du kein eigenes Nachthemd, Mutter?«

Beate schluckte vor Schreck ein gut Teil Zahnpasta hinunter und hustete dann Entschuldigungen hervor. »Vera hat ihres vergessen ... sie friert ... Michaels Jacke ist zu groß ...«

»Wie kann man nur ... in deinem Alter!« schnaubte Henriette. Aus ihrer Stimme klang so schmerzliche Entrüstung, als sei sie eben Zeuge einer abscheulichen Ausschweifung geworden, und als die Mutter den Mund zu neuen Entschuldigungen öffnete, fuhr ihr die Tochter ein zweites Mal dazwischen: »Du brauchst mir nichts mehr zu erzählen!«

»Da hast du allerdings recht!« sprach Beate, die sich nun endlich gefaßt hatte. »Ich brauche mich wahrhaftig nicht vor dir zu entschuldigen!«

»Gib die Bilder her und verschwinde! Aber dalli!« Das kam von Florian.

Jette warf den Packen auf sein Bett und lief hinaus. Florian bückte sich nach dem Bildchen, das zu Boden gefallen war. Er hob es auf und mußte nicht einmal die Brille holen, um zu wissen, was da zu sehen war. Er hatte das Soldatenbild nie leiden können, nie! Jette hatte es ihm abgebettelt. »Du siehst toll darauf aus«, hatte sie gesagt. »Ich brauch's für mein Medaillon. Bitte, Floh, gib es mir ...«

Er war dabei, das Bild zu zerreißen, als die Tür wieder aufflog und Henriette zum dritten Mal an diesem Morgen erschien.

»Verzeihung, ich hab' was verloren!« rief sie, machte zwei große Schritte zum Bett hin und wühlte in den Bildern. Dann sah sie die beiden Fetzen, die aus Florians Fingern auf den Boden flatterten. Sie hielt ihre Hände darunter und fing sie auf.

»Die sind's, die hab' ich gesucht. O Floh, warum hast du's zerrissen?«

Kurz nur und ungeschickt drückte sie ihre Stirn an Florians Schulter, lief hinüber zu Beate, legte den Arm um sie, sagte: »Manchmal bin ich unheimlich blöd!« und verschwand.

Florian putzte sich umständlich die Nase.

»Ab und zu sieht sie klar«, meinte er dann, »das heißt mich hoffen!«

Hierauf machte er noch zwei Kniebeugen, denn fünfzig waren sein Tagespensum.

Schwangerer Koffer und schmerzlicher Abschied

Das Frühstück verlief in schönster Harmonie. Wehmütig überschütteten wir einander mit Kaffee, Brötchen und Liebe.

Andreas hatte sich einen Platz neben Klaus-Peter erobert. So kam er ein letztes Mal in den Genuß von dessen wunderbarer Bereitschaft, zuzuhören. Er erzählte dem Onkel von dem Telefon, das er gebaut, und von der Leitung, die er durch den Belüftungsschacht des Klos bis hinunter in den Keller geführt habe. Auf diese Weise könne die Mutti nun jeden, der im Keller wäre, ohne Mühe zum Essen rufen. Der Onkel zeigte größtes Interesse für diese Telefonanlage und meinte, daß es eine kluge Idee wäre, die Leitung durch den Belüftungsschacht des Klos zu legen und ob Andreas von ganz allein darauf gekommen wäre. Nun ja, es sei ihm nichts anderes übrig geblieben, gab Andreas zu, denn die Mutti hätte sich einer Bohrung hinunter zum Keller strikt widersetzt. Der Onkel wisse vielleicht, wie sauer Frauen auf Dreck reagieren. Der Onkel nickte und sagte, daß er dies auch schon erfahren habe und daß es für den Heimwerker eine große Schwierigkeit bedeute. Er versprach dann, sich beim nächsten Besuch alles ganz genau anzusehen. Andreas, hocherfreut, erbot sich, auch in der Wohnung des Onkels eine solche Anlage einzubauen. Aber Tante Gitti, die mit halbem Ohr zugehört hatte, rief: »Wir brauchen kein Telefon im Klo!« Und als ihr Mann sie scharf anblickte: »O Himmel, das wird einen schönen Murks geben!«

Mathias hatte sich neben den Porschefahrer gedrückt. Sein Herz war voll von der Fahrt gestern, und sein Mund floß über vom Lob des Porsche. Ach, wie gerne hätte er über dies Wunderwerk der Technik gesprochen. Aber das Glück, das Andreas soeben genoß, Mathias wurde es nicht zuteil. Der Harztiger nämlich war auf die andere Seite hin orientiert, wo Fränzchen saß, traurig mit den Augendeckeln klimperte und Butter auf ein Brötchen strich. Die beiden unterhielten sich mit gedämpften Stimmen, und zwar über Altersunterschiede.

»Was sind schon zwanzig Jahre!«, so sprach der Harztiger.

Mathias vernahm diese Worte mit gelindem Grausen, denn er meinte, es handle sich um den Porsche. »Was, zwanzig Jahre?« rief er. »Des isch aber arg viel!« Der Porschefahrer hierauf bedachte ihn mit einem zornigen Blick, weshalb Mathias eilig hinzufügte: »Mer sieht's em aber net a, ehrlich!«

Er versank in Brüten und bewegte dies alles in seinem Herzen, dann wandte er sich noch einmal an die beiden, um sie vor Schaden zu bewahren.

»I tät en abschtoße! So schnell wie möglich!«

Florian erhob sich und hielt eine abschließende Rede. Er dankte Vera und Michael für alle Mühe, die sie gehabt bei der Vorbereitung dieses Treffens. Es wäre ein schönes Zusammensein gewesen, harmonisch und beglückend, und als erstes seiner Art richtungsweisend für alle weiteren. Er sprach von den wertvollen Menschen, die man kennen- und liebengelernt, von der großen Freude, die sie alle darüber empfänden, und nickte dabei zu dem Harztiger und dem Yogi hinüber. Der Harztiger dankte mit einem gemessenen Neigen des Kopfes. Der Yogi nahm keine Notiz, denn er war in Anspruch genommen von einem tropfenden Honigbrötchen und der Liebe zu Jette.

Florian versprach, zusammen mit seiner Frau Beate das nächste Treffen vorzubereiten.

»Wenn ihr fleißig sucht, könnt ihr vielleicht ein noch mieseres Hotel finden als dieses hier«, sagte Christoph.

Florian beendete seine Rede unter dem dankbaren Beifall der Familie und nahm Platz. Dafür erhob sich Michael und dankte mit einer weiteren Rede für diese Dankrede. Dann zerrte er seine Hosen hoch und kommandierte: »Letzter Programmpunkt! Packen! Verabschieden! Nichts vergessen! Nach Hause fahren! An die Arbeit, Leute!«

Seufzend stand ich in unserer Luxussuite vor dem Schrank und wußte wahrhaftig nicht, wie ich all diese Sachen verpacken sollte. Ich besitze nämlich die Gabe, in einen großen Koffer nichts hineinzubringen. Auch weiß ich dieses Nichts so geschickt zu verstauen, daß es zerdrückt oder zerbrochen wieder zum Vorschein kommt.

Dieses Mal aber war es mir zu Hause offensichtlich gelungen, große Mengen unnötiger Dinge in den Koffer hineinzupressen. Kleider, die ich nicht angezogen, Schuhe, die ich nicht gebraucht hatte.

Andreas und Mathias erschienen und fragten, wann endlich ich zu kommen gedächte, um ihre Koffer zu packen. Sie hätten auch noch etwas anderes zu tun, als auf mich zu warten.

Ich antwortete nichts, und das erschreckte sie so, daß sie sich zur Tür zurückzogen, sagten, sie würden es gerne selber machen, wenn ich die Verantwortung übernähme, und verschwanden.

Also begann ich zu packen. In meine Bemühungen hinein platzten diese und jene Besucher, insonderheit die Frauen der Familie, welche »nur schnell« etwas wissen wollten, dann aber bei mir blieben, um mich packen zu sehen. Sie riefen sogar noch andere Familienmitglieder herbei.

»Kommt her! Amei packt! Man muß es miterlebt haben! Es ist zum Schreien!«

»Hau ab!« sagte ich schließlich zu Vera, denn ich war am Rande meiner Kräfte angelangt. »Hau ab, Vera, du machst mich verrückt! Wenn du so gut und gerne packst, wie du versicherst, dann darfst du mit tausend Freuden meinen Platz einnehmen und hinterher auch noch den Buben helfen. Was meinst du, wie die sich freuen!«

Da ging sie.

Irgendwann lag alles im Koffer. Manfred setzte sich darauf, schnaufte und schimpfte und sagte, es wäre ein Ding der Unmöglichkeit, solchen Koffer auf anständige Weise zu schließen. Darum solle ich mich gefälligst mit daraufsetzen und ihm hilfreich zur Hand gehen. Das tat ich, und siehe, die Schlösser schnappten zu, schneller, als ich meine Finger aus dem Koffer ziehen konnte.

Manfred trug das Monstrum davon. Als er auf den Gang trat, fragte ihn Christoph, von wem sein Koffer schwanger sei; und auf der Treppe erkundigte sich Stefan, im wievielten Monat sein Koffer wäre; und an der Hoteltüre flüsterte Florian: »Zwillinge! Du kannst dich drauf verlassen!«

Da fing der Manfred an zu kochen. Als er den Koffer über den Parkplatz schleppte, trabte Michael herbei. »Spar dir deine Witze!« schrie er diesem entgegen, obwohl Michael selten Witze machte und jetzt gerade nicht im Traum daran dachte. Er warf einen besorgten Blick auf den Schwager.

»Ach ja«, seufzte er, »die Amei! Sie war schon als Kind schwierig!«

Unterdessen schaute ich im Zimmer unter die Betten und in den Schrank und aus den Fenstern, nur nicht hinter die Tür, wo die Bademäntel hingen. Nachdem ich dies alles mit großer Umsicht getan, gewann ich den Eindruck, daß ich etwas vergessen hätte.

Der Wubbel befand sich auf Mäusejagd. Hinter dem Hotel hatte er ein Löchlein im Boden entdeckt, und wo ein solches war, das wußte der Wubbel, da gab es auch Mäuse. Also verfolgte er die Spur und stieß dabei auf Jette und Yogi, welche tränenreichen Abschied nahmen und sich ewige Treue schworen.

O wie freute sich der Wubbel, diesen beiden zu begegnen, konnten sie ihm doch wertvolle Dienste leisten bei der Mäusejagd.

»Tommt mit«, rief er, »snell, snell!«

Da sie jedoch keine Notiz von ihm nahmen, gab er preis, welch freudige Überraschung er für sie bereit hielt.

»Mäuse!« schrie er. »Wubbel hat Mäuse!«

Aber sie sagten nicht einmal »Pah!«, wie es der Wubbel gewohnt war von den Erwachsenen. Sie standen einfach rum, ganz nah beieinander, so daß der Wubbel wahrhaftig nicht wußte, welcher Fuß dem Yogi gehörte und welcher der Jette. Also trat er vorsichtshalber auf alle vier. Aber wenn er es auch noch so kraftvoll tat, sie rührten sich nicht.

Da wurde es dem Wubbel zu dumm. Er gab sich keine Mühe mehr, sie zu ihrem Glück zu zwingen. Bitte, wenn sie nicht wollten, dann sollten sie eben keine Mäuse sehen. Nachher würde es ihnen leid tun, aber er, der Wubbel, hatte getan, was er konnte! Er trabte weiter und stolperte über ein zweites Pärchen, nämlich über Tante Fränzchen und den Mann, der kein Räuber war.

»Diese Sicherheitsnadel«, so sagte der Mann eben, »die hat mich für ewig an dich gekettet.«

»Tommt mit!« rief der Wubbel und zerrte an Tante Fränzchens Jacke. »Tommt mit! Mäuse!«

Aber auch diese beiden nahmen die Gelegenheit nicht wahr. Nur das Wort »Mäuse« tropfte in des Harztigers verliebte Ohren.

»Ach, du mein geliebtes Mäuschen!« sprach er zu Tante Fränzchen.

Dem Wubbel stockte der Atem. Was war das? Was mußte er da hören? Tante Fränzchen eine Maus! Die war ja viel zu groß! Eine Maus sah ganz anders aus!

Er lief zurück zum Parkplatz. Der Papi stand beim Auto und packte Sachen in den Kofferraum.

»Papi, weißt, was der Mann su Tante Fränzchen sagt?«

»Was sagt er denn, Wubbel?«

»Deliebtes Mäuschen! Is die vülleich ein Mäuschen?«

Der Papi fing an zu lachen: »Hah, hah, hah!«

Und dann lachten sie beide zusammen: »Hah, hah, hah!«

Erleichtert rannte der Wubbel weiter, um diese Geschichte allen Leuten zu erzählen.

Nachdem der Wubbel verschwunden war, schlenderte Christoph heran und stellte sich neben Stefan.

»Es war schön!« sagte er. Stefan nickte.

»Schade, daß ihr so weit weg wohnt!« Stefan nickte wieder.

»Mit dir kann ich am besten streiten!«

Stefan nickte ein drittes Mal, dann endlich öffnete er den Mund: »Kunststück, bei unserer Übung!«

Sie nickten sich zu.

»Mach's gut, Christoph!«

»Mach's besser, Stefan!«

Dann wandte sich jeder seiner Familie zu.

Nicht Michael lief dieses letzte Mal von Auto zu Auto. Ich tat es, obgleich Manfred ärgerlich hinter mir herknurrte: »Jetzt bleib doch sitzen, Himmel noch mal!«

Ich ließ ihn knurren, blieb er mir doch erhalten, und eilte davon, um ein letztes Mal Familie aufzutanken. »Ade, Vera! Ade, Michael!«

»Besuch uns mal!« Vera streckte den blonden Schopf aus dem Fenster.

Michael quälte sich aus dem Auto und drückte mir einen Kuß auf die Stirn. Ich war gerührt, denn dies tat er nur in äußersten Notfällen.

Stefans Hinterteil ragte aus dem Auto. Er zurrte seinen Wubbel im Kindersitz fest. Der Wubbel murrte gegen die Eltern und hatte wahrhaftig allen Grund dazu. Er hätte noch so gerne nach Mäusen gesucht oder wenigstens mit Andreas und Mathias Fangen gespielt. Aber nein! Sie hatten es nicht erlaubt! Und das allerschlimmste und gemeinste, was dem Wubbel die Tränen in die Augen trieb: Die Mami hatte ihm alle guten Sachen, die er zum Abschied bekommen – die Schokolade und die Kaugummis und die Gummibärle –, einfach weggenommen, in ihre Tasche gesteckt und gesagt: »Das heben wir auf! Sonst wird's uns noch schlecht! Gell, das versteht unser Wubbel?«

»Nein!« hatte der Wubbel voller Entrüstung geschrien und zu pumpen begonnen. Ich steckte den Kopf durchs Fenster, da hingen seine Mundwinkel schon bedrohlich tief.

»Ade, Gabi! Fahr vorsichtig, Stefan! Viel Glück bei der Mäusejagd, Wubbel! Waidmannsheil!«

Bei diesen letzten Worten erreichte Wubbels Kummer den Höhepunkt. Er öffnete das Mäulchen und ließ seine Trauerfanfare schmettern: »Hu-u-u-...!«

Ich entfloh und lief hinüber zu Christophs Auto.

Julia strahlte übers ganze Gesicht. Ihr Trennungsschmerz hielt sich offenbar in Grenzen. Auch der Löwenbändiger, welcher mit Gitti hinten saß, lächelte heiter.

»Ist es wahr, Klaus-Peter, daß du gestern abend zweite Stimme gesungen hast? Zweite Stimme zu ›Schlof wohl‹?«

Klaus-Peters Gesicht verfinsterte sich augenblicklich. »Wer hat dir solchen Unsinn erzählt?« schnaubte er. »Nie würde ich das tun, nie! Dieses überaus dumme Lied ...«

»Sagtest du dumm?« fragte Gitti, und als er heftig nickte, wölbte sie den Busen heraus und holte tief Luft.

Ich empfahl mich. Klaus-Peter schickte einen

grimmen Räusperer hinter mir her, der jedoch alsbald in ›Schlof wohl‹ ertrank.

So hatte ich Julia doch zu etwas Trauer verhelfen können, denn nicht nur der Löwenbändiger, nein, all unsere Schwäger und Schwägerinnen hatten ein gebrochenes Verhältnis zu ›Schlof wohl‹.

Außerdem verabscheute Julia laute Gesänge und Unfrieden im Auto.

In Florians Wagen herrschte eitel Trauer und Herzeleid.

Jette beklagte ihr grausames Schicksal und beschimpfte Umstände und Establishment, welche ihr den teuren Freund so bald entrissen.

Fränzchen dagegen saß in stummer Trauer. Nur ihre Tränen strömten ohne Unterlaß. Beate suchte der Tränenflut mit Hilfe von Papiertaschentüchern und trostreichen Worten Herr zu werden. Jedoch, was vermochten so schwache Mittel gegen so großen Kummer auszurichten?

Florian, am Steuer, erhob die Stimme zu einer Rede: »Beate und ich haben auch aufeinander warten müssen. Wir haben es überstanden. Seht uns an, wir leben noch …«

Es versprach, eine längere Rede zu werden, also winkte ich nur einen Abschiedsgruß durchs Fenster und eilte zurück zu meiner Familie.

Yogi und der Harztiger standen neben dem silbergrauen Porsche. Beide Herren blickten ernst und gefaßt, hatten sie doch soeben Abschied genommen vom freien Junggesellenleben und von den Damen ihres Herzens.

Ich kam vorbei und lächelte einen kühlen Gruß, denn mein Verhältnis zu diesen beiden war noch zu keiner besonderen Herzlichkeit gediehen. Sie aber stürzten sich auf mich, ergriffen meine Hände und klammerten sich daran wie Schiffbrüchige an Rettungstaue. Auch blickten ihre Augen so liebreich, daß mir ganz weh wurde und ich schon fürchten mußte, ihre Sinne hätten sich vor übergroßer Trauer verwirrt und sie hielten mich für eine der beiden Jüngferlein oder für beide zusammen. Dann aber begannen sie mich mit Grüßen zu überhäufen an Fränzchen und Jettchen und mit Lobpreisungen dieser beiden, und ich mußte erkennen, daß sie mich keineswegs verwechselt hatten, sondern daß ich im Augenblick nur die einzig greifbare Blutsverwandte der teuren Mädchen war. Also versprach ich, die Grüße und Liebesschwüre auszurichten, bestätigte auch wider besseres Wissen, daß diese beiden die reinsten Engel und wahre Gottesgeschenke wären, riß mich aus der liebevollen Umschlingung, schlüpfte ins Auto und schlug die Tür hinter mir zu.

Der Familienkonvoi verließ den Parkplatz. Wieder erschien der Porsche hinter uns und setzte an unübersichtlicher Stelle zum Überholen an. Yogis schütterer Bart wehte aus dem einen Fenster, des Harztigers silbergraue Mähne aus dem anderen.

Auch Florians Auto hatte geflaggt. Zahlreiche tränennasse Taschentücher hingen auf Halbmast. Fränzchens brauner Zopf schlingerte im Fahrtwind.

Der Porsche, neben Florians Auto angelangt, verringerte das Tempo, schlich, schien keinen Zentimeter voranzukommen. Mathias verhüllte schaudernd das Haupt.

»Des isch ja furchtbar! Der arme Porsche! So langsam! Der geht no kaputt!«

Endlich war das Ärgernis verschwunden. Mathias atmete auf.

Der Familienkonvoi zerbrach. Man fuhr nicht mehr in gewohnter Reihenfolge, sondern scherte aus, überholte und brauste davon. Dies tat auch Manfred, und so befanden wir uns denn bald außerhalb der Großfamilie.

»Schad, daß rum isch«, seufzte Andreas. »'s isch 'ne arg nette Familie, bsonders der Yogi ...«

»Un der Porschefahrer«, fügte Mathias hinzu, und dann nach längerem Kopfschütteln: »Nur vorhin, wie er da gfahre isch, also des war omöglich, aber sonscht ...« Er verstummte, und schmerzliches Schweigen lastete über dem Auto.

»Musch net traurig sei, Mutti!« Andreas strich mir väterlich-liebevoll über den Kopf. »Weisch was, mir lade se mal ei! Vielleicht nächschte Woch oder so! Was meinsch?«

»Der Herr bewahre uns!« meinte Manfred.

Amei-Angelika Müller im dtv

Pfarrers Kinder, Müllers Vieh
Memoiren einer unvollkommenen Pfarrfrau

Sie ist ein Morgenmuffel, Kochen ist nicht ihre Stärke, und auch sonst entspricht sie nicht dem Ideal einer Pfarrfrau. Sie wollte auch alles andere werden, nur das nicht. Doch sie lernte einen Theologiestudenten kennen – und lieben.
dtv 1759 / dtv großdruck 25011

In seinem Garten freudevoll...
Durchs Gartenjahr mit Wilhelm Busch

Jeder glaubt Wilhelm Busch zu kennen, doch eine Seite des berühmten Zeichners, Dichters und Philosophen ist weniger bekannt: Er war ein großer Naturfreund und Hobbygärtner. Amei-Angelika Müller hat diesen »anderen« Wilhelm Busch aufgespürt in seinen Briefen, Gedichten und Zeichnungen, in denen er von Gärtners Freud und Leid erzählt, das menschliche Leben mit dem Ablauf der Jahreszeiten vergleicht und Tiere und Pflanzen beobachtet.
dtv 10883

Ich und du, Müllers Kuh
Die unvollkommene Pfarrfrau in der Stadt

Nach sieben Jahren in der ländlichen Pfarrei folgt Amei-Angelika Müller ihrem Mann auf eine Pfarrstelle in der Stadt. Neue Erlebnisse und Erfahrungen warten auf die »unvollkommene Pfarrfrau«, von denen sie mit viel Selbstironie und gekonnter Situationskomik erzählt.
dtv 10968

Foto: Studio Kleiber

Sieben auf einen Streich

Eine herzerfrischend fröhliche, witzige und humorvolle Familiegeschichte: Sieben Geschwister nebst Anhang, insgesamt siebzehn Personen, darunter nicht weniger als drei Pfarrer, versammeln sich zu einem Familientreffen im Harz. Vergnügliche Einblicke in eine ganz und gar unmögliche Familie...
dtv 11204

Veilchen im Winter

Was macht eine junge Frau, die sich von ihrem skibegeisterten Ehemann zum gemeinsamen Winterurlaub überreden läßt, obwohl sie selbst völlig unsportlich ist und den Winter zutiefst verabscheut? Sie würde nach wenigen Tagen enttäuscht und zornig abreisen – wäre da nicht eine gleichgesinnte Seele in Gestalt eines kleinen Jungen.
dtv 11309

Christine Nöstlinger im dtv

Werter Nachwuchs

»Wer Humor hat, schafft das Leben leichter.« Christine Nöstlingers Emma K. hat viele Erfahrungen in ihrem Leben gemacht. Als 75jährige versucht sie diese in fiktiven Briefen an ihren »werten Nachwuchs« weiterzugeben. Liebevoll-spöttisch setzt sie sich mit Problemen auseinander, wie sie in jeder Familie vorkommen. Ob es um die Urlaubsplanung mit oder ohne Oma, um Liebe im Alter, um Konsumgewohnheiten, um Fragen der Erziehung oder der Emanzipation geht – man wird sich häufig selbst erkennen, nachdenklich werden oder schmunzelnd dieser Frau und Mutter beipflichten. dtv 11321

Das kleine Frau – Mein Tagebuch

»Streß muß nicht sein! Gestreßt ist eine Frau nämlich nur dann, wenn sie nicht ordentlich planen und richtig einteilen kann. Kann eine Frau planen und einteilen, dann hat sie, trotz Haushalt, Kinderbetreuung und Beruf, ein erfülltes, aber streßloses Leben und daher auch ein ausgeglichenes Gemüt, samt einem friedvollen Lächeln um die Lippen. – Woher ich das weiß? Wieso ich das so sicher behaupten kann? Na deshalb, weil ich es schon tausendmal in Frauenzeitschriften gelesen habe!« dtv 11452

© Isolde Ohlbaum

Manchmal möchte ich ein Single sein

Trotz Erleichterung und Stolz kommen der gestreßten Hausfrau und Mutter Zweifel an ihrer Diplomatenrolle. Es sind nicht die einzigen, die an ihr nagen und sie im stillen seufzen lassen: Manchmal möchte ich ein Single sein. Christine Nöstlinger berührt so manchen wunden Punkt im hausfraulichen Dasein und kommt zu überraschenden Einsichten und Ansichten. dtv 11573

Haushaltsschnecken leben länger

Was ist nur aus uns geworden?
Mütter wollen gebraucht werden
Zwiegespräch mit einem Kuchen
Sie & Er: Man müßte nein sagen können

Auf witzig-ironische Weise werden hier Alltagprobleme glossiert, wie sie Ehe, Haushalt, Kindererziehung, Gäste und Hobby mit sich bringen. dtv 10804